嗤う被告人

前川裕

新潮社

目次

嗤う被告人

「銚子《ちょうし》のドン・ファン」　資産家殺害容疑　元妻を逮捕

千葉県銚子市で二〇一八年五月、資産家で「銚子のドン・ファン」と呼ばれた不動産会社社長野《の》島《じま》耕三《こうぞう》さん（当時七七歳）が急性覚醒《かくせい》剤中毒で死亡した事件で、県警は二八日、元妻の会社役員坂井《さかい》由起《ゆき》容疑者（二五）を殺人と覚醒剤取締法違反の容疑で逮捕した。県警は、坂井容疑者がSNSで知り合った密売人から入手した覚醒剤を、何らかの方法で野島さんに飲ませて殺害したとみている。坂井容疑者は二〇一八年二月に野島さんと結婚、同年四月から事件当日まで銚子市内で同居していた。県警は、坂井容疑者の認否を明らかにしていない。

（二〇二一年四月二十九日　『日読《にちどく》新聞』朝刊）

〈プロローグ〉

森本里奈《もりもとりな》が新人弁護士として、千葉市にある芝山《しばやま》法律事務所にやってきたのは、四年前の二〇二〇年で、二十四歳のときだった。そして、その一年後に、例の「銚子のドン・ファン殺害事件」で元妻が逮捕されたのだ。事件発生後、ほぼ三年近く経ってからの逮捕だった。

事件が起こった直後からマスコミは大騒ぎしていたので、もちろん、森本もこの事件に大いに関心があった。だが、事件そのものに対する関心と被害者に対する個人的関心とは違う。

森本にとって、被害者である野島耕三のイメージは、俗悪という一言に尽きた。何千人という美女をものにするために、何十億という金を貢いだと豪語する希代の女たらし。当時の野島は、マスコミに頻繁に登場して恥ずかしげもなく金満家ぶりを披瀝《ひれき》し、五十五歳年下の若妻との蜜月ぶりを喧伝《けんでん》するのに余念がなかった。

テレビ出演では、好みの女性のスリー・サイズをボン・キュッ・ボンと表現して、笑いを誘ったのも覚えている。だが、俗悪さに加味される滑稽さは、不快という感情しか喚起しなかった。そんな人物を「銚子のドン・ファン」と呼んでもてはやすテレビなどのマスコミも、森本にはどうかしているとしか思えなかった。

かつて野島がそれによって財を築いたというコンドームの訪問販売と貸金業。平成八年生まれの森本にとって、野島の立身出世の物語には、昭和の毒が流れ出る傷口のようなものが、透けて見えているように思われたのだ。

事務所の所長である芝山健児《けんじ》が弁護人に就任することも発表されていたため、ひょっとしたらこの事件に関わることになるかも知れないという期待が心の片隅にあったことは、森本自身、否定できなかった。

だが、経験の浅い森本が「銚子のドン・ファン殺害事件」の弁護団に加えられることはなく、その後、森本が担当したのは、情けないほどちゃちな事件ばかりだった。当番制で回ってくる刑事事件の国選弁護人の仕事を除くと、万引き、痴漢、ゴミの不法投棄、交通事故などの刑事・民事裁判あるいは物損事故の示談交渉くらいしかなかった。

芝山法律事務所では、およそ三十名の弁護士とそれに相応する秘書が働き、千葉市最大の弁護士事務所と言われていたが、それでも絶対に安泰というわけではない。近年では日本全国の弁護士需要は減り続け、失業弁護士も出かねない状況だという。

仕事のやりがいのなさを嘆いたとき、日本の法科大学院だけでなく、アメリカのスタンフォード大学のロースクールも出ている先輩男性弁護士から説教された言葉を、森本は鮮明に覚えていた。

「君、ambulance《アンビュランス》 chaser《チェイサー》って言葉を知ってるだろ。アメリカでは弁護士が余っていて、売れない弁護士は自分の車で病院まで救急車を追いかけ、担架で担ぎ込まれようとしている被害者に、大声で『俺に仕事をよこせ。成功報酬だけでいい』と叫ぶらしい。そういう時代が、日本の法曹界に来るのも時間の問題だよ。だから、民事・刑事を問わず、小さな事件でも丁寧に扱って、日《ひ》銭《ぜに》を稼ぐことも、弁護士事務所にとっては大切なことなんだよ」

実は、森本はambulance chaserという言葉を知らなかった。だからこそ、この話が一層衝撃的に響いたのだ。しかし、その先輩弁護士は一年も在籍せず、東京の大手弁護士事務所に渉外弁護士として移籍してしまった。

そもそも、森本が千葉市に来たこと自体に、確たる理由があるわけではなかった。強いて言えば、森本は生まれも育ちも新宿区近辺で、実家から出たことはなく、若いうちに一人暮らしの経験をしてみるのも悪くないと思っただけである。

しかし、実際に千葉市内のマンションで一人暮らしを始めてみると、その生活環境は東京と何ら変わらないことに失望した。都会の雑踏と喧噪は、まったく同じだった。市のほぼ中央にある「千葉鉄輪《かなわ》ビル」という雑居ビルの三階と四階が「芝山法律事務所」だった。森本が住むマンションは、そこから徒歩十分くらいの位置にあり、通勤に公共交通機関を使わなくて済むくらいが、東京生活との違いだった。

これまでも仕事の関係で、銚子市を訪れたことはあった。森本がまず驚かされたのは、千葉市と銚子市が予想外に離れていることだった。森本の頭の地図の中では、その二つの市は電車で三十分くらいの印象だった。

しかし、在来線の特急列車を利用しても一時間二十分くらい掛かると知って、愕然としたのを覚えている。森本はそのとき千葉県の地図を思い浮かべ、あらためてそこが千葉県最東端にある市であることを思い知らされたのである。

森本が最初に銚子市を訪れたのは、初夏の頃だった。銚子は千葉県内では有数の観光地としても知られているのだから、森本は仕事で来たとは言え、多少は観光気分が味わえるものと期待した。しかし、ここでもやはり、その中途半端な街並に若干の失望を覚えた。

特に田舎でもなく、かといって、都会と呼ぶにはあまりにも稠密《ちゅうみつ》性に欠け、どこの観光地にも共通する凡庸さの澱《おり》と呼べるようなものが漂っていた。JR銚子駅のプラットフォーム上に置かれた巨大な醬油樽や駅前の通りに立つ銚子メロンの幟《のぼり》が目立っていた。

また、水産物水揚げ量全国第一位を誇る銚子漁港の存在にも拘《かか》わらず、駅近くの商店街には、新鮮な海産物を売る店がそれほど多くあるわけでもないのが意外だった。

街中では、さして強くないけだるい日差しが空中の塵と埃を浮き立たせ、森本に負の心象風景を喚起した。東京とほとんど変わらない千葉市の街並にも若干、退屈していたが、かといって、この観光地特有の退屈な空気感にも持続的に耐えられるとは思えなかった。

ただ、「銚子のドン・ファン殺害事件」というおどろおどろしい呼称と、その穏やかでのんびりとした観光地としてのたたずまいが、どうにも折り合いが付かず、森本は不思議な違和感を覚えていた。

そして、弁護士生活の五年目に入ったある日、森本は突然、所長室に呼び出され、驚くべき提案を芝山から受けたのである。

「坂井の弁護団に加わってくれ」

最初、森本はきょとんとした表情を浮かべていたに違いない。唐突に言われたため、坂井とは誰のことか分からなかったのだ。

芝山はぶっきらぼうを絵に描いたような小太りの男で、元々細かな説明をするタイプではなかった。頭頂部が若干はげ、銀縁の眼鏡を掛けている。年齢は五十代半ばくらいだろう。

「坂井って？」

「知らねえのか。銚子のドン・ファンの元妻だよ」

芝山の説明で、森本の全身に痺れるような疼痛が走った。もちろん、坂井由起が逮捕されたばかりの頃は、マスコミの騒ぎ方も尋常ではなかったから、森本もその氏名を覚えていた。

しかし、逮捕後およそ三年経っても、未だに裁判さえ開かれておらず、マスコミで「銚子のドン・ファン殺害事件」が取り上げられる機会も著しく少なくなっていた。芝山の事務所でさえ、この事件を担当していない弁護士の間では、この事件が話題に上ることは最近ではほとんどなかった。

裁判の開始が遅れている基本的な理由は、裁判員裁判の公判前《ぜん》整理手続きで、検察側と弁護側の折り合いが付かないことだった。状況証拠で争う裁判になりそうで、検察側が用意している資料が膨大なため、弁護側の準備が追いつかないうえ、あまりにも争点が多く、論点の整理が一定の水準に進むまで、まだまだ時間が掛かりそうだという。

　だが、地元新聞の記者や法曹界の一部では、検察側にとって、これはいわゆる筋の悪い事件で、検察側のほうが裁判の開始を引き延ばしているという声も囁かれていた。

「分かりました。私は何を担当すればいいんでしょうか？」

　森本は内心の興奮を抑えて、いかにも冷静な口調で訊いた。

「裁判に出る必要はない。調査を手伝ってくれ」

　やはり、そういうことか。森本は若干、がっかりした。別に裁判に出て、脚光を浴びたいわけではないが、芝山の指示に従って、退屈な調査をするだけだとしたら、これまでの仕事とさして変わりがあるとは思えなかった。

「それとな――」

　ここで芝山は言葉を切り、珍しく、躊躇するような雰囲気を漂わせた。

「君の年齢を訊いたら、セクハラになるか？　イエスあるいはノーで答えてくれ」

　森本は呆れ顔で、愛想というものが根本的に欠如した芝山の顔を見つめた。むしろ、その質問こそセクハラでしょと言いたかった。

　向こうっ気の強い性格は自覚している。それが無用なトラブルを招く可能性があるのも分かっているから、森本は、近頃では心の中の独白で怒りを抑える訓練を積んでいた。

　ただ、イエスあるいは、ノーでは答えなかった。

「もちろん、なりませんよ。二十八歳です」

「そうか。我々弁護団の中では、君が一番若い。坂井由起も現在二十八歳だから、君と同い年だ。

彼女と接見して、いろいろと聞き出して欲しい。彼女、俺のようなおっさん弁護士には、あまり心を開かねえんだ。俺としては、被告の考えていることは、すべて理解しておきたいんでね。彼女が無実であることを示す具体的な物証もしくは証言を摑んでくれ。証言であれば、それは彼女自身のものでもいいし、他人のものでもいい」

森本は再び、緊張し始めていた。森本にとって、それは途方もない要求に思われたのだ。検察側にとっても、弁護側にとっても、決定的な証拠はなく、状況証拠の積み重ねによる裁判になるだろうと予想されていることは、事務所の他の弁護士からもそれとなく聞いていた。

そんな状況の中で、突然参戦を言い渡された森本が果たす役割としては、芝山の要求は大き過ぎるように思われたのだ。

それに被告と接見して、新供述を引き出すことが森本の仕事の多くの部分を占めるとしたら、それはかなりストレスの掛かる仕事になるはずだった。面会室のアクリル板越しに、何の共感も覚えないあの被告人に接見するのかと思うと、それがけっして心地よい仕事にはならないのは、容易に想像が付いた。

考えるということを根本的に放棄しているようにさえ見える、あの女と何を話せばいいのだ。森本にとって、生活環境も育った環境もまったく違う以上、同い年であることには何の意味もなかった。

そもそも森本はこの時期、自分が弁護士に向いているのか分からなくなり始めていた。法学部に進学して、司法試験を受けることを決意した段階では、自分の正義感の強さこそ弁護士になる必須の条件だと自負していたが、いざなってみると、弁護士にとってもっとも重要なものは、犯罪者に寄り添う優しさのような気がしてきたのだ。その優しさがときに正義感そのものを抑制しなければならないところがあるのを、森本は痛切に感じることがあった。

スマホばかりいじっていて、社会のことに一切興味を示さない無関心女子。森本はかつて読んだことがある週刊誌の記事の文言を思い出していた。その記事は、坂井由起をそう評していた。一方、森本にとって生きるとは、常に社会との相対的距離を意識することなのだ。

「分かりました。あらかじめ事件のことを詳しく知っておきたいので、この事件に関する資料をいただけないでしょうか？」

「ああ、あとで君のデスクまで、秘書に届けさせる。供述調書など、検察・警察の捜査資料だけでなく、弁護側がこの三年間に調査した報告書も入っている。しかし、資料は読み過ぎるなよ。俺たちが欲しいのは、供述調書や報告書には書かれていない彼女の供述とそれに関連する物証、もしくは新証言なんだ」

芝山の言葉に森本は思わず視線を逸らし、窓の外の風景を見つめた。ブルーのカーテンは開かれていて、初夏の日差しが差し込み、逆光となって、穏やかな街の風景と通行人の姿を白く映し出している。

第一章　未必

1

　千葉刑務所は、ＪＲ千葉駅もしくは京成《けいせい》千葉駅の東口から京成バスに十分ほど乗車し、「県職員能力開発センター入口」で下車して、すぐの場所にある。本館は東京駅を思わせるような、重厚な赤煉瓦の建物で、一九〇七年に建設され、正門と共に未だにそのままの形で現存している。拘置区は、この本館の中にあった。

　森本は、他の担当事件の関係でこの刑務所の拘置区には通い慣れていたため、到着するまではさほどの緊張も感じていなかった。拘置区は、既決囚が収容されている刑務所とは違い、被告人と呼ばれる未決囚の収容施設である。独立していれば拘置所と呼ばれるのだが、ここでは千葉刑務所内に併設されているので、拘置区という言葉が使用されているのだ。

　森本は本館内部に入り、面会受付に向かい始めて、ようやく若干の緊張が体内に立ち上がってくるのを感じていた。

　面会受付で、弁護士としての所定の接見手続きを済ませて、小さな穴の開《あ》いている透明なアクリル板に区切られた面会室に入ったとき、時刻は午前九時過ぎだった。弁護士による接見の場合、一般面会とは異なり、時間制限もなく、刑務官の立ち会いも不要である。刑務官は、被告人を面会室に連れてきたあと、すぐに退室するのが普通だった。

　五分程度スチール椅子に座って待っていると、アクリル板の向こうに見える扉が開き、中年の制服刑務官と共に、黒のジャージ姿の若い女が入ってきた。女性としては、かなり長身でスタイルが良かった。

森本は立ち上がって、一礼した。女にというより、刑務官に対して行った挨拶のつもりだったが、その刑務官は軽く会釈して、「坂井由起を連れてきました」と言ったきり、何かを警戒するように森本を見つめた。おそらく、由起の接見に来る弁護士の中では、初めて見る新顔と思っているのだろう。

他の被告の接見の場合、付き添ってくる刑務官の中には、森本と顔見知りになっていて、親しげに雑談を仕掛けて来る者もいる。森本が若い女性であるため、多少、慣れ慣れし過ぎる口調で話しかけてくる刑務官もいて、むっとすることもあるくらいなのだ。

しかし、その日、初めて会ったと思われるその刑務官は緊張した表情を崩さず、すぐに踵《きびす》を返し、部屋の外に出て行った。

森本は改めて、自分の前に立つ長身の女を見つめた。すぐに気づいたのが、マスコミ報道などでトレードマークと言われていた長い黒髪だ。予想していたより、やや頬の付近がふっくらした印象だったが、肌は張りがあってみずみずしく、鼻梁も高く、顔の輪郭は整っている。ほとんど素顔だった。

本格的な化粧は、裁判への出廷時など、特別なときにしか許可されない。おそらく、許可されている化粧水と乳液しか使っていないのだろうが、それでも由起は美貌と呼んで差し支えないオーラを醸し出しているように見えた。

「弁護士の森本里奈と申します。本日は、芝山の代わりに参りました」

森本の自己紹介に、由起は軽くうなずいただけだった。由起は、森本に促されて椅子に座ると、何とも締まりのない、ゆっくりした口調でいきなり質問した。

「あの――、いつもの弁護士さんは来ないんですか？」

いつもの弁護士さんか。おそらく、芝山のことを指しているのだろうが、自分を弁護してくれる主任弁護人の名前も覚えていないのには、呆れるしかなかった。森本は、あなたの人生がかかっているのよと言いたくなる気持ちをぐっと抑えた。

「ええ。本日は、芝山は別件の用事があるので、私がお話を伺うことになっています」

これは厳密に言えば、嘘だった。もちろん、芝山と二人で来ることは可能だったし、森本も最初から一人で会うのは不安だったので、そう進言した。だが、芝山は「弁護人の接見は一人でやるもんだ」と言い切り、森本の進言をあっさりと却下した。

やはり、年が近く、同じ女性である人間を由起に一対一でぶつけて、思わぬ供述を得られることを期待しているのか。しかし、そうだとしたら、森本には、そういう発想自体が、すでにひどく古くさいものに感じられた。

「じゃあ、あと一個、訊いていいですか。スマホの差し入れはダメですか？　弁護士さんって、差し入れできないの？」

これも啞然とさせる質問だった。森本の脳裏にあほっぽいという言葉が浮かんでいた。

「弁護士が差し入れすることは可能ですが、スマホはダメです。拘置区内でのスマホの使用は禁止されています」

森本の毅然とした口調に、由起はふてくされたような笑みを浮かべた。由起のような女にとって、自分の裁判の帰趨《きすう》よりも、スマホのほうが大切なのか。だが森本には、この裁判の重要性をあらためて由起に認識させるための努力をする気はさらさらなかった。

考えない人間を、考えさせるのは容易ではない。森本は、事務的に話を進めた。

「本日は、亡くなった野島さんが経営していた不動産会社『エステート野島』内の人間関係についてお伺いしたいんです。これは否認事件ですので、一つ一つの状況を慎重に検討して、説得力のある状況証拠を裁判員に示す必要があります。参考人の証言も、裁判ではかなりの細部までが問題になる可能性があるんです」

「あの、ひにん事件って？」

「ですから、あなたは『やっていない』って、言っているわけでしょ。そういうケースを否認事件って呼ぶの。そういう場合、無実を証明するためには、口でそういうだけではダメで、一つ一つの事実を積み上げていかなきゃいけないわけです」

森本は早くもいらだち始めていた。向こうっ気が強いだけでなく、気が短くもあるのだ。これだけ話が嚙み合わないと先が思いやられた。

「私、やってません」

由起が、一オクターブ高い声で言った。森本としては、やったか、やっていないかを訊いたつもりはなかった。だが、由起がそう受け取ったとしたら、森本の本音の部分を敏感に見抜いた反応と言えなくもない。森本は、実際、この段階では必ずしも冤罪説を信じていたわけではなく、由起の犯行である可能性もかなりあると考えていたのだ。

だが、由起の弁護人に加わる以上、由起が無実であるという前提に立つべきなのは分かっていた。検察側は当然、由起が有罪であるという前提に立っているのだから、それでバランスが取れるというものなのだ。芝山など、「被告が有罪かも知れないなんて、弁護人は考える必要もないよ。どうやって、無罪にするかを考えるだけでいい」と断言することがある。

これが芝山の特異な考えではなく、むしろ普通の現実路線であるのは森本も分かっている。だが、それが法曹界の常識だと言うなら、森本はこの点でも自分が弁護士に向いていないと思うことさえあった。どうしても、法的な真実よりも実体的真実にこだわってしまうのだ。

「だから、それを証明する必要があるわけでしょ」

「でも、やったっていう証明はできても、やっていないっていう証明はできなくないですか」

森本は意表を衝かれた気分になった。それまでの抑制に欠ける発言に比べて、この部分だけが妙に理屈っぽく聞こえたのである。

「そんなことはありません。確かに、やっていないという証明は、やったって証明より時間が掛かるかも知れませんが、丁寧に行えば、それだけ信憑性が高まり、説得力を持つものです」

由起はそれ以上、口を挟むこともなく、どことなく得体の知れない笑みを浮かべただけだった。それは、どうでもいいから話を先に進めるように促しているとも見えた。

だが、森本にはもう一つだけ、ついでに確認したいことがあった。やはり、覚醒剤を入手したのが本当かどうか、本人の口から聞きだしたかった。芝山によれば、この点に関して、由起の証言はかなり曖昧らしい。

「それと、覚醒剤の件ですが、あなたが購入したという事実はあるんですか？」

その質問に対しても、由起は得体の知れない笑みを崩さなかった。だが、少し間を置いたあと、抑揚のない声で答えた。

「言いたくないんだけど。弁護士さんに対してだって、私の黙秘権は認められるんでしょ」

森本は苦笑した。これも妙に理屈っぽい発言だった。

「言いたくないなら、言う必要はありません。それも答えの一つだと思いますから」

要するに、答えたくないというのは、買ったというのとほぼ同じ意味だった。問題は、どういう目的で買ったのか、だったが、買ったことを認めない人間にその目的を尋ねるのは馬鹿げていた。

「『エステート野島』の従業員で、特に坂井さんが親しかった人はいますか？」

森本は執拗に同じことを訊くのは回避して、ズバリその日の本題に入った。芝山の指示は、

「エステート野島」における人間関係を洗えというものだったが、その意図を芝山が説明してくれたわけではなかった。

ただ、事件資料を通読した森本の印象では、やはり弁護側にとっても検察側にとっても、決定的な客観的証拠を見つけるのは難しく、確かに状況証拠の積み重ねによる勝負になりそうだった。そういう場合、客観的な第三者の証言にどれだけ信憑性を持たせることができるかが、鍵になるのだ。

「親しい人ですか？　別にいないし」

「じゃあ、よく話していた人は？」

「よくってわけじゃないけど、たまに話していたのは、経理の水脈《みお》ちゃんね」

「水脈ちゃんて、苗字は何ですか？」

「知りません。そんなこといちいち訊かないし。みんなが水脈ちゃんって呼んでたから、私もそう呼んでいただけ」

「歳は？」

「それも訊いたことがないけど、たぶん私と同じくらいじゃないですか。おとなしい子で、あまり余計なことは言わない子」

「でも、経理だったんだから、会社の内情はよく知ってたんでしょ」

これは森本の考えたことではなく、芝山の受け売りだった。特に中小企業の経理担当者は、単に経済面だけではなく、人間関係にも精通していることが多いから、「まず経理に当たれ」が、こういう場合の鉄則だというのだ。

だが、由起の話を聞いていると、水脈という経理担当者が、会社の内情に精通しているとはとても思えなかった。

「ほとんど何も知らないと思いますよ。あの頃、まだ会社に入って二年くらいだって言ってたし、そういうキャラの子でもないから。それより、土倉真希絵《つちくらまきえ》のことを調べてください。ずっと言ってるのに、前の弁護士さんはぜんぜん聞いてくれなかったんです」

前の弁護士さんか。まるで、芝山がすでに担当を離れたかのような口の利き方だった。まずは、このことをはっきりさせておいたほうがいい。

「芝山は、担当を外れたわけではなく、今日はたまたま来られないだけですよ。彼が、依然としてあなたの事件の主任弁護人であることに変わりはありません」

「主任弁護人って、レベチな弁護士さんってことですか？」

「レベチ？　それどういう意味？」

「レベルの違う弁護士さん」

「ああ、そういうこと。だったら、そうなんじゃないの」

森本は気のない声で答えた。芝山がレベルの違う弁護士かどうかは、甚だ疑問だったが、話がますます脇道に逸れていくのを嫌って、できるだけ簡略な答えを選んだのだ。

「それで、土倉真希絵さんというのは、どんな人なんですか？」

「聞いてないんですか？　前に、芝山さんに話しましたけど」

「私は聞いていません」

森本はかなりの怒気を含んだ口調で言った。由起の言うことが、いちいち神経に刺さるのだ。芝山からの情報が不足しているのは事実だった。

同時に、芝山の考えていることは、明瞭に分かっていた。森本に先入観を与えるのを避けるため、芝山や他の弁護士が由起から聞き出した情報は、できるだけ、口頭では森本の耳に入れないようにしているのだ。

森本はそれならそれでいいと思っていた。森本自身、芝山の意向に反しても、いや、法曹界の常識に反しても、由起がやはり真犯人であるという結論も除外することなく、事件調査を行うつもりだったのだ。

森本に促されて、由起は真希絵について、さほど熱心でもない口調で話し始めた。

真希絵はプロポーション抜群の容姿の整った女性で、由起よりも一歳年下だった。いかにも野島の好みそうなタイプだ。

野島が由起と結婚する二年前に十九歳で「エステート野島」に入社しており、すでに野島と男女の関係になっているという噂があった。その噂は、野島と結婚していくらも経たない由起の耳にも入っていた。

野島の場合、東京の交際クラブや高級キャバクラの女性たちと付き合うのが普通だったので、会社内の女性に手を出すのは珍しかった。それほど、野島にとって、真希絵は魅力的な存在だったと由起は説明した。

「だから、私はお飾りの妻だったんです。社長の一番は、真希絵のほうです。真希絵もそれは分かっていたから、私が社長と結婚したことが面白いはずがないでしょ」

「面白いか面白くないかは、私には分かりませんが、それにしても、彼女の何を調べるんですか？　そういうことは具体的に言ってもらわないと――」

森本の質問に、由起は再び、意味不明な笑みを浮かべた。返ってきたのも、同じように意味不明な言葉だった。

「彼女の首筋かな」

「はあっ、首筋？」

森本はますます分からなくなった。由起が支離滅裂な言語体系の持ち主であることは確かに思えた。その具体的に過ぎる言葉は、何かの謎かけのようにも響いた。

「そう、彼女のファッションセンスも含めて。それに、彼女、キレると、何するか分からない子だから、リンちゃんの件だって、彼女が関わっていることだってあり得ますよ」

「リンちゃん？」

その突然の話題転換に、森本は翻弄された。真希絵の首筋の話をもっと訊きだそうという森本の意思は、なし崩し的に置き去りにされた格好になった。

「先生、何も知らないんですね。もっと勉強してきたほうがよくない？　社長が飼っていた犬の名前ですよ」

犬の名前まで、覚えていられるか。森本は心の中で、そう吐き捨てていた。早速、日頃の訓練が実を結んだようだ。

ただ、野島の愛犬の事件についてはあらかじめ新聞や週刊誌の記事で知っていたから、何も知らないという由起の言い草は必ずしも正確ではない。

野島の愛犬リンは、野島の死の十八日前、原因不明の死を遂げた。千葉県警銚子署は野島の死後、庭に埋められたリンの死骸を掘り出し、胃の内容物を調べている。

おそらく、覚醒剤を飲ませることによって野島を殺害しようとしていた犯人が、予行演習として犬に試したのではないかと警察は考えたのだろう。

だが、由起は、彼女が結婚して銚子に来たばかりの頃を狙って、真希絵が二人の結婚に対する嫌がらせとしてリンを何らかの方法で殺害したと仄《ほの》めかしているように思えた。実際、リンの胃の内容物から、覚醒剤の成分は発見されなかったらしいから、リンは病死か、まったく別の方法で殺害された可能性もあるのだ。

「つまり、あなたと野島さんの結婚に嫉妬した真希絵さんが、嫌がらせに野島さんの愛犬を殺したって、言っているのね」

「そうかもと言っているだけで、絶対ってわけじゃありませんよ。でも、真希絵も怪しいことだらけなのに、私や小宮山《こみやま》さんばっかりに疑いが行っちゃって、不公平だと言ってるだけ」

「小宮山さんって、お手伝いさんの小宮山文代《ふみよ》さんね」

これ以上、事件の予備知識について、由起に疑念を持たれるのはまずいという判断もあり、森本はここではすぐに補足してみせた。

文代は、野島が自宅の二階で死亡したとき、由起とともに一階にいた人物だったから、やはり、由起と同様、警察から執拗な事情聴取を受けたのは事実だった。

ただ、不公平という言葉の選択が、いかにも由起らしかった。単に子供じみているというだけでなく、その言葉の中に由起のいわば無意識の世界観のようなものが滲み出ているように思われたのだ。考えない人間でも、自分の不利益に対しては過剰に反応するケースを森本はこれまでに何度か見たことがあった。

「ええ、そうです。彼女も散々、警察に調べられましたから。でも、私たちより、真希絵のほうがいろいろなことを知っているのは間違いないですよ。私は社長に嫌われて、放置されてたけど、彼女は社長が死ぬ直前もべったりだったし。社長って、ベッドの中では何でもしゃべりますよ」

そう言うと、由起はまたもや得体の知れない笑みを浮かべた。野島のピロー・トークの中に、重大な秘密が隠されているとでも言いたげだった。それにしても、由起が野島を「社長」と呼び続けたことが印象的だった。ただの従業員ならそれも当然だが、由起は野島の妻だったことを考えると、その呼び方はいかにもよそよそしかった。

一筋縄ではいかない相手だ。ときおり見せる、あのピントのズレた、突拍子もない反応を真《ま》に受けていいものか、森本は迷い始めていた。

2

森本は若干予定を変更して、土倉真希絵に会う前に、川島《かわしま》水脈に会うことに決めた。芝山にはそんな面会の順番については相談しなかった。芝山自身が、森本の独自調査を望んでいるのだから、芝山との相談は決定的な重要問題が出てきたときでいいと、考えていた。

由起の第一印象は、予想通り、いや、予想以上にひどかった。その主観に満ちた発言もまったく信用できなかった。

正直に言って、由起と接見したことによって、やはり由起がやったのではないかという森本の疑念は増幅されていた。真希絵の首筋について言及した、あの思わせぶりな発言も、真犯人を示唆する謎かけに見えて、実際は由起に向けられた森本の疑念を躱《かわ》すための攪乱《かくらん》戦術にも思われるのだ。

こういう状況を総合的に判断して、森本は、真希絵に会う前に、客観的な情報提供者と話してみることが必要だと感じていたのである。

そこで、由起自身が比較的よく口を利いていたと話した川島水脈に、まず会ってみようと思ったのだ。それに、芝山の言う通りだとすれば、水脈が「エステート野島」で経理担当だったことも、森本が会ってみようと思った理由の一つであった。

「エステート野島」は、野島の死後、由起が代表取締役となって三年ほど続いたが、由起の逮捕後に消滅した。ただ、この件については、事件資料の中に担当弁護士の報告書があり、それによれば、由起は代表取締役という法的立場を確保していただけで、実質的に会社経営に携わることはなかったという。

川島水脈は「エステート野島」がなくなったあと、市内の醬油醸造会社に転職していた。従業員の中には、再就職の口をなかなか見つけられない者もいたようだが、水脈は真面目な性格の上、商業高校出身で経理の実務経験もあったので、比較的簡単に再就職が決まったらしい。

森本はあらかじめ水脈の勤務先の会社に電話を掛けて連絡を取り、仕事帰りの水脈と市内の喫茶店で、午後七時に待ち合わせていた。電話で水脈自身が説明したところによれば、現在、銚子市内のアパートで、母親と二人暮らしだという。

水脈は黒のロングパンツに長袖のワイシャツという地味な服装で、約束の時間きっかりにやって来た。女性としては平均的な身長の痩せ型で、短めの黒髪に黒縁の眼鏡を掛け、いかにも真面目そうな雰囲気の女性だった。

年齢は由起とさほど変わらない印象だったが、二人が醸し出す雰囲気はまったく対照的だった。水脈が席に着くと、森本はすぐに話を切り出した。

「本日は、お呼び出しして、申しわけありません。弁護士の森本と申します。私は坂井由起さんの弁護団の一人で、主に事件調査を担当しています」

最初に電話で話したときは、水脈の立場を考えて、短い会話しかしていなかった。森本は名刺を渡しながら、改めて自己紹介した。

「あのすみません。私、名刺を持っていないものですから――」

水脈は恐縮したように、おどおどした口調で言った。

「いえ、大丈夫です。最近は、名刺をお持ちでない方も多いですから。若い方では、デジタル名刺を利用される方もいらっしゃいますよね」

森本は微笑みながら優しく言った。こちらが強引な話し方をすれば、すぐに口を閉ざしてしまいそうな女性であるのは、森本も敏感に感じ取っていた。実は、こういうタイプの人間が、森本はあまり得意ではなかった。

自分の向こうっ気の強さと気の短さを自覚しているので、極端に真面目で気の弱そうな相手に出会うと、かえって過剰に気を遣ってしまうのだ。

「いいえ、そういう意味じゃなくて、うちの会社で私は内勤の事務員ですので、名刺を求められることもありませんので」

水脈はますますおどおどした口調で言った。森本は、デジタル名刺などという言葉を使ったことを後悔した。

女性店員が注文を取りに来て、飲み物が運ばれて来るまで、森本は水脈の緊張をほぐすように、事件とはまったく無関係な雑談を仕掛けてみた。しかし、丁寧な言葉遣いであるものの、返事はほんの一言、二言が返ってくるだけだ。

元々無口な女性なのかも知れない。それとも、このあとの森本の質問を早くも警戒しているのか。判断は難しかった。

「それでは川島さんのお時間もあると思いますので、早速質問させてください」

森本は不意に声を落として、本題に入ることを宣言した。平日の月曜日だったので、店内はそれほど混んでおらず、幸い隣りは空席だった。

「川島さんは、由起さんとはときおり話すことがあったのですよね。どんなお話をされていたのでしょうか?」

「どんな——ですか?」

そう言ったあと、水脈は一瞬、絶句した。やはり、真面目な性格が滲み出ているような反応だった。できるだけ正確に思い出そうとしている表情に見える。

「いいえ、大雑把な話でいいんです。あるいは、彼女と交わした会話で、何か印象に残っていることがあれば教えて欲しいんです」

水脈の緊張に配慮してハードルを下げたものの、森本に何の思惑もなかったと言えば嘘になるだろう。水脈の無意識の発言の中に、由起の潔白を判断できる何らかの予想外の情報が含まれることを期待したのは、森本自身、否定できなかった。

「たいていは、事務的なことだったと思います。社長に頼まれて、私が由起さんに連絡したり、逆に由起さんが私に連絡したり。特に、印象に残るような会話はしていません。私は会社にいるのが普通で、めったに社長の自宅に行くことはありませんでしたし、由起さんも会社にそんなに頻繁に来ていたわけではありませんから」

　森本の期待も空しく、水脈の答えはあまりにも無色透明に過ぎた。しかし、考えてみれば、ごく自然な答えとも言える。水脈は「エステート野島」の社員であり、由起は野島の妻とは言え、会社の仕事を手伝っていたわけでもないのだから、水脈の言う通り、由起との間に日常的な接触がそれほどあったとは思えなかった。

「では、土倉真希絵さんはどうでしょうか？　彼女とはある程度親しかったんじゃありませんか？」

「それは真希絵ちゃんも私も同じ従業員で、会社の部屋でいつも一緒に仕事をしていましたから、由起さんよりはよく話をしていました。でも、あくまでも会社内の付き合いで、私たちが特に親しかったわけではありません」

　森本はますます水脈のガードが固くなるのを感じた。

「では、真希絵さんと由起さんが不仲だったという話はご存じないですか？」

　水脈は、不意に太い眼鏡のつるを右手で押し上げるようにして、若干、顔を硬直させたように見えた。秘密の保持という点ではガードは固いが、かといって、嘘は吐《つ》きたくないという潔癖な性格が自ずと現れているような反応だった。

　こういう人間の証言は、引き出すのは難しいが、それができさえすれば信憑性の高い証言という評価を受けることになる。森本はそう思いつつ、やや軽めにアクセルをふかすように、言葉を繋いだ。

「『エステート野島』の従業員に、そんな話をしている人がいるんです。ですから、川島さんも噂話程度のことはお聞きになっているかも知れないと思って」

　森本が直接、この話を聞いたのは由起からだったが、これについては、森本が読んだ他の弁護士の報告書にも、従業員の証言として書かれていた内容だから、デタラメを言ったわけではない。

「それは噂話としては、聞いたことがありますが、あまり詳しくは知りません」

「真希絵さんか、由起さんのどちらかから、そういう話を聞いたことはありませんか？」

　水脈は再び、考え込むように沈黙した。しかし、ほんの数秒の間を置いただけで、すぐに話し出した。

「真希絵ちゃん、人の悪口はあまり言わない人ですから、由起さんのことを悪く言うのは聞いたことがありません。由起さんは、ときおり、真希絵ちゃんの悪口とも取れることを私に言うことはありましたが、そんなに深刻な調子でもなく、軽口に近いものだったと思います」

「例えば、どんな？」

「私、記憶力が悪いので、よく覚えていませんが、『あの子、どうせ仕事なんかしてないんでしょ』とか。でも、そんなことはなくて、真希絵ちゃんは会社内ではきちんと仕事をする人でした」

　この時点で森本は、水脈の立ち位置をある程度理解できたと感じていた。やはり、由起よりは真希絵のほうに共感を持っているのだろう。ただ、水脈も真希絵も同じ従業員で、由起は若いとは言え、当時、社長夫人だったのだから、それは当然とも言えた。

もう一つ、森本が感じていたのは、水脈がその自信の欠如した謙虚な口調にも拘わらず、物事を正確に話す能力を備えており、記憶力が悪いという自己評価とは裏腹に、かなり確かな記憶力の持ち主であるということだった。しかも、その言動からは無意識の誠実さと呼べるようなものが感じられ、それは相当程度の信用に値すると思えたのだ。

そんな水脈と一定の信頼関係が構築できれば、貴重な情報提供者になり得るだろう。

ただ、問題は鎧《よろい》のように固そうな警戒心をどのようにほぐしていくか、だった。気がつくと、水脈は注文したアイスコーヒーにまったく手をつけていない。ずっと質問責めにしているのだから、それもそのはずである。

これはまずいと森本は咄嗟《とっさ》に判断した。

「あっ、どうぞお飲み物、お飲みになってください」

それから、左手の腕時計を見て、若干、わざとらしく言った。

「もう八時近いのか。お腹空いたんじゃありません？ ごめんなさい。気がつかなくって。ここは喫茶店と言っても、食べ物もけっこうあるんですよ、何か食べ物を注文しましょうよ」

水脈が妙に悲しそうな視線を投げかけてきたことに気づいた。ひょっとしたら、もう帰して欲しいと言い出すのではないかと、森本は恐れた。しかし、水脈の口から発せられた言葉は、あまりにも意外なものだった。

「すみません。私、あまりお金がないんですけど」

蚊の鳴くような弱々しい、恥ずかしそうな声だった。一瞬、文脈を失ったように思えた。実際、どういう意味なのか、森本はすぐには分からなかった。

だが、やがて水脈が自分の飲食代は自分で出さなければならないと考えていることに気づいた。あまりにも堅い素朴な考え方だが、森本はそういう水脈に好感を覚えつつ、そんな屈辱的な発言をさせて、なおもその意味に気づけなかった自分自身に、嫌悪すら感じていた。

「大丈夫ですよ。こういうのって、私にとって仕事ですから、私の事務所が負担してくれるんです。ですから、何かおいしいもの食べちゃいましょうよ」

わざとらしく言いつくろった感は否めなかったが、森本はできるだけ明るい声で、冗談めかして言った。だが、水脈の沈んだ表情に、変化はなかった。

強引な押しつけはまずい。森本は再び、自戒の念に駆られた。やはり、水脈がここにもう少し留まってくれるのか、とにかくその意思をもう一度確認すべきだろう。

「それとも、時間は大丈夫でしょうか？　無理にお引き留めするのは、申し訳ないですから」

恐る恐る聞いた。できることなら、帰りたいという言葉を聞きたくなかった。

「ええ、大丈夫です。母には遅くなると言ってありますから」

今度は、水脈が森本の目をしっかりと見つめて答えた。森本は安堵し、全身が一気に弛緩するのを感じた。同時に、何か重要な情報を水脈から聞き出すというよりは、とにかく信頼関係を構築するほうが先だと決心していた。

「良かった！　じゃあ、メニュー持ってきてもらいましょう」

森本は満面の笑みを浮かべて、歌うように言った。水脈が小さくうなずき、その顔からようやく弱々しい笑みがこぼれたように見えた。

3

「私、母が再婚していて、義理の父とうまくいっていなかったから、幸せな家庭ということに憧れが強いんです」

真希絵は水脈とは違い、話し方は生き生きとしていて、少々暗い話でも、それほど深刻には響かなかった。従って、継父《けいふ》についての発言も、現在の幸福との対比において語られたという印象で、その口調には何の屈託もなかった。

森本はすでに真希絵の経歴を調査していた。真希絵が怪しいことを仄めかす由起の話を鵜呑みにしたわけではないが、それとは別に真希絵のことはきちんと調べるべきだとは思っていたのだ。

その結果、高校以降の真希絵に関して特筆すべき問題はなかったが、中学時代は若干の問題を抱える生徒だったことが判明した。銚子市内の公立中学に通っていたのだが、欠席も多く、校内の非行グループとも交友関係があったらしい。その主たる原因が、自ら打ち明けた通り、母親の再婚相手である義理の父親との関係がうまくいかず、自暴自棄になっていたことにあるのも分かった。

だが、現在の真希絵は、そういうイメージからはほど遠かった。「エステート野島」を退職したあと、丸の内にある貿易会社に転職していたが、来年の春には同僚の社員と結婚し、寿《ことぶき》退社する予定だという。

森本は千葉から東京に出張し、真希絵の会社の近くにあるホテルのラウンジで話を聞いていた。午後七時に待ち合わせ、話し始めてからすでに一時間が経過している。

真希絵は、長身でスタイルがいいという点では由起と似ていた。長い黒髪も同じだ。ただ、真希絵は白の地に紫の花柄の入った品のいいワンピースを着ており、由起に比べて、全体的に清新な印象を醸し出していた。

しかし、刑務所拘置区の面会室とホテルのラウンジという環境の違いは決定的だった。森本が二人について抱いた印象が、どれほど客観的なものなのか、即座には判断できなかった。

確かに真希絵も非常に整った顔の持ち主で、どちらを好むかは、人それぞれに思われた。ただ、同じ時期に真希絵とも接していた野島が、由起と結婚したという事実は、野島の好みを物語っているという解釈も不可能ではない。

　しかし、二人の性格という視点では、真希絵のほうが遥かに扱い易かった。真希絵はきちんと話ができる人間で、年齢相応以上の落ち着きがあり、受け答えも誠実に思えた。

　真希絵は、野島が由起と結婚したあとも、野島との男女の関係があったことを率直に認めた。結婚を控えた女性にそんな質問をすることに森本は躊躇を覚えたものの、それは聞かざるを得ない質問であることも確かだった。

「由起さんには申し訳ないと思っていました。でも、結婚後、社長が由起さんとはうまくいかなくなっていて、寂しさのせいからか、私に何度か男女の行為を求めてきたことがありました。ほとんど断っていましたが、断り切れないこともあって、応じたこともありました。恥ずかしい話ですが、私はその頃、お金に困っていましたので、経済的な事情もあったんです」

　正直な告白だった。小声で淡々と語る真希絵に対して、森本はむしろ、好感を抱いていた。真希絵が嘘を吐いているとも思えなかった。実際、野島が死の直前にも真希絵と完全には切れていなかったという話は、水脈も含む他の何人かの従業員も、家政婦の文代も認めているのだ。

　森本はやはり真希絵の首筋のことが気になっていた。しかし、真希絵がその日着ていたワンピースは、比較的後ろ襟が高い位置に来るもので、首筋の三分の一程度は隠れていた。

　野島との男女関係をしつこく訊くのも憚《はばか》られるのに、さすがにそこまでは訊けなかった。森本の目に映る限りにおいては、その首筋に異状は認められない。森本は話題の転換を図った。ただ、

「野島さんが亡くなって二ヶ月半くらいしてから、週刊誌の報道で遺言状が存在することが判明しましたよね。あの遺言状については、土倉さんはどうお考えですか？　本物か偽物かという視点で言うと、どうなのでしょうか？」

「さあ、それは私には、何とも分かりません」

真希絵は心底困り果てたような表情で答えた。それから、自らを落ち着かせるように、アイスティーのストローを口に近づけた。

その遺言書は野島の知人に郵送され、そこから野島の弁護士の手に渡っていた。赤ペンで書かれていて、若干、乱雑な書体だったが、平仮名で「いごん」などの法律用語が使用され、この遺言書が有効か無効か一概には判断できなかった。

「銚子クレイドル」という民間の福祉施設に全遺産を寄付する旨が記されていたのだが、由起には配偶者としての遺留分請求権が認められており、この遺言書が有効だったとしても、遺産のおよそ半分を手に入れることができる。

遺言書がなければ、十三億五千万円と言われる野島の遺産の四分の三を、妻として相続できるはずだったのだから、四分の一少なくなるが、それでも由起を十分に満足させる金額だろう。野島には子供もおらず、直系尊属も全員死亡していた。兄弟姉妹には法律上、遺留分請求権は認められないので、由起以外に遺留分請求権を持つ者はいなくなる。

さらには、この遺言書が正式に有効なものと認められた場合、野島の兄弟姉妹は遺言書がなければもらえたはずの四分の一の遺産を失ってしまう。要するに、由起に対する打撃はそれほどでもなく、野島の兄弟姉妹には決定的な打撃を与えることになるのだ。従って、経済的な意味では由起が野島をあえて殺害する動機は弱いというのが、この事件が冤罪であると芝山が考えるいくつかの理由の一つのようだった。

野島の親族はこの遺言書の無効を訴える訴訟を起こし、現在も係争中である。

「『銚子クレイドル』という福祉施設の名前を、土倉さんは、野島さんの口から聞いたことはあるんですか?」

「いえ、それはありません。ただ、亡くなる直前の社長が、以前患った脳梗塞の後遺症もあるのか、それとも由起さんとうまくいかなくなったことが原因なのか、いろいろなことに疑い深くなり、全財産を親族にも由起さんにも渡さず福祉施設に寄付すると言っていたのは、私も直接、社長の口から聞いているから、本当なんです。でも、その遺言状が本物だとしたら、どうしてユニセフみたいな公的機関ではなくて、無名の福祉施設を指定したのか、不思議なんです。だから、私には誰かの誘導があったとしか思えません」

誰かの誘導。この言葉に、森本は強く反応した。誰かというのは遠回しな表現で、どうやら由起のことを言っているようだった。しかし、もしそうだとしたら、少なくとも金額の上では自分が不利になるような遺言書を、由起が何故あえて野島に書かせたかという疑問が生まれるのだ。

森本は、この点については真希絵にそれ以上の詳細な質問をする気はなかった。微妙な法律問題が絡むことだったから、真希絵も答えようがないだろうと森本は判断したのだ。森本はもう一度、話題の転換を図った。

「ところで、野島さんの愛犬のリンちゃんが死んだ件ですが、リンちゃんの世話をするのは、野島さん以外に誰だったのでしょうか？」

唐突なこの質問に対しては、真希絵は幾分怪訝《けげん》な表情となった。おそらく、その質問の趣旨が理解できなかったのだろう。ただ、この点についても由起の主張をそのまま伝えるわけにはいかなかった。

「社長はリンちゃんをとてもかわいがってはいましたが、世話自体は他の人がやっていました。基本的にはお手伝いさんの小宮山さんが世話係で、リンちゃんの餌なんかはほとんど彼女があげていました。でも、小宮山さんは他の仕事もあるので、彼女の手が塞がっていれば、そのときの都合で、散歩なんかはいろいろな人が手伝っていました。私も小宮山さんに頼まれてリンちゃんを散歩させることはありましたし、たまに経理の川島さんも、それに男性社員の方も散歩させていました」

そうだとしたら、この質問はほとんど意味がなかった。由起が主張するようにリンが誰かに殺されたのだとしたら、外傷はなかったというから、毒物を使ったか、何らかの方法で窒息死させた可能性が高い。そういうことをするチャンスは、餌をやるときか散歩に連れ出すときだと考えるのが、自然な見方だろう。

チャンスが一番多かったのは家政婦の文代だが、それは頻度の問題に過ぎず、真希絵の話からは、他の従業員の可能性も完全には排除できなかった。因みに、リンは犬小屋で死亡しているのが、文代によって発見されている。

この問題については、森本は水脈の言葉を思い出していた。

「かかりつけの獣医さんは、老衰による病死だと言ってました」

案外、この平凡な結論が正解なのかも知れない。だが、覚醒剤の効果を試したのではないかという千葉県警の推測も、仮にそうではなかったとしても、それなりに納得できるものではある。

一方、真希絵が由起と野島の結婚に対する嫉妬心から、嫌がらせとしてリンを殺害したという由起の示唆は、冷静に考えると、あまりにも荒唐無稽に思われるのだ。

それは今から思えば、森本の疑念を真希絵に向けるための、根拠のない惹きネタに過ぎなかったのかも知れない。しかし、その真希絵は遺産問題の当事者とは言えず、そもそも野島を殺害する動機がなかった。実際に会ってみて、森本は、由起よりも真希絵のほうが遥かに人間的に信頼できると感じたのだ。

4

森本は真希絵と遺言書について話したとき、できるだけ早い段階で、野島の遺産管理人である弁護士三船信二《みふねしんじ》に面会する必要を感じていた。野島の遺言書について森本が持っている知識は、基本的には報告書や資料などから得られた紙の上の二次情報に過ぎず、三船がその遺言書を手に入れた経緯や本物と見なしている理由について、明確に理解しているわけではなかったからだ。

今後の刑事裁判でも、この遺言書が本物か偽物かだけでなく、どちらの場合でも、それが何故書かれたかが重要な争点となり、それがどう帰着するかによって、有罪・無罪の判決にも多大な影響を与えることが予想されていた。

森本は銚子市内にある「三船法律事務所」を訪ね、応接室のソファに座って、三船と話した。三船は六十八歳の民事専門の弁護士で、金縁の眼鏡を掛けたいかにもこなれた性格の男だった。その話しぶりは、はっきりと刑事事件とは距離を取っているように見えた。

三船は、野島が遺言書を書いた現場には立ち会っておらず、野島の死後、野島の知人が取り扱いに困って、その遺言書を三船の元に届けてきたのだと説明した。ただ、三船はこの点について、森本の持つ情報からは微妙に漏れ落ちていた興味深い話をしてくれた。

この遺言書が書かれたのは、野島が死亡する二ヶ月半ほど前だったが、実は、野島はそれ以前の二〇一三年にも遺言書を作成していて、それは三船の立ち会いの下に書かれたというのだ。

しかし、遺言書が複数存在する場合は、法的には日付の新しいものが優先され、新しい遺言書で古い遺言書を取り消したものと見なすのが普通である。三船は生前、野島との間に死後の財産管理の契約を結んでいたため、その新しい遺言書を野島が書いた有効なものと判断して、法的処理を進めているだけだという。

「三船先生が、その遺言書を本物だとお考えになっている根拠は何でしょうか？」

「総合的な判断です」

三船はごくあっさりとした口調で答えた。

「もう少し具体的に教えていただけないでしょうか？」

森本はさらに突っ込むように訊いた。

「根拠というより、私にとってそれは自明と言うべきでしょうか。実は、私は野島さんの最晩年にも彼とはよく話していましてね。まあ、奥さんの由起さんとうまく行っていなかったこともあり、まさに遺言書に書かれている内容に近いことを野島さんが口にするのを何度か聞いているんです」

だから、野島の知人が、問題の遺言書を持ち込んできたとき、その内容には特に驚かなかったという。形式的には、赤ペンで書かれていて、ヘンと言えばヘンだったが、黒ペンが手元になかったので赤で書いただけかも知れず、いかにも野島らしいとも言えた。

遺言書は黒ペンで書くべしと言う決まりもないのだ。筆跡は、かなり急いで書いたらしく乱れてはいたが、普段の野島の字と似ていることは確かだった。三船が依頼した鑑定人は「(野島の字と) 酷似している」という鑑定結果を出したが、親族側の弁護士が依頼した別の鑑定人は「別人である可能性も否定できない」という異なる結論を出している。

三船の話によると、裁判所が独自の判断でさらに別の鑑定人に依頼する可能性もあるが、いずれにしても最終的に裁判所が総合的に判断するだろうという。筆跡鑑定人の鑑定結果が異なるのは、遺言書を巡る遺産訴訟ではそう珍しいことではないらしい。筆跡鑑定というのは、所詮、厳密な意味での科学ではなく、骨相学に近い、疑似科学に過ぎないのだ。

『いごん』等の法律用語が使われていることを不自然だと書いている週刊誌もあったが、そんな情報は、ネット検索すれば、すぐに出てくることだった。

「どうしてひらがなで書いたかは、私にも分かりませんが、案外、普通には『ゆいごん』と読むその漢字が、法律的には『いごん』と読むのが正しいことを知っていると自慢したかっただけじゃないでしょうか。野島さんには、そういう子供じみたところがあったんです。そういう意味でもいかにも野島さんらしいですよ」

　最後の部分を、三船は笑いながら言った。

「以前にも『銚子クレイドル』の名前を野島さんから聞いていたのですか？」

「それが、ぜんぜん。従って、あの遺言書に関して、私にとっての驚きがあったとしたら、その一点だけでしたね。突然、あの名前が出てきたんですよ。私は普通にユニセフとか地方自治体のような公共機関に寄付するつもりだろうと思っていました。実際、最初の遺言書では、寄付先は銚子市役所となっていたんですよ」

　森本は、三船のこの発言にはかなり驚き、やはり、直接に会ってみるものだと痛感していた。二通の遺言書があるのは、森本も他の弁護士から何となく聞いていたが、寄付先が違うことは、このとき初めて知ったのだ。

　世間一般には、二〇一三年に書かれた最初の遺言書については、ほとんど知られていないはずだ。森本自身も、その最初の遺言書に関するマスコミの報道は見たことがなかった。

「ということは、その五年の間に、野島さんの気が変わった、あるいは周辺事情に何か大きな変化があったということでしょうか？」

「まあ、そういうことかも知れませんね。ただ、最初の遺言書は私の立ち会いの下に書かれていますから、その意図はよく分かっているんです。これは遺産管理人の立場としては、あまり言ってはいけないことですが、野島さんは七人きょうだいの五男で、他の親族とあまりうまくいっていませんでした。当時は奥さんもいらっしゃらなかったので、とにかく、親族には一銭もやりたくないから銚子市役所に全財産を寄付すると言っていたのは、確かなんです」

　その頃、由起との交際は始まってさえいなかったのだから、三船の話には十分に説得力があった。ただ、そのあと、寄付先が変更になったのは、やはり誰かの入れ知恵があったとしか思えなかった。

「もっとも、最初の遺言書のあと、亡くなるまで、野島さんが具体的な寄付先を口にすることはありませんでしたから、私にも何で突然、『銚子クレイドル』という名前が出てきたのか、その理由はまったく分からないんです」

「その遺言書を先生のところに持ち込んできた知人というのは、どなたなのでしょうか？」

森本は話題を転換するように訊いた。寄付先の変更の理由に関して、これ以上、三船が何かを知っているようにも思えなかった。

「『エステート野島』の元専務ですよ。上原《うえはら》という男で、野島さんが亡くなる五年前くらいだったかな。『エステート野島』を円満退職して銚子市の外川《とかわ》という場所で、奥さんと一緒に活魚料理店を始めた人です。野島さんも応援していて、亡くなる直前にも野島さんはときおり、その店に顔を出していたそうです。私も一度だけ、野島さんと一緒に彼の店に行ったことがありますよ」

「その上原さんという方が、『銚子クレイドル』のことを知っている可能性は？」

「あり得ませんよ。上原さん自身が、どうして野島さんがそんなところに寄付しようとしたのか、不思議がって、しきりに私に訊いていましたから」

森本は三船の言葉を鵜呑みにするのは危険だと感じていた。仮に三船の言うことが本当だとしても、上原はやはり一度は直接当たってみるべき相手だと思った。しかし、これ以上、この場で上原の話題を続ける気はなかった。

「民事の裁判はどうなりそうですか？」

森本は微笑みながら、話題を転換するように訊いた。

「分かりませんな。私は野島さんの遺言書に示された意志に沿って、野島さんの遺産を適正に処分しようとしているだけなんですけどね。でも、ご存じのように、明治時代の名残なのか、民事事件では訴えを起こした側を原告と呼び、訴えを起こされた側を被告と呼ぶわけですが、私も突然、被告というありがたくない呼び名を頂戴して、複雑な心境ですよ」

三船はここで笑い、チラリと腕時計を見た。元々一時間だけという約束で、そろそろその一時間になり掛かっていた。森本は慌てて最後に、一つだけ質問した。

「由起さんが逮捕されてから、うちの事務所から誰か先生のところに訊きに来たでしょうか？」

「もちろん、所長の芝山先生を始めとして、他の弁護士の先生方も入れ替わり立ち替わり、わざわざ特急列車に乗って千葉市からいらっしゃいましたよ。まあ、やむを得ないことかも知れませんが、基本的に質問はみな同じでしたね。何故寄付先として、『銚子クレイドル』を選んだのか、私がその事情を知っていると皆さん思ってたみたいですよ。最初の遺言書のように、市役所なら分かるけど、どうしてそんな無名の民間施設に、という気持ちはみんな持っていたんでしょうね。でも、残念ながら、私も皆さんと同じで、それがさっぱり分からないんです。六年前も、今でも。まあ、刑事事件の弁護人の先生たちが、どういう経緯で野島さんが寄付先を『銚子クレイドル』に決めたのかを気にするのは分かりますが、民事的に言うと、そんな経緯はあまり重要でもないんですね。とにかく、遺言書にはその施設の名前が記載されていますので、我々はそれを既定の事実として受け入れるしかないんです。ただ、あの遺言書が筆跡の面から言っても、内容から言っても、野島さんが書いたものであるのは間違いないんです。しかし、ご存じのように、刑事であれ、民事であれ、現代の裁判は証拠主義ですからね。当たり前のことでも、客観的に証明できなければ敗訴となり、それは形式的には真実ではないということになってしまうんですよ」

三船の言うことは、同じ法律家として、よく分かった。その言葉を聞きながら、森本は由起の容疑が本当に冤罪なのかを再び考え始めていた。

由起の主任弁護人である芝山が勝訴を目指すのは当然であり、そのためには実体的真実より形式的真実を重んじることはけっして間違ってはいない。それを芝山の功名心と決めつけるのは、必ずしも公平ではないだろう。

森本も法曹界にいる人間として、法律家が真実と呼ぶものは、形式的真実でなければならないことは十分に理解していた。世間が求める実体的真実というものが、形式という枠を逸脱するとき、冤罪の温床になりかねないことも、現実の弁護士活動の中で、いやというほどたたき込まれてきた。

それにしても、である。有罪であることが明確な人間が、法的な枠組みから外れるという理由だけで無罪と判定されることには、どうしても抵抗を感じないではいられなかった。

当時の由起が遺言書の存在を知っていて、法律的知識が皆無だったとしたら、その文言を文字通りに受け止めて、自分の手に遺産は一切入らないと考えた可能性は、やはり否定しきれなかった。だとしたら、野島を殺害する動機が由起には十分にあったと言うしかないのだ。

5

三年前、由起が殺人罪で逮捕されて、芝山がその弁護を引き受けたとき、弁護団はすぐに「銚子クレイドル」を調査していた。この施設は千葉県にNPO法人の登録をしており、家庭問題などで助けを求めてやって来る人間の駆け込み寺のような役割を果たしていた。

年齢・性別・国籍を問わず、小・中・高校生、主婦、老人、外国人の身の上相談に乗り、一時的な宿泊施設になることもあるという。

相手に支払い能力がある場合は、一定の宿泊料金を受け取るが、支払い能力がない場合は、無料で滞在させることもあるらしい。ＮＰＯ法人として生活困難世帯に対するサポート活動も行い、助成金を得ていた。この助成金と、篤志家の寄付で成り立っている施設だった。

住谷《すみや》和子《かずこ》という、四十三歳のクリスチャンの女性が代表で、若い女性スタッフが五人と男性三人が職員として働いていた。

もちろん、一般にＮＰＯ法人は営利を目的としないのが建前だが、最近では微妙なものも混在している。よくあるのは、生活保護費の受給が可能となるように生活困窮者を援助し、その金を管理することによって、こういう事業を成立させ、結果的にかなり利益を上げているケースだ。

こういうやり方は、見方によっては、生活困窮者の生活保護費を搾取しているようにも見えるため、社会問題になることも少なくない。

しかし、担当弁護士が住谷に訊いたところ、その宿泊施設の居住者に生活保護受給者は一人もおらず、そのことは後の調査でも事実であることが判明していた。ただ、篤志家の寄付というのが、どの程度の額であるかも分からず、要するに、その宿泊施設の経営がどういう状態なのかは正確には分からなかった。

住谷は、すべての財産を「銚子クレイドル」に寄付すると野島が遺言書に書いた理由についてはまったく心当たりがないと答えたという。その上で、野島が「銚子クレイドル」の活動を知り、純粋な気持ちで寄付を考えたのだとすれば、その遺言書が本物と認められた段階で、どうするか考えるとも話しているらしい。

その一方で、マスコミ対応は一切拒否しているため、住谷が今も同じ考えなのかどうかは分明ではなかった。

それから三年後、この話を芝山から聞いた森本がまず思い浮かべたのは、「胡散《うさん》臭い」という言葉だった。もちろん、先入観が危険であるのは分かっていたが、以前にＮＰＯ法人を巡る民事事件を扱ったことがあり、このような法人の負の側面も知っていたから、手放しにその公益性を信じる気にはなれなかったのだ。だが、やはり、そういう否定的な見解は、由起に対する疑念とも無関係ではなかったのだろう。

真希絵の言う通り、遺言書について、誰かの誘導があったとすると、妻である由起が誘導者候補の最有力になるのは当然だった。最晩年の野島と由起の不仲が取り沙汰されてはいるが、夫婦関係というのはそれほど一面的なものではなく、複雑で、一瞬のうちにどうにでも変わる面もあるのだ。

確かに、その遺言書の内容が、金銭的には由起の利益に少なからず反していることは否定できなかった。しかし、寄付先の「銚子クレイドル」に何かのカラクリがあるとすれば、話は違ってくるかも知れないのだ。

森本は特に芝山と相談することもなく、住谷のことを調べてみた。法人としての「銚子クレイドル」に対する調査はそれなりに行われていたとしても、住谷個人に対する調査が不足しているように思われたのである。

住谷の父親は目白《めじろ》にあるプロテスタント系教会の牧師で、八十歳を超える現在でも、教会の布教活動を行っているという。新興宗教などとはまったく無縁な、地域密着型の普通の教会だった。だが、住谷はこの教会の運営には関与していなかった。キリスト教の出自を背景に持ちながら、もう少し、現実的な社会活動を実践するのに熱心らしい。有名私大の外国語学部を卒業し、商社員の男性と結婚したが、十年前に離婚している。

社会活動に熱心なあまり、家庭のことを顧みなかったのが離婚原因だというのが、周囲の人間のもっぱらの評判だった。元夫との間に子供はいなかったので、親権問題も起こらず、離婚手続きは比較的スムーズに運んだという。

森本の調査でこれだけのことが分かったのだが、どれも一つ一つは特別な事情とは言えず、この女性に特に怪しげな点があるわけではなかった。

6

すでに七月に入って、暑さが増していた。森本はロングのデニムに、半袖のTシャツという軽装だったが、路面の照り返しも強く、体感としては三十五度を超える猛暑日になっているように思われた。

その日、森本は千葉から東京に出張し、地下鉄表参道《おもてさんどう》駅から、小宮山文代の住むマンションに向かって歩いていた。平日の午後一時過ぎで、商店街が途切れ、住宅街に入ると、人通りは一気に減り、周囲の風景は閑静な住宅街らしい落ち着いたたたずまいを見せ始めた。

森本にとって、真希絵を訪ねたことに続く、二度目の東京主張だったが、その日は日帰りのつもりだった。前回は、翌日がそれほどきついスケジュールではなかったので、地下鉄四谷三丁目駅から十分ほど歩いたところにある実家に一泊していた。

だが、今回は翌朝九時から、千葉地裁における民事事件の公判を控えていたので、文代との面会を終えたあとは、すぐに千葉に戻るつもりだった。

森本がスマホのグーグルマップの道案内を使い、文代のマンションに到着したのは午後一時半過ぎだった。森本は目前の薄いブルーの壁を見上げた。

十階建てでそれほど大きくはないが、瀟洒な気品のある建物である。文代は昔、銀座の高級クラブの人気ホステスで、野島と縁ができたのも、その頃、野島がそこに通っていたからだという週刊誌の記事を、森本も読んだことがあった。

森本が次の面会者に文代を選んだのは、やはり、死体発見時の由起の様子を知りたかったからだ。おそらく、そのことを文代は、警察からも相当執拗に訊かれたはずだが、森本もその点について、直接、文代の口から聞きだしたかった。

由起に対する森本の疑念はまったく収まっておらず、やはり、野島の死体発見時の原点に戻って、考え直してみたいという気持ちが強まっていた。死体を発見したときの由起の反応に何か不自然と思われる兆候があったのか、なかったのか。常に野島と由起のそばにいた文代がどういう風に感じているのかを、本人から聞きだすことが非常に重要なことに思われたのだ。

「まあ、社長の家は、普通の住宅と違って、防犯カメラが八台も設置されていましたからね。万一、玄関まで入れたとしても、一階の居間にいた由起ちゃんと私の目に触れずに二階に上がるなんて不可能ですよ。ですから、あの日、社長が死亡したと考えられる午後四時から十時までの間に、部外者が侵入して、社長に覚醒剤を飲ませたとは考えにくいですよ」

森本は、豪華なラズベリー色の応接セットのソファで、文代と対座していた。文代は、銀座での水商売の経験が長かっただけに、いかにも世慣れた感じで、話し方もうまい。全体的にサバサバした語り口調で、森本は好感を持った。現在は、世田谷区の有料老人ホームのケアマネージャーをしているというが、その日は仕事が休みだった。

文代が「午後四時から十時までの間」という限定的な時間に言及しているのは、彼女がその日に体験した事柄を時系列に沿って考えると、その時間帯のどこかで野島が死亡したと考えられるからだろう。後に千葉県警銚子署は、死亡推定時刻は午後九時頃と発表している。

文代はその日、いつも通り、午後四時に知人の家に出かけ、午後七時半頃には野島の家に戻っていた。そのあと、一階のリビングで由起と一緒にテレビを観ていたとき、午後八時頃、二階でドンドンという足音がしたので、二人とも野島がまだ起きていると判断したという。そのあと、午後十時頃、由起が二階に様子を見に行き、ソファに座って、全裸で死んでいる野島を発見したのである。

由起が下に降りてきて、「社長が大変！」と言うものだから、文代も由起と共に二階に上がって、野島の死体を目撃することになった。従って、文代の場合、厳密な意味では死体の第一発見者とは言えないにしても、ほぼそれに近い状態だったことは否定できず、その後の銚子署による執拗な事情聴取もやむを得ない面があったように思われるのだ。

「由起さんが最初にご遺体を発見して、一階に降りてきたとき、どんな様子だったのでしょうか？　すごく動揺していたとか、逆に不自然なほど、冷静だったとか」

森本の含みのある質問に、文代は軽く首をひねる仕草をした。森本の質問の意図をすぐに察知したような反応だった。

「それはとても驚いている様子でしたけど、特に動揺していたかどうかは分かりませんでしたね。元々、喜怒哀楽が顔に出ない子なんです。それに、最初に下に降りてきたときは、私の印象では由起ちゃんは、社長が死んでいるとは確信できなかったんじゃないかしら。それで、『社長が死んでいる！』ではなく、『社長が大変！』って言ったのだと思うんです」

喜怒哀楽が顔に出ない子。一度、由起に接見している森本には、文代の言う意味が非常によく理解できた。仮に笑ったとしても、その笑いの意味が通常の文脈には収まらないような女なのだ。

「小宮山さんに対する警察の事情聴取は、やはり相当に厳しいものだったんでしょうか？」

「それが、そうでもなかったんです。まあ、私を疑っているというよりは、私を通して、由起ちゃんの情報を聞き出すというのが彼らの表向きのスタンスでしたからね。でも、今にして思えば、私の単独犯説には懐疑的だったとしても、由起ちゃんと私が共犯の関係にあった可能性については、警察も考えていたんじゃないかしら」

確かに、由起と文代が共犯の関係にあれば、野島の殺害は容易だったはずだ。しかし、警察が文代に対して、何回も長時間の事情聴取を行いながら、結局、由起しか逮捕しなかったのは、最終的に共犯の可能性はゼロと判断したからだろう。

「あの、これはとてもお訊きしにくいことなんですが――」

森本は抑えた声で言いながら、文代の反応を窺うように、その顔を見つめた。

文代はそれほど動揺した様子も見せず、普通にうなずいただけだ。かなり肝の据わった女性というのが、森本の印象だった。すでに還暦を過ぎているようだが、実際の歳より十歳以上、若く見える。

「小宮山さんご自身は、由起さんのことをどの程度疑っているのでしょうか？　やった、やらないというレベルでは？　私が坂井由起さんの弁護人であるということは忘れてくださってけっこうですから、忌憚《きたん》のないご意見を伺いたいんです」

さすがに、室内に緊張の糸が張り詰めたように思われた。だが、文代は相変わらず動揺した様子もなく、一語一語嚙みしめるように話し出した。

「そうねえ、そりゃあ、あの若さで七十七歳になる社長の奥さんになった上、最後のほうの社長は三年前に患った脳梗塞の後遺症のせいで、かなりぼけちゃって、世話も大変だったから、早く死んで欲しいとは思っていたでしょうね」

文代はここでいったん、言葉を切った。森本は息を吞んだ。ここまででも、十分に刺激的な発言だった。

「でも、思ってただけで、具体的に何かをしようと考えていたわけじゃないと思いますよ。覚醒剤についてだって、彼女がSNSで売人と接触していたと警察は発表したけど、それはむしろ、野島さんの希望だったんじゃないかしら」

文代によれば、野島は人生の最晩年においても、性生活に異常にこだわっていたから、覚醒剤はむしろ、精力を回復させるための薬として、野島が由起に購入させたものではないかと考えているという。

森本も、この発言には思い当たるものがあった。由起は面会した際、森本の質問に対して、実質的に覚醒剤の購入を認めたも同然の反応を示したのだ。ただ、それをはっきりと認めなかったのは、それが野島殺害の容疑と直線的に結びつけられることを警戒したからだろう。

「でもね、覚醒剤について、注射で使用したのではないことが問題視され、誰かがカプセルに詰めてそれを飲ませて殺害したみたいに言われていますが、そんな話をする人は、晩年の野島さんの本当の姿が分かっていないんです。もちろん、ごく普通だったこともありましたが、その症状はまだらで、自分が誰だか分かっていないこともたびたびありましたからね。私に言わせれば、彼が覚醒剤を普通の薬みたいにビールかなんかに溶かして、飲んでしまっても少しもおかしくありません」

森本は文代の話に圧倒されていた。妻の由起と同じくらい、というより、由起が結婚後、かなり露骨に野島を避けていたという周囲の証言があることを考えると、由起以上に家政婦として野島のそばに付き添っていた文代でなければ知り得ない、具体的な事実に裏打ちされた説得力のある説明だった。

「つまり、野島さんの死は、認知機能が著しく低下したことによって発生した、一種の事故とお考えなんですか」

森本の締めくくるような質問に、文代は幾分、当惑の表情を浮かべ、言い訳するように付け加えた。

「もちろん、確信してるってわけじゃありませんよ。でもね、たぶん、これは由起ちゃんも同じでしょうが、野島さんの死を殺人だと言われても、何となく肌感覚でピンと来ないところがあるんですよ。晩年の野島さんは、本当に弱っていて、ちょっとしたことで死んでもおかしくないという感じでしたからね」

性に対する野島の異常なこだわり。そうであれば、確かにバイアグラの代わりに覚醒剤を使用した可能性もあるだろう。しかも、その頃には認知症的症状が進行していたとすれば、覚醒剤とは注射やあぶりで使用するものだという認識自体が欠けていてもおかしくない。

それにも拘わらず、森本は依然として、明らかな故意を以て、何者かが野島を殺害した可能性を完全に排除する気持ちにはなれなかった。それは文代の発言に対する疑義というよりは、やはり由起自身に対する得体の知れない疑念に起因するものであるように思われた。

「野島さんが、由起さんと別れたがっていたというのは本当なんでしょうか？」

「そうね。本当と言えば、本当だし。嘘と言えば、嘘だし」

文代の韜晦《とうかい》的な言葉に、森本は露骨に眉をひそめてみせた。ただ、文代の言おうとしていることは、何となく理解できた。それにも拘わらず、訊かずにはいられなかった。

「どういう意味でしょうか？」

「野島さんは、あの女とは別れると口癖のように言っていましたからね。あの女に殺されるかも知れないと、真顔で言うこともありましたよ。でも、どこまで本気だったか。もちろん、由起ちゃんのほうはまったく別れる気はなかったんじゃないかな。遺産のことは度外視しても、経済的には恵まれていましたよ。パパ活《かつ》関係の頃は、一回セックスして十万円だったって、由起ちゃんの銀行口座に月百万円のお手当が確実に振り込まれていましたからね。パパ活関係の頃は、一回セックスして十万円だったって、由起ちゃん自身が言ってましたので、たいした出世ですよ。それに、皮肉なことに、結婚してからは、由起ちゃんが野島さんとのセックスは拒否することがほとんどのようでしたから。夜はできるだけ、野島さんに近づかないようにしているという印象でしたね」

「じゃあ、坂井さんは、野島さんからいつ離婚されるか、不安で仕方がなかったんじゃないですか。月百万のお手当がいいと言っても、離婚されたら億単位の遺産の相続権を失うわけじゃないですか」

「そうね。そこは難しいところですね。由起ちゃんにしてみれば、離婚されたくはなかったでしょうし、絶対に離婚届に判を押さないとも言っていましたよ」

「でも、離婚すれば、高額な慰謝料を取れたでしょ」

「さあ、どうでしょう。私は弁護士さんみたいに法律の知識がないから、慰謝料のことは分かりません。でも、野島さんは本当に由起ちゃんに怒っていて、あの女には離婚の慰謝料なんて一銭も払わないと言ってたから、やっぱり、離婚を持ち出されることは、由起ちゃんには相当のプレッシャーだったでしょうね。野島さんという人は、お金に対するマイナスの執着も並外れていて、一度払わないと言い出したら、とことん払わない人だということは、由起ちゃんも分かっていたはずです」

　マイナスの執着。実に的確な言葉だと森本は感じていた。それは森本が想像する「銚子のドン・ファン」の裏の顔と見事に符合するように思われたのだ。

　やはり、由起には野島を殺害するべき動機はある。離婚される前に野島が死んでくれれば、莫大な遺産が転がり込む上に、由起自身が野島の束縛から逃れられるからだ。

「愛犬が死んだとき、野島さんの取り乱し方もすごかったようですね」

　森本は話題を変えるように尋ねた。この辺りの事情も、しっかりと文代に訊いておきたかった。

「ええ、それでとんでもないとばっちりを受けたのが私なんです」

　文代はそのときの修羅場を思い出し、改めて閉口したような表情を浮かべた。

7

文代が、野島の愛犬リンの様子に異変を感じたのは、二〇一八年五月六日夜のことである。夜の餌である外国製ドッグフードを庭の犬小屋に持って行くと、リンが顔を伏せていて、身動きしないことに気づいたのだ。

文代が気になったのは、犬小屋の入り口の地面にわずかながら何かの食物を吐き出した痕があり、その周辺が液体で濡れていたことである。

すぐにかかりつけの獣医に電話して、文代の運転する車で動物病院まで運んだが、到着したときにはすでにリンの心臓は動いておらず、死亡が確認されただけだった。「老衰ですね」というのが、獣医の見立てだったが、朝の餌を与えたときは、いつもと変わらなかったのだから、文代は人間で言う突然死のように感じていた。

ただ、文代が動物病院から戻ってきて、もう一度犬小屋の所に行ってみると、文代が見た地面の吐瀉物《としゃぶつ》が消えていた。いや、吐瀉物が消えたというより、その付近の土全体がシャベルか何かでえぐり取られた状態になっていたのだ。

後に、文代はこの点についても、警察から執拗な質問を受けることになるのだが、当初は衛生上好ましくない状態だったので、誰かがその吐瀉物を片付けるために、そういう方法を取ったのだろうとしか考えていなかった。

二日後に行われたリンの通夜で、文代にとって、不愉快極まりないことが起こった。愛犬の死によって取り乱した野島から、衆目の中で「殺したのはお前だろ」と面罵されたのだ。実際、犬の世話は基本的には文代の責任ということになっていた。

文代は、マスコミ報道などでは、野島家の家政婦とされていたが、元々は野島の愛犬の世話係という名目で、東京から呼び寄せられたという経緯《いきさつ》があった。もちろん、犬の世話だけではあまりにも経済効率が悪いので、結局、家事全般も担当し、それに見合った給料を受け取ることにはなっていた。

こういう経緯から、文代はリンの死について、まったく何の責任もないと言うつもりはなかった。しかし、獣医の言うことが本当だとしたら、周囲にかなりの人がいる中で、そんな罵声を浴びせられるのはあまりにも理不尽だった。

文代は、「社長、なに言ってるんですか。リンちゃんは、老衰で死んだんだって、獣医さんも言っているんですよ」と言い返し、そのまま席を立って、東京に戻ってしまった。

この件は、結局、後に野島が謝罪し、文代も再び、野島の家で働くようになっていた。あれほど愛していたリンの死で野島が取り乱した気持ちも分からなくはないが、あとになって冷静に考えてみると、それも認知症が進行していることの一つの証《あかし》であるように思われてきた。

認知症患者が、周囲の人間の盗みの罪を言い立てるのはよく聞く話だった。それが盗みではなく、動物の死であっても実質に変わりはない。野島にとって、愛するリンの死は、まさに最高額の美術品を奪われたような気分だったのだろう。

文代が由起以上に、常に野島のそばにいたのは間違いなかった。文代は過去において野島に言い寄られて断ったこともあったのだが、若い女性以外に一切の興味を示さなくなった野島にとって、文代は明らかに対象外だった。それだけにかえって、男の親友に対して見せるような、本音の部分を野島は文代に見せることがあったのだ。

銚子のドン・ファンとして、テレビのワイドショーなどでもてはやされていた頃から、野島はとてつもなく豪快で、明るいキャラクターの持ち主であるというイメージが定着していたが、文代は必ずしもそうとは考えていなかった。

演出と虚飾。文代にとって、この二つの言葉が野島の人生のキーワードに思われることさえあるのだ。野島と由起の最初の出会いは、羽田空港の通路で転んだ野島を、由起が「大丈夫ですか」と助け起こしたことから始まったとされているが、野島の周辺にいる人間で、こんな話を信じる者は誰もいないだろう。

それは二人の出会いを最大限ロマンチックに見せるための演出であり、あえて否定的な言葉を使えば、虚飾とさえ言えるのだ。

二人の出会いは、マスコミでもすでに報道されている通り、パパ活斡旋業者による紹介というのが真実だった。だが、野島はその事実を他人に対して認めたことは一度もない。

由起は元々暗く、地味な性格の女性だったらしい。地元福岡の美容師専門学校に通っていたが、ある時期から次第にブランドもののバッグや高価な宝飾類を身につけ、派手な化粧で見た目にも目立つようになっていった。この時期から、すでに由起はキャバクラに勤め、パパ活に励んでいたようだ。

一方、野島には神経質で気の小さな側面があることも否定できなかった。そこに、知性とか学歴といった、野島に決定的に欠けている条件に対する劣等感の空洞が露骨に見えていて、それを自分の力で築き上げた巨万の富で何とか埋め合わせようとしている野島の姿が、ときに文代には痛々しく見えることさえあった。

特に、脳梗塞を患ってからは、野島の暗い心の一面が、その外見にも明瞭に現れるようになっていた。文代はあるとき、二階の野島の部屋に行くために階段を上がっていて、たまたま降りてきた野島と鉢合わせになった。

下から野島の顔を見上げたとき、文代の全身に戦慄が走った。着ていた白のガウンが大きくはだけて、裸の全身が露骨に見えたからではない。そんなことは、その頃、ほぼ日常的に起こっていた。

文代が恐怖に近い感情を抱いたのは、その顔の表情があまりにも異様だったからだ。階段上《うえ》の微弱な蛍光灯の光に照らされた野島の顔は蒼白で、その極度に薄い眉と吊り上がった目が、まるで墓場から蘇った死人《しびと》のように見えたのである。文代はこのときはっきり、死相という言葉を意識した。

五月二十四日の木曜日、文代の行動はいつものルーティーン通りだった。野島の家で家政婦として働くようになってから、心に決めていることがあった。一日のある一定の時刻、必ず野島の家から、二時間から三時間、離れるようにしていたのだ。

過剰に要求の多い野島と四六時中、顔を突き合わせるようにして過ごすのは、恐ろしくストレスが掛かる。文代は野島の好む若い女性ではないのだから、野島もそんなことは望んではいなかった。

野島は、そばにいるときは絶えず途方もない要求をしてくるものの、その場にいなければ、案外何も覚えておらず、後々《のちのち》文句を言うこともほとんどなかった。それに、世間では文代が野島に雇われた家政婦として相当高額な給料をもらっていると思われているようだったが、実際はそうでもなかった。野島は案外ケチであるという風評もあった。

野島が自宅に泊まらせていた若い女性に高額な貴金属を盗まれても、テレビの取材班の前では動揺せず太っ腹な態度を見せたのは、やはり世間に対する見栄以外の何物でもなかった。文代に言わせれば、日常における、野島の金銭感覚はかなり細かいのだ。

マスコミは野島の好みの食材として、しゃぶしゃぶ用の高級牛肉を取り上げたが、これも、毎日、そんなものを食べていたわけではない。現に、死亡した日の午後六時頃、野島が一階のリビングで夕食として食べたものは、文代が作っておいたうどんだった。

そのとき、一緒にビールを飲んだため、後に警察は、このビール瓶と使用されたコップだけでなく、家にあったビール瓶やコップの類いすべてに覚醒剤反応がないかを調べている。

出先から戻り、一階のリビングで由起と一緒にテレビを見ていた文代が、二階のドンドンという音を聞いたのは、午後八時頃だった。この音についても、マスコミの不正確な報道が目立った。多くのテレビや週刊誌の報道では、事件のミステリー性を高める意図なのか、「音」という言葉の前に「異常な」という形容詞を付けていたのだ。

しかし、これは足の不自由な野島が二階でトイレに行くときなどに、いつも下まで響いていた音だったから、野島のことをよく知る文代や由起にとって、異常でも何でもなく、普段の生活音に過ぎなかった。

ただ、そのときは、二階の足音にはそれなりの意味があるのかも知れないと文代は思っていた。野島が二階で由起が来るのを待っているのに、由起が一向に上がってこないときに、催促の意味も込めて、苛ついた野島が歩き回り、その音が階下に聞こえてくることがあったのだ。しかし、それも生活音の一つには違いなかった。

それにも拘わらず、文代がこの夜に限って、その音に何か不吉な予兆のようなものを感じ取っていたのは確かだった。その音が止んだとき、文代の脳裏に「社長はもう死んでいる」という想念が、稲妻のように走り抜けた。

そのため、午後十時近くになって、横に座って一緒にテレビを見ていた由起に「一応、上に行って見てきたほうがいいんじゃない」と促したのだ。由起が階段を降りてきて、「社長が大変！」と言ったとき、文代は不吉な予感が現実になったことを確信した。

由起と一緒に、文代は重い足を引きずるような気分で二階に向かった。階段を上がりながら文代は、はだけたガウン姿で上から降りてくる蠟人形のような野島の顔の幻影に怯えた。

二階に上がり、全裸でソファに座る野島を見た。文代は奇妙な安堵を覚えた。野島の顔から、死相が消えていたからだ。現実の死が死相を消す。この逆説を裏書きするように、野島の息絶えた顔にはうっすらとした赤みさえ差しているように思われた。同時に、唇から紫がかったよだれが流れており、くの字に曲がった右腕に早くも硬直が起こっていることに気づいた。

文代は、野島の前に立つ無表情な由起の顔に、刺すような視線を投げた。この女がやったかどうかは分からない。

だが、この女が野島の死を願っていたのは、間違いなかった。

8

帰りの道すがら、住宅街を徒歩で駅方向に戻りながら、森本はスマホから電話して、芝山と話していた。「芝山法律事務所」の所長室の固定電話に掛けたのだが、芝山は在室していて、電話での思わぬほどの長話になっていた。

森本が急に芝山と話したくなったのは、やはり、文代の仄めかした事故説を芝山がどう考えるか訊きたくなったからだ。芝山自身が由起逮捕時においていて、すでに文代から同じ話を聞いていて、文代と同じように考えているような気がしていたので、そのことを確認したかったのである。

案の定、芝山はほぼ森本の予想通りに答えた。

「ああ、彼女の話は、俺も前に聞いていて、説得力があると思っているよ。何しろ、あの人は、野島さんの身近に影のように付き添っていたのだから、その証言は重視されてしかるべきなんだ」

「でも、野島さんの近くにいた誰かが、例えば、覚醒剤をカプセルに詰め、精力増進に効くと言って、それを渡した可能性もあるんじゃないですか？　カプセルってオブラートと同じで澱粉からできているっていうから、胃の中ですぐに溶け、ある程度時間が経てば、カプセルで飲んだ証拠は消え、覚醒剤だけが残るんじゃないですか」

暗に由起が必ずしも冤罪とは言い切れないことを仄めかしたつもりだった。森本はこの時点で、芝山が由起の事件を冤罪と見る理由は、大きく分けて二つあると考えていた。もちろん、一つは遺産相続にまつわる経済的理由だろう。

野島に直系の尊属も卑属もいないという偶然が、決定的に由起に有利に働いていた。例の遺言書が有効であろうが無効であろうが、由起に相当な遺産が入ることは間違いなかった。しかも、野島は七十七歳と高齢な上に、脳梗塞の後遺症がひどく、それほど長生きするとは思えなかった。

少なくとも、普通に考えれば、殺人というリスクを冒すべき論理的な根拠がなく、そのまま自然な時間の経過を待つのが一番得策だったのは確かだろう。

しかし、この考え方は、絶対的に由起の無実を保証するものではない。由起の精神的負担をまったく考慮に入れていない理屈だけの説明に過ぎないからだ。

野島の衰え方は、文代の話では、浴槽の中で脱糞してしまうほどひどいときもあったらしい。いくら夫婦としての役割を果たしていなかったとは言え、由起自身も、介護という側面ではかなりの修羅場に遭遇したのは想像に難くない。

だとすれば、由起が単に、それに耐えられなくなって野島の殺害に及んだという見方は、可能性としては排除できないだろう。それに野島が頻繁に由起との離婚を口にしていた事実を合わせて考えると、何も考えていないように見える由起でも、やはり相当の危機意識を抱いていたとは想像されるのだ。

芝山もそれが分かっていたからこそ、由起の冤罪をもっと明確に証明するためには、別の論理が必要だと考えているのだろう。それが覚醒剤を飲むという殺害方法に関する瑕疵《かし》を突くことだった。案の定、芝山は、その殺害方法の非現実性を指摘し始めた。

「カプセルを使おうが使うまいが、だいたい覚醒剤を飲むことによって、確実に人を殺せるという保証がねえじゃないか。一般に経口摂取した場合の致死量は、一から二グラムくらいと言われているが、だいたい常用者の一回分で〇・〇二から〇・〇三グラムって言うんだから、この一グラムとか二グラムとかいう量は、覚醒剤使用者にとって、我々が日常生活の中で少ないと感じる量とはまったく違う、とんでもない量なんだ。しかも、覚醒剤はひどく苦いから、食べ物に混ぜてこれだけの量を吐き出さずに摂取するのも難しい。いや、実を言うと、覚醒剤は注射か、あぶりと相場が決まっていて、飲むやつはそれほど多くないから、致死量と言ってもあまりあてにならねえんだ。俺もその点については、かなり調査したよ。かつて、覚醒剤関連で逮捕され、俺が弁護を引き受けてやった人間がいたから、そういう連中に連絡して訊いてみたのさ。確かに飲むやつもいないわけじゃないらしい。現に俺が連絡した人間のうち三人が、飲んだことがあると言っていたよ。その結果が、どうだったか分かるか？　二人は相当な量を飲み、ひどい幻覚症状が現れたが、体調が悪くなることはなかったそうだ。もう一人は、量が少なかったせいか、幻覚症状さえ現れず、馬鹿馬鹿しくなって、元の注射に戻ったと言っている。要するに、三人とも死ぬことはなく、幻覚症状を除けば、顕著な健康被害もなかったことになる。こんな不確実な殺人のための凶器がどこにある？　わら人形の呪いや食塩水を飲ませることによって殺害しようとする不能犯とまでは言わないが、それにしても殺人の手段としてはいかにも心許ないじゃないか」

「でも、先生、覚醒剤をカプセルに詰めて飲ませた人間が、それで確実に殺せると勘違いしていた可能性だってあるんじゃないですか。たまたま脳梗塞の後遺症で体調の悪かった野島さんが死んでしまったのかも。コロナだって、罹ってもまったくたいしたことにならない人もいますが、高齢者や基礎疾患のある人は死んじゃいますよね。だからといって、コロナが原因で死んだわけじゃないという理屈は成り立ちませんよ。それにですね、警察は、彼女がスマホで、覚醒剤の密売人と交渉しただけでなく、完全犯罪やトリカブト殺人事件などのキーワードでネット検索しているのを確認したと発表しているわけでしょ。覚醒剤はともかく、やはりそれは彼女の殺意を立証する状況証拠にはなるんじゃないですか」

　森本の反論に、「そうじゃねえよ」という半ば裏返ったような芝山の声が聞こえてきた。元々、こういう議論を好まない男なのだが、このときの芝山は、日頃とは別人のように饒舌だった。

「確かに、坂井由起が高齢の夫の死をまったく願っていなかったとは俺も言わないよ。病気で早く死んでくれないかくらいは思っていたんじゃないの。ネット検索で、過去の事件も調べたかも知れないさ。覚醒剤をどうやってどのくらいの量を飲ませるかなど、肝心な殺害方法は検索していないけど。覚醒剤は下半身には効くかも知れないが、体によくないことは、あの女にも分かっていたはずだ。だがな、あの女が精力回復のためという口実で覚醒剤入りカプセルを夫に渡したとしても、そんなことじゃ殺人罪は成立しない。よしんば、夫が覚醒剤を飲んで死んでも、まあ、いいかっと思ったとしてもな」

「どうしてですか？　未必の故意を問えるじゃないですか」

「馬鹿なことを言うなよ。そんなことじゃあ、未必の故意は成立しない。刑法三八条の一項を知ってるだろ」

「ええ、『罪を犯す意思がない行為は、罰しない』って、書いてありますよね。でも、未必の故意は故意の一つの形態なんですよね」

「違う、違う、君は根本的に勘違いしているよ」

　森本は、緩い傾斜の坂道を歩いているところだった。森本も思わぬほど大声で話していたため、先を歩いていた背広姿の会社員風の若い男が一瞬、後ろを振り向いたように思えた。

「どこが違うんですか？」

森本は、気色《けしき》ばんで訊いた。向こう気の強さが表れた反応だった。ここで退《ひ》くわけにはいかない気分になっていた。

「いいか、例えば、君が俺のことを、こんなおっさん、早く死んで欲しいと思っているとする。そんなこと、ときどき考えることがあるだろ？」

「考えません」

　森本はさも意地悪そうに答えた。

「そこは考えることにしてくれよ。話が前に進まない！」

　芝山の哀願するような口調に、森本は思わず噴きだしそうになった。しかし、あえて感情の籠もらない声で言った。

「じゃあ、それでいいです」

「それで君が殺人未遂罪で逮捕されて、投獄されたら、どうする？」

「あり得ませんよ。それとこれとでは話が違い過ぎます」

「同じことだよ。戦前を見てみろ。治安維持法なんかで、思想を取り締まっているだろ。考えるだけで罰せられているんだ。だから、民主主義下の刑法では、考えるだけでは罰せられないということがもっと徹底されなければならない。そこで、故意という範囲をできるだけ狭く定義して、それではザルからぎりぎり漏れてしまう非常に限定的な故意だけを未必の故意と呼び、一応、故意としてそれも認めることになっているんだ。例えば、車にしがみついているやつを、死んでも構わないと思って、車を発進させて死亡させた場合とかさ。だが、反社がたまに使う、覚醒剤を大量に注射して殺害する方法ならともかく、そもそも決定的な効果があるかどうかも分からない、覚醒剤を飲ませて殺害する方法にも未必の故意を認定するなんて、いくら何でもやり過ぎだろ。それを許せば、それこそ、あのおっさん死んで欲しいと祈禱するだけで、投獄されることになるんだ」

森本は、芝山の長い話の、後半部分はうなずきながら聞いていた。この事件が、検察側にとって筋の悪い事件であり、それ故、裁判の開始を検察が故意に遅らせようとしているという噂が流れているのは、あるいはここにポイントがあるのかも知れない。もちろん、芝山の言うことに完全に納得したわけではない。

だが、普段は口数の少ない芝山が、さすがに大きな刑事裁判を何度か経験しているだけあって、思った以上に弁が立つことに、若干驚いたのだ。森本は、すでに矛《ほこ》を収める気持ちになっていた。だいいち、事実関係がはっきりしない事件で、未だに謎だらけのときに、こんな法律論に関わる議論をしても、意味がないように思われてきたのだ。

「じゃあ、公判で先生は事故説を主張されるんですか？」

「それはまだ分からない。事故以外にも自殺だって考えられるじゃないか。愛犬が死んで、野島氏がお別れ会を開く予定だったという理由で、自殺はあり得ないなんていう者もいるが、そんなこと分かるもんか。人間なんて、突然死にたくなることがあるものさ」

森本は、横断歩道の向こうに見える地下鉄の駅の方向に視線を投げた。すっかり議論に夢中になって、時間の経過が分からなくなっていたことにようやく気づいた。いつの間にか、駅近くまで歩いていたのだ。

そのとき、ふとある想念が森本の脳裏を掠めた。芝山は、明らかに自分が唱える由起冤罪説に不安を感じ始めているのだ。そう考えなければ、芝山の反論はあまりにも過剰に思われたのである。

由起がやっている可能性が完全に消えたわけではない。森本は心の中で、そうつぶやき続けていた。

第二章　確執

1

森本は再び由起に接見し、真希絵との面会の内容を正確に伝えた。水脈や文代の話はしなかった。由起が調査を求めたのは真希絵のことであり、他の二人は、いわば森本の都合による面会だったからだ。

由起は最初、相変わらず何を考えているのか分からない、無関心にも見える反応しか示さなかった。だが、遺言書に書かれた寄付先について、「誰かの誘導があったとしか思えない」と真希絵が言ったと伝えると、様子が一変した。

「それって自分のことじゃない？」

顔に冷笑的な笑みを浮かべて、こう言い放ったのだ。真希絵が由起のことを仄めかしたと解釈し、それに対して言葉で逆襲したのは明らかだった。

「どういう意味ですか。『銚子クレイドル』に遺産を全額寄付するように、野島さんを誘導したのは、土倉さん自身だって言いたいの？」

森本は、念を押すように訊いた。

「そうですよ。先生、真希絵の見かけに欺《だま》されちゃダメ。最初、遺言の話を聞いたとき、私も何でそんな関係のないところに、社長の遺産がみんな行かなきゃいけないのと思いましたよ。でも、皆さんの調査で分かったのは、その施設って、家出してくる子供にねぐらを与えるようなこともしているんでしょ。真希絵は、中学生の頃、よく義理のお父さんと喧嘩して家出して、補導されたこともあったらしいですよ。真希絵は都合の悪い話は先生に隠していたかも知れないけど」

「そんなことはありませんよ。子供の頃、義理のお父さんとの関係がうまく行っていなかったことは土倉さんも正直に認めていましたよ」

森本はそのことを話したときの、真希絵の自然な態度を思い出しながら、語気を強めた。真希絵をおとしめようとする、由起の口撃《こうげき》に、あらかじめ楔《くさび》を打ち込むような心境だった。

「だったら、真希絵が昔、『銚子クレイドル』と関わりがあった可能性だってあるでしょ。『エステート野島』で、社員の間にそんな噂が流れていた可能性もあるから、水脈ちゃんにでも訊いてみたら？　でなきゃ、社長がそんな施設の名前を知っているはずないから。私は福岡出身で、銚子なんて結婚して初めて来たんだから、私が中学の頃、『銚子クレイドル』でお世話になったことなんてあり得なくない？」

要求の多い女だ。要するに、真希絵と「銚子クレイドル」の関係を調べろと仄めかしているのだ。森本は露骨に眉をひそめてみせた。

しかし、自分の確信に若干の揺らぎも感じていた。由起の主張には、客観的に正しいと言わざるを得ないことが含まれていたからだ。ピントのズレた言葉を使うかと思うと、次には意外なほど森本の神経に食い込んでくる言葉を、ピンポイントで発する。

手強い相手だ。森本は必ずしもよくない意味で、由起の評価に関して、軌道修正を始めていた。由起は確かに結婚後初めて銚子に来たのであり、それ以前に銚子と接点があったということは、ほぼ考えられなかった。そして、元々銚子の人間である真希絵が、継父と折り合いが悪く、家出を繰り返していたというのが本当なら、「銚子クレイドル」の世話になったことが絶対にないとは言いきれない。

加えて、遺言書の存在が由起に不利に働くことを考えると、その誘導者が由起であるというのは、あまりにも穿《うが》った見方に過ぎるように思われてきたのだ。

「先生、パパ活をやるような子はみんなあざといんですよ。私もそうだし、真希絵だって。先生って、男性関係、どれくらいあるの？」

「そんなこと、あなたに言う必要ないでしょ？」

「先生って、自分を曝《さら》け出せないタイプね。それで男とうまく行かなかったことがあるんじゃない？　まあ、いいっか。でも、先生、とにかくもっと人間の心理を勉強したほうがよくないですか？」

由起の目が挑発的に、ギラついているのを感じた。その目をにらみ返しながら、森本は、ある男性との気まずい別れを思い出していた。嫌な急所を突いてくる女だ。だが、森本は必死で自制を効かせて、由起の挑発に乗ることを思い留まった。

それに、真希絵について改めて考え直してみると、森本自身、真希絵の柔らかく落ち着いた対応に妙に納得した気持ちになって、根本的なことを忘れていたことに気づいたのだ。やはり、真希絵のような年齢の人間が、野島と肉体関係を持ったのは、自ら語った通り金銭目当てとしか考えられなかった。

その意味では、由起と大差はないはずなのだ。それなのに、過剰に真希絵に肩入れしている自分に今更のように気づかされたのである。それはおそらく、由起との最初の接見が、かなり不快なものと感じられたことと無関係ではないのだろう。

しかし、由起に比べて真希絵が遥かにまともに見えたのは、水中では浮力によって軽くなるのと同様、相対の尺度に若干の狂いが出たせいに過ぎないのかも知れないのだ。

「分かりました。人間の心理をもっと研究します。特に、あなたの心理はね」

由起のきょとんとした表情からは、森本の皮肉が通じたとは思えなかった。であれば、由起は正直な気持ちを述べただけで、森本に特に嫌みを言ったつもりもないのかも知れない。分からない女だ。森本は露骨にため息を吐き、由起の目を正面からのぞき込んだ。

2

ＪＲ総武線の終点で銚子電鉄の起点でもある銚子駅から、道幅の広いシンボルロードの東側の歩道を北へ百メートルほど進むと、銚子駅前交差点の十字路に差し掛かり、その右手に土産物店や鮮魚店などが櫛比《しっぴ》する商店街が見えてくる。

その近辺が銚子の繁華街であるのは確かだが、殺伐とした千葉市の中心にある繁華街とは違い、どこかのどかな観光地の雰囲気を漂わせていた。全体に道幅が広く、かなり交通量が多いのに、信号が設置されていない横断歩道もある。

森本は銚子駅前交差点をさらに二百メートルほど進み、銚子市役所東交差点を渡った。その交差点を渡った所にある婦人服のブティックの隣のビルが、「銚子クレイドル」だった。シンボルロードを挟んだ左手の向かいには、「ササキしょうゆ」の登記上の本店の建物がある。

「銚子クレイドル」のビルは三階建てではあったが、敷地面積はさほど広くもなく、ここに宿泊施設があるとしても、多くの人間が宿泊できるスペースがあるとは思えなかった。

出入り口には、「銚子クレイドル」というかなり大きな立て看板があり、背景として、揺りかごのイラストが描かれている。「クレイドル」は英語で「揺りかご」だからだろう。施設名の他に、「宿泊予定の方および相談のある方は、左手の受付にお進みください」という案内文も書かれていた。

扉は開いており、誰でも中に入れるようだった。だが、午後六時の終業時刻をすでに過ぎていたので、森本は中に入ることはせず、その建物の外観をスマホで撮影した。そのあと、信号のある位置まで引き返し、左手の横断歩道を西側へ渡る。

それから、「ササキしょうゆ」の建物の蔭に立って、道路向こうの「銚子クレイドル」の出入り口を見張った。

その日、住谷に会うつもりはなかった。会うとしたら、当然、その前にしかるべき質問材料をそろえておきたかったからだ。真希絵に関する調査はそれなりにしていたが、「銚子クレイドル」そのものについての情報が少なすぎるのだ。

ホームページなど、外から閲覧できる情報は、森本の調査にとってはほとんど意味がなかった。真希絵の前に水脈に会ったように、やはり住谷に会う前に、内部にいる職員からの客観的な情報が欲しかった。

建物の中から、一人の女が姿を現した。ジーンズに紺のTシャツという服装で、会社員という雰囲気ではない。痩せているものの、比較的長身で、三十代くらいに見える。

背中に黒いリュックを背負っていて、銚子市役所東交差点を渡り、東側の歩道を駅方向に歩き出した。森本も、咄嗟に西側の歩道を並行して駅方向に歩き、反対側の歩道を進む女の姿を追い続けた。女が駅前交差点でも信号を渡らずに歩き続けたら、森本もそれに合わせて、さらに同じ方向に並行的に歩くしかなかった。

だが、女は幸い信号の前で立ち止まり、信号が青になるのを待って、森本のほうに渡り始めた。

「すみません。『銚子クレイドル』の方ですか？」

女が信号を渡りきったところで声を掛けた。

「ええ、そうですが」

女は驚いたように、森本に警戒気味の視線を向けた。

「突然、お声掛けして申しわけありません。私、『芝山法律事務所』で弁護士をしております森本と申します。少々、お聞きしたいことがあるのですが、今、少しだけお時間をいただけないでしょうか？」

「弁護士さん？　例の遺言状の件ですか？」

その反応は、森本の耳には若干唐突に響いた。ただ、当然のことながら、施設内でも野島の遺言書のことが相当な話題になっていることは、容易に想像できた。

「ええ、直接ではないのですが、多少とも関連することで、教えていただきたいことがあるんです。お時間はあまり取らせませんので、お願いできないでしょうか？」

「いいですよ。私でよければ。でも、一職員ですから、訊かれても知らないことが多いと思いますけど」

どこか投げやりな口調に響いた。同時に、何かを森本に伝えたがっている雰囲気も感じさせた。森本は期待を籠めて、その狐目の、とがった表情の女を見つめた。

3

森本は結局、駅近くのファミレスに女を誘った。午後六時半を過ぎていたが、三十分くらいなら、という約束だったので、二人とも飲み物だけを注文した。

女の氏名は西岡加奈子《にしおかかなこ》で、八年近く「銚子クレイドル」に勤めているという。地元の短大を出て、二年ほど市内の信用金庫に勤めたが、その後「銚子クレイドル」に転職したと語った。

「別に、社会奉仕活動に興味があったわけじゃないけど、信金の仕事があまりに細かくてきつかったので、楽そうなところに転職しようという気持ちがあったんです。でも、やっぱり、隣の芝生はキレイに見えるんでしょうね。入ってみたら、それほどいいとこでもなかったんですよ」

加奈子はかなり明け透けに物を言うタイプだった。初対面の人間に、こんなことを言うのだから、相当に癖のある人物かも知れない。しかし、ある意味では、そういう相手のほうがかえって突っ込んだ質問はしやすいとも言えた。

「『銚子クレイドル』の仕事の内容は主として、どんなものなんでしょうか？」

「そうね、それも他人《ひと》からよく訊かれるんだけど、建物は基本的には宿泊施設ですね。一階は事務所で、二階と三階が、まあ、一応、宿泊用の部屋になっているんです」

「合わせて何部屋くらいあるんでしょうか？」

こう訊いたあと、森本は慌てて、笑いながら付け加えた。

「ああ、私、税務署じゃありませんので、この質問に深い意味はありませんから」

弁護士としての仕事から、税務署が、例えば秘密にされがちなラブホテルの部屋数について執拗にチェックするのは知っていた。

「大丈夫ですよ。税務署もうちみたいに稼ぎの少ないとこには、あまり興味を示しませんから。全部で十部屋です」

加奈子はにこりともしないで、答えた。それから、一呼吸置いたあと、すぐに付け加えるように言った。

「何しろ、一泊素泊まりで三千円と、寝具代として五百円しか取りませんから、十部屋全部埋まっても、一日三万五千円、一ヶ月でも百万円程度で、収益は知れてます。その上、支払い能力がない人を泊めることも多いですから、実際の収益はそれよりずっと低いはずです。生活困窮者レスキュー事業もやっています。食料や日用品の提供、あるいは滞納している公共料金を支払って、ライフラインを復旧させるなんてこともやりますね。もちろん、そういう費用は助成金や寄付金から支出するんですけど」

「災害の時のボランティア活動などもおやりなんでしょう？」

「地震なんかの災害が起こると大変ですよ。代表自らが現地入りすることも多いですから、留守がちですよ。今日も代表は留守で、八人いる職員で出社しているのは、私も含めて、三人だけでした。私は今日、六時に退社できるシフトでしたが、残りの二人は宿泊者の世話をしなければならないので、泊まり込みです。職員には公平に週二回、夜の宿泊担当が回ってきますから、けっこうブラックですよ」

加奈子の口調はどう聞いても、そういう過重労働に対して、使命感と誇りを持って臨んでいるようには聞こえなかった。

「そうすると、そういう法人を運営するのは、経済的にも大変でしょうね」

「ええ、そうです。私には経理のことは分かりませんが、銀行などからの借金もかなりあって、大変らしいですよ。それでも、『銚子クレイドル』の土地自体は、借りているわけではなく、自己保有だから、家賃が要らない分、何とかもってるって話なんです。私たちの給料もボランティアみたいなものですから、その点も会社にとっては有利に働いているんでしょうね」

そう言うと、加奈子は乾いた笑い声をあげた。それから、いかにも皮肉な口調で付け加えた。

「うちの職員はみんなボランティア意識が高いですから、それでもいいんでしょうね。でも、私は違います」

加奈子はもう一度言葉を切り、森本の顔を正面から見つめた。森本は、何か有意義な情報が得られるチャンスと感じ、大きくうなずいて、加奈子の次の言葉を促した。加奈子が代表の住谷に対して、批判的なのは間違いないように思われた。だとすれば、偶然にしては、いかにも好ましい証言者を引き当てたことになる。

「NPO法人だから収益を職員に分配してはいけないそうですが、安い給料でこき使われている我々の立場も、少しは代表に考えて欲しいですよ。不法滞在の外国人をあの施設に住まわせることもあるし、代表は英語がペラペラだから平気なんでしょうが、そうでない我々が彼らとコミュニケーションを図るのは本当に大変で、そのストレスは半端じゃありませんよ。それに、入管に睨まれるのもあまり気分のよいものじゃありません」

話が思わぬ方向に動き出したのを感じた。加奈子の発言は、住谷が入管法を無視して、外国人不法滞在者を匿《かくま》っていることを仄めかしているようにも取れた。

「ということは、不法滞在の外国人をあの施設に泊めることもあるのでしょうか？」

回答を拒否されるのを覚悟の上で、質問した。だが、この質問に対しても、加奈子は思わぬほど積極的に答えた。

「まあ、これは内密にして欲しいですが、そういうことは特別じゃありません。代表が出している『自由の兆《きざし》』という雑誌を読んでもらえば、分かります。代表は確信犯ですよ。日本で難民申請が通るケースが少ないことや、不法滞在者に対する入管の処遇に対しても徹底的に批判しています。だから、そういう不法滞在者が入管の施設に収容されてしまうと、最近起こったヌンチェット事件のように、ひどい待遇のために死亡してしまいかねないと心配して、入管に内緒で部屋に匿うこともあるんです。『クレイドル』が、英語で『揺りかご』って意味だからといって、赤ん坊でもない不法滞在の外国人に、何でそんな寝心地のいい場所をタダで提供しなくっちゃいけないのと、私なんか疑問に思っちゃいますよ」

もちろん、入管のほうもそれが分かっているので、「銚子クレイドル」に調査に入ることもあるようだが、住谷は「不法滞在者とは知らずに泊めてしまった」の一点張りで、しのぎきっているという。他の職員もほとんどが住谷と同じ確信犯で、平気で口裏を合わせるらしい。

「私も仕方がないからそうしているけど、内心ではおかしいと思っています。日本に住んでいる以上、日本の法律を守るのは当然でしょ。自分の国の問題をそのまま、日本の責任に転嫁するなんて、おかしいですよ。自分の国のことは、自分の国で解決するべきでしょ」

意外なほど饒舌に話したあと、加奈子はアイスレモンティーを一口飲んだ。ヌンチェット事件とは、名古屋の入管収容施設で、タイ人女性が病死した事件だった。体調不良を訴えているのに、医師を呼ぼうとせず、女性を嗜虐《しぎゃく》的な態度でからかい続けた入管職員の姿がテレビや新聞で大きく報道され、国際的な非難を浴びた事件である。

森本はこういう問題に関して、人権を守る弁護士として、けっして加奈子の意見に与《くみ》するものではなかった。ただ、ここで私見を述べれば、話が逸れ、場合によっては意見の違いによって、気まずい雰囲気にもなりかねない。

それは得策ではないだろう。森本は、やはり情報提供者として、加奈子を自分の側《がわ》に置いておきたかった。森本は、「銚子クレイドル」の経済的基盤のほうに話題を戻した。

「お話を伺っていると、本当に経営が大変なのはよく分かります。そういう状況で、職員の給与や必要経費を捻出するとなると、宿泊施設としての収入や助成金だけでは大変で、やはり篤志家の大口寄付のようなものが必要になるのでしょうね？」

加奈子の細い目元が若干緩み、顔に微妙な笑みが浮かんだ。やっと森本の本音の部分が顔を出したことに、むしろ、安堵しているようにも見える。

「もちろん、そうです。でも、代表の運動に共鳴して大口の寄付をしてくれる方は、ごく限られていて、多くても五人くらいしかいません。だから、そういう方々のお名前は私でも、全員知っています。弁護士さんが、私のような『銚子クレイドル』の職員に会いに来たのは、当然、銚子のドン・ファンの遺言状の件ですよね。でも、残念ながら、彼のお名前は、そういう常連の寄付者の中にはありませんよ。だから、それは確かに、突然降って湧いたような話だったんです」

「でしたら、皆さんの間でも、その遺産を受けるべきかどうかの議論は、なされたんですか？」

森本はここが一気に畳みかけるべき所だと感じていた。やはり、内部で、どういう議論がなされ、どういうことが取り決められたかを知りたかった。

「代表は本物の遺言状かどうか分からない段階では、何も言うべきではないと考えているようで、特に意見らしいものは言いません。でも、職員たちは、代表のいないところでは、けっこう言い合っていますよ。でも、信じられないことに、そんな不浄な金をもらうべきじゃないという声が圧倒的に大きいんです。どこまで潔癖ぶれば、気が済むのかって、私なんか思っちゃいますよ。でも、私はきっと代表は受け取ると思っています。みんな代表を神聖視し過ぎなんです。これまでの寄付金だって、私は代表に私的流用がまったくなかったとは思っていませんよ。それはともかく、弁護士さんの立場からすれば、野島さんの遺産がすべて『銚子クレイドル』に行ってしまうのは、困るわけでしょ」

こう言ったときの加奈子は、何故かいかにも嬉しそうだった。事態が穏便に収まるのを嫌っていて、まるで波乱含みであることを願っているかのように見えたのだ。

どうやら加奈子は、森本を野島の遺産についての代理人と思い込んでいるらしい。だとしたら、このあたりで自分の本当の正体を明かすべきだろうと判断した。

「いえ、申し遅れましたが、実は私は野島さん殺害の容疑で逮捕された坂井由起さんの刑事弁護人でして、民事的な側面から、あの遺言状に興味があるわけではありません。むしろ、私が知りたいのは、あの遺言状が本物だという前提に立てば、何故、野島さんが『銚子クレイドル』を遺産の寄付対象に選んだかという、この一点だけなんです」

「刑事弁護人？」

加奈子はそう言ったきり、一瞬、絶句したように見えた。その驚きと動揺は、まるでマグマの地熱のようにじわりと森本にも伝わってきた。問題は民事事件ではなく、刑事事件、それも殺人事件だと分かったとき、不意に証言者の口が重くなるのはよくあることだった。

森本は、それが加奈子にも起こるのを恐れていた。いずれにせよ、加奈子はやはり、非常に癖のある人物で、その発言の信憑性を即断するのは難しかった。ただ、この女性の発言によって、「銚子クレイドル」に対する森本の疑念が一層高まったことは否定できなかった。

4

森本は日を改め、今度は正攻法で電話予約を取って、「銚子クレイドル」代表の住谷和子に面会した。事前に、森本は「銚子クレイドル」の広報誌『自由の兆』を手に入れ、それに掲載されていた、「恥ずべき日本の人権意識」という短いエッセイを読んでおいた。

およそ、住谷の現在の立ち位置が分かるような文章だった。左翼的と言えば左翼的だが、やはりその意識の根底にあるキリスト教的な人道主義が透けて見えていて、政治的というよりは、宗教的倫理観を反映しているように思われた。

森本が受付で住谷との面会予定を告げると、感じのよい若い女性職員が代表室まで案内してくれた。一階の部屋は、宿泊施設というよりは市役所内の執務スペースのような簡素さだった。外通路と執務スペースを仕切る受付カウンターの横から中に入り、デスクで仕事をする七人の職員の男女を見やりながら、奥に進んだ。職員のほとんどがジーンズにTシャツという軽装なのが今風だ。

加奈子に会ってからすでに一週間ほどが経っていたが、加奈子は出勤日ではなかったのか、その姿は見えなかった。

森本は、代表室で住谷に会った瞬間、「銚子クレイドル」に対して抱いていた胡散臭いイメージが急速に消えるのを感じた。住谷は顔立ちの整った、いかにも真面目そうな知的な女性で、エッセイから想像した攻撃的なイメージからは遠かった。森本の調査では、現在四十三歳だったが、実際の年齢よりも遥かに若く見える。

住谷は、ところどころに汚れや染みが目立つ中央のブラウンのソファに座るよう森本を促し、執務デスクの横に置かれた自動給茶機から冷たい緑茶を二杯紙コップに入れて、運んできた。

「すみません。日本茶しかないんですよ」

住谷は微笑みながら言った。それから、森本の前のテーブルに紙コップを置くと、自分自身も左手に紙コップを持って、正面に座った。

「ああ、申しわけありません」

答えながら、森本はたったそれだけの会話で、奇妙な安堵感を覚えていた。住谷のさわやかで真面目なイメージが、二人の距離を一気に縮めたように思えたのだ。

「本日はお話しする時間を作っていただき、ありがとうございます」

言いながら、型どおりに名刺を差し出すと、住谷も着ていた白いシャツの胸ポケットから名刺を取り出した。「銚子クレイドル　代表　住谷和子」とだけ刷られたシンプルな名刺で、あとは「銚子クレイドル」の住所と固定電話の番号が書いてあるだけである。

「森本先生は、坂井由起さんの刑事弁護人をしていらっしゃるんですね。でしたら、やはり野島さんの遺言状の件でしょうか？」

加奈子のときとは違って、自分が由起の刑事弁護人であることは電話ですでに告げていた。加奈子が森本に会ったことを住谷に話したかどうかは分からないが、直感的には、おそらく話していないだろうと森本は思った。

「はい、その通りです」

森本はこう答えたものの、それでは森本が訊こうとしていることを住谷が誤解する恐れがありそうだった。最終的には遺言書との関連が出てくるかも知れないのだが、その前に、野島にそういう遺言書を書く気にさせた人物と、この施設の関わりについて質問したかったのだ。

そのことをどう説明しようか考えたとき、一瞬の間が生じた。その間隙を衝くように、住谷のほうから話し出した。

「私は野島さんとは面識がないので、野島さんが何故そんな遺言状を残したかは分からないんです。それで誠に申し訳ないんですが、本物であるかどうかも確定していない以上、受け取る気があるかどうかもお答えできないんです」

予想通り、住谷も森本の訪問の意図を誤解しているようだった。おそらく、電話や直接訪問を問わず、他の人々からも何度も同じような質問をされたため、こう答えて入り口で質問を遮断する癖が付いてしまったのだろう。

「仰ることはよく分かります。しかし、私が今日参りましたのは、そういう民事的な問題とはあまり関係がなくて、ある人物とこちらの施設との関わりで、少しお尋ねしたいことがあるからなんです。その人物が何らかの形で野島さんの遺言書に影響を与えている可能性があり、それが刑事事件の争点と関係してくることもあり得るんです」

「そうなんですか。その人は、かつてうちに勤めていた方なんですか?」

住谷はすぐに森本の意図を察したかのように、落ち着いた口調で質問した。

「いえ、たぶん、その人物がこちらで働いていたことはないと思います。土倉真希絵さんというんですが、彼女が中学生の頃、こちらの施設でお世話になったことはないかというのが、私の知りたい点なんです」

住谷の表情がはっきりと変化したように見えた。それは森本には、不意を衝かれたときに自然に現れる表情にも思われた。

「中学生ですか？」

住谷はつぶやくように言うと、一瞬、黙り込んだ。それまでの落ち着いた言動からすると、その反応は、森本の目には若干意外に映った。

「ええ、こちらがボランティア活動の一環として、いろいろな人の相談を受けているというお話も耳にしていて、未成年者の相談に乗ることもあると聞いたものですから」

住谷は黙ったままだ。何と答えたらいいか、思案しているのか、それともあまりにも予想外の質問に、すぐには頭を整理できないのか。

「その土倉さんという方ご自身が、昔、うちで世話になったと仰ったのですか？」

用心深い質問だった。森本が由起の弁護人であることを住谷は知っているのだから、本人ではなく、由起がそういう発言をした可能性を考えているのだろう。

「いえ、そうではありません。ただ、申し訳ないのですが、重大な刑事事件に関連することですので、詳しい事情は申し上げられないんです。とにかくその人物がこちらと関係があったかなかったかが、裁判で争点になる可能性がありますので、お訊きしているわけです」

「今のお話をお聞きした限りでは、そういう情報をお伝えするのは難しいと思います。私どもの所に、家出した中学生などが訪ねてくることもないではありませんが、そういう個人情報に対する守秘義務がありますので、私たちも軽々しくはお話しできないんです」

住谷はいかにも申し訳なさそうに言った。森本には住谷の立場はよく理解できた。だが、ここはもう一押しするべき所だとも、感じていた。

「仰ることは非常によく分かります。しかし、このことは事件の真相解明に関わる可能性があるんです。私は弁護士ですので、未成年者の人権とプライバシーを絶対に守ろうという気持ちは、人に劣らないと思っています。ですから、そういう事実があったかなかったかだけでも、教えていただけないでしょうか」

食い下がる森本に対して、住谷は当惑の表情を浮かべ、それから、やや視線を落とした。森本は逆に視線を上げ、白い壁に貼られた短冊を見つめた。


隣人に関して偽証してはならない　出エジプト記二〇章一六節

森本には、キリスト教徒の住谷がこの旧約聖書の文言と葛藤しているようにも見えた。やがて、住谷は顔を上げ、小さな声でつぶやくように言った。

「分かりました。では、こうとだけ、申し上げておきます。もう随分昔のことですが、継父から虐待されて、家出をしてきた女子中学生を一週間ほど施設に住ませたことがありました。ただ、その女子中学生は、私がどんなに訊いても住所も氏名も言わなかったため、その子が先生の仰っている中学生かどうかは分かりません。そのうちに、その子は私たちに何も言わず、私どもの施設からいなくなってしまいました。それ以上のことは、私は知りませんので、どうかここまででお願いいします」

森本は当然、もっと細かいことを訊きたい衝動に駆られていた。だが、ぐっと抑えた。ぎりぎりの情報を開示した住谷の顔を立てて、それ以上、しつこく訊くのは避けた方がいいと判断したのだ。

だいいち、刑事事件についての情報は伝えられないと宣言しておきながら、住谷の情報すべてを一方的に聞き出そうとするのは、虫が良すぎるとも感じていた。ただ、その少女が真希絵ではないとは住谷は言っていない上、「継父から虐待されて」という、森本が伝えなかった情報まで加えて答えたのだから、その少女が真希絵であることを、実質的に認めたも同然であるように思われたのだ。

「分かりました。ご協力、ありがとうございます。では、あと一つだけ、質問してよろしいでしょうか？」

森本は住谷の時間を意識して、左手の腕時計を見つめながら尋ねた。すでに話し始めてから、三十分以上経過していた。一時間程度という約束だったのだ。住谷が、相変わらず生真面目な表情を崩さず、小さくうなずく。

「これはあくまでも一般論としてお訊きしているとお考えいただきたいのですが、住谷さんはこういう施設を運営するに当たって、寄付というものをどうお考えでしょうか？　寄付されるお金の性格と言ったら、いいのでしょうか。やはり、人権を守るＮＰＯ法人として、お金の性格付けに、相当に高い倫理基準を設けているのか、それとも――」

「そんな倫理基準なんか、設けていません」

住谷が、森本の言葉を遮るように、ぴしゃりと言った。初めて見せた強い反応だった。それから、間髪を容れずに言葉を繋いだ。

「私たちのようなＮＰＯ法人は、いつでも、経済的にギリギリで運営しているんです。言葉は悪いですが、倫理基準なんてきれい事は言っていられません。先生の仰るように、あくまでも一般論ですが、この福祉施設は人々のご厚意で成り立っていますので、動機が純粋で見返りを期待していない寄付は、どんなお金であっても受け取ることにしています。寄付してくれる方が、どういうプロセスでそのお金を手に入れたかという意味で、きれいなお金という考え方にこだわる方もいらっしゃるのは分かります。でも、私自身は、お金自体には色はなく、それがきれいなものになるか、汚れたものになるかは、その後の使い方次第だと考えています」

ある意味では、予想以上に大胆な発言だった。だが、言っていることは理に適《かな》っている。

住谷の答えは、例の遺言書が本物と判定された段階で、野島の遺産を受け取る気があると宣言しているように聞こえた。ただ、住谷の雰囲気から営利の臭いはまったくせず、むしろ、潔癖という点では自信に満ちているように思われた。その意味では「これまでの寄付金だって、私は代表に私的流用がまったくなかったとは思っていませんよ」という加奈子の発言には、森本はやはり故意の悪意を感じ取っていた。

「銚子クレイドル」について、森本が最初に抱いた「胡散臭い」というイメージが、代表である住谷と話したあとでは、まったく逆の方向に向かい始めていることを、森本は認めざるを得なくなっていたのだ。

5

由起との接見は、基本的には森本だけに任されるようになっていた。他の弁護士たちは公判前整理手続きの準備に忙しかった。ただ、これ以上、由起から新しい供述を引き出せる可能性は低いと見ているのか、由起の新しい供述についての森本の報告に、それほど関心を示す者もいなかった。

それはある意味では当然と、森本は思っていた。芝山を含む他の担当弁護士は、犯人性を争う否認事件である以上、由起の無実を前提にこの事件と取り組んでいるのに対して、自分だけが由起の有罪も視野に入れながら事件調査をしているのは分かっていたのだ。

それにしても、この事件に限っては、公判前手続きはまったく本末転倒なものとなっていた。その制度自体が裁判の開始を遅らせる足かせとなっていたからである。

この制度は裁判員制度の導入に伴い、二〇〇五年から始まった。本裁判の迅速化を図るという趣旨で、検察側が立証目的と証拠をあらかじめ開示し、それに対して弁護側も弁論の準備を進めることができるというのが建前だった。月に一回程度開かれ、三回くらいで終わり、その後、本裁判に入るのが普通だ。

実際、他の事件ではこのシステムは概ね有効に機能していて、裁判員裁判の長さの平均は約一年二ヶ月という数値が、法務省から発表されている。しかし、由起の事件では、公判前手続きで、すでにこの数値を遥かに上回る時間が掛かってしまっているのだ。

基本的な理由は、一言で言えば裁判資料があまりにも膨大なためなのだが、芝山ら弁護側に言わせれば、証拠や争点の開示などについて、検察側が秘密主義かつ非協力的なことも、裁判開始の遅れの一因になっているという。入り口のところで、激しい議論の応酬に終始し、ほとんど泥沼化しているのだ。

もっとも、検察側は、弁護側が無理な要求を繰り返しているため、そうなっているのであり、遅れの原因は弁護側にあると主張しているらしい。

月に何度も開かれることがある一方では、何ヶ月も開かれないこともあり、そのうちに三年近くが経過してしまったのだ。検察側がこのまま本裁判に入ると、敗訴が目に見えているため、あらためて証拠を集め直しているという観測もあり、芝山らはその点も厳しく批判していた。

だが、ここに来て、公判前手続きがかなりの頻度で開かれるようになっており、弁護団の弁護士のほとんどがその準備に忙殺されていた。

そんな中、弁護団で独自の立ち位置を確保しているのが、森本だった。

森本は八月になって、弁護団の調査報告書に書かれているある事実について、自分自身の判断で再調査を行っていた。野島が死亡する直前に、「エステート野島」の金庫にあったはずの二億円の金が消えるという事件が発生していたのだ。

野島は定期的にトランクに詰めた金を会社の金庫から、ある雑貨店の中にある倉庫に移動させていた。税金逃れの裏金である可能性が高かったが、この雑貨店は、「エステート野島」の社員浦野《うらの》俊介《しゅんすけ》の母親が経営していて、浦野はトランクの運搬を行っている社員の一人だった。しかも、浦野は女性関係が派手で、真希絵とも親しかったという噂が流れていたのだ。

浦野は、野島が死んでから一年後、交通事故で死亡していた。女癖だけでなく酒癖も悪い男で、しょっちゅう酔っ払っていたから、深夜に路上で寝てしまい、大型トラックに轢かれたのである。しかし、それが本当に事故だったのか怪しむ声もあったという。浦野はその夜、事故に遭う二時間前まで、銚子市内のバーで若い女性と飲んでいたのが目撃されており、その女が誰だったかは未だに特定されていない。

弁護団の報告書は、その女性についても言及していた。ただ、最終的に浦野の死亡事件は、野島の死亡事件とは直接的な関連のない、派生的な交通事故と結論づけていた。浦野がその女性と別れたあとで泥酔状態に陥り、事故に遭ったのは間違いないが、別れてから二時間以上経って事故が起こっていることから、その女性の関与は考えにくいと記しているのだ。

また、浦野を轢いた大型トラックの運転手は逮捕されたものの、夜中に路上に横たわる泥酔者を避けるのは実質的に不可能という理由で、不起訴になっていた。この運転手と浦野の接点もまったくないことは警察も認めている。

不思議なのは、二億円もの大金がなくなっているのに、誰も訴訟を起こしていないことだった。野島が死亡したあと、由起が代表取締役に就任していたのだから、会社の金がなくなったのであれば、由起が警察に話して、捜査してもらうこともできたはずである。

しかし、由起が「警察には話しましたけど、私が盗んだんじゃないかと疑っている雰囲気で、話にならない」と憤っていたことが、報告書の中に記されている。

この二億円の消失事件については、さすがに森本も芝山と若干の意見交換を行っていた。だが、芝山は、この二億円の消失事件も浦野の死も、あまり重視していないようだった。

「報告書を読めば、分かるだろ。その件については、以前に他の弁護士が一応の調査はしたよ。浦野がその金を盗んだ可能性も視野に入れてな。だが、仮にそうだったとしても、野島の殺害とは直接は関係ないんじゃないか。それが税金逃れの裏金だったとしたら、野島だって警察には訴えられなかっただろ。だから、その二億を盗んだやつが、口封じで野島を殺した、あるいは誰かに殺させたという理屈も、あまりピンと来ないな」

森本はそれでも、浦野について独自に調べてみた。他の弁護士の調査事項を鵜呑みにするのは、やめようと決意していたのだ。

浦野は確かに、夜中に泥酔状態で路上に寝ていたところを通りかかった大型トラックに轢かれて死亡していた。酒癖が悪かったというのも本当で、頻繁に泥酔状態に陥り、路上で寝てしまうことも何度かあったらしい。

森本は浦野を轢いた運転手が勤務していた銚子市内の運送会社に聞き込んでみたが、何人かの同僚の証言を総合的に判断すると、この運転手に不審な点はなく、それが事故だったのは間違いないように思われた。

また、浦野が行きつけにしていた銚子市内のバー「レパード」で聞き込んだところ、このバーのマスターの証言で、浦野が事故に遭った夜、若い女性とそこで飲んでいたのは間違いないことが確認された。

「そうね、今からもう五年前のことだから、記憶に自信があるわけじゃないけど、その女は真っ赤なワンピースを着ていて、眼鏡は掛けておらず、髪の毛の長い、派手目な化粧の美人だったような気がするね。あの人が連れてくるのは、たいていそういうタイプの女の子だったから」

「他に覚えていることはないですか？　例えば、二人の会話で何か印象に残るようなことを話していたとか」

「ところが、二人が座っていたのは、このカウンターじゃなくて、窓際のテーブル席だったから、会話内容なんか、ほとんど聞こえなかったんだよ」

そのとき、森本はカウンター席に座り、カウンター内に立つマスターと話していた。開店前の午後五時頃で、客は入っていない。

カウンター席十席とテーブル席三席だけの小さなバーだったが、それでもマスターの立つ位置から窓際のテーブル席までは五メートル近くあり、他の客たちの喧噪もある中では、特に大声で話さない限り、会話内容を聞き取るのは難しかっただろう。

「その女性の特徴ですが、髪の毛は染めていなかったですか？」

「いや、黒髪だった気がするな。ただ、首筋に小さなタトゥーみたいなのが見えていた記憶があるから、やっぱり相当なヤンキーだったんじゃないの。その女が、ナポリタンを注文したのも覚えているよ。俺の店、基本的には飲み屋だけど、パスタみたいな食事も出すんだよ」

はっとした。当然、真希絵の首筋に関する由起の発言が閃いていた。それにしても、マスターは四十代後半の感じで、それほど高齢には見えなかったが、タトゥーをヤンキーの象徴であるかのように言うのは、森本にはいかにも古くさいものの見方に思われた。

タトゥーが若者の間ではもはや一つのファッションに過ぎず、タトゥーシールなども販売されているため、森本の知人の若い女性弁護士の中にも、体の一部にそういうシールを貼っている者もいるくらいだった。

だが、もちろん、今、問題なのはそんなことではなく、この発言と由起の発言との関連だった。

「それって、ここの位置に見えていたんですか」

森本は体を若干ひねるようにして、マスターに向けて首筋を見せ、肩に繋がる辺りを指さした。

「ああ、うなじじゃなくて肩に近いほうだね」

「本物だったんですか?」

「ペインティングか、それとも本物の入れ墨だったかって意味?　そんなの俺には分からねえよ」

「どんな模様か覚えていますか?」

「ああ、それは覚えているよ。単純なもので、色は黒で、トカゲみたいな動物だったね」

それなら、単色のステンシルタトゥーと呼ばれるもので、若い女性もファッションの一つとして、割と気楽に渋谷辺りのタトゥースタジオで施術してもらっているのは、森本も情報としては知っていた。真希絵がそれをファッションとして彫《い》れていても、おかしくはない。

「二人は一緒に店を出たのですか?」

　森本が話題を変えるように訊いた。

「いや、女のほうがけっこう早く帰ったよ。午後の九時くらいに一人で帰って行った。俺の印象じゃ、あまり楽しそうじゃなかったね。浦野というやつは、何しろ、女たらしの上に、酒癖が悪くてね。女が帰る頃はもう相当に酔っ払っていたから、女も持て余し気味だったんじゃないかな」

「その女性が、午後九時頃帰るとき、浦野さんが引き留めて、揉めるようなことはなかったんですか?」

「そんな感じはまったくなかったね。浦野のほうは、それから二時間くらい飲んで帰って行ったよ。かなり酩酊気味だったから、俺もなるべく帰るように仕向けたんだ」

「酩酊ってどれくらいの状態だったんですか?」

「まあ、完全に意識を失う一歩手前くらいかな。かろうじて、コミュニケーションが可能なくらいだったな」

「浦野さんが亡くなったあと、警察はここに何か訊きに来ましたか?」

「ああ、来たよ。今、あなたにしゃべったのと同じことを言いましたよ。あっさりしたもんだった。女と浦野がここを一緒に出ていったんじゃなくて、二時間の時間差があったと言ったら、妙に納得していたね」

「でも、その女が誰であったかは、結局、警察も分からなかったらしいですね」

「やっぱり、そうなの?」

それはマスターにとっても初耳だったらしく、若干、驚いているようだった。実際、その夜、浦野と飲んだと申し出てくる女はいなかった。だが、浦野の死に事件性はないと判断した警察が、それ以上の捜査を行うこともなかったようなのだ。

「あいつはそこら中で女を引っかけているって話だったから、そのとき来た女もそういう類いの人間じゃないの。それほど親しそうにも見えなかったから」

森本はすでにマスターの話をきちんと聞いていなかった。彼の話で、注目すべきことはただ一点しかなかった。浦野と一緒に飲んでいた女の首筋にタトゥーが見えていたというところだけが、やはりどうしても気になるのだ。

森本には、事故当日の夜、このバーで浦野と飲んでいたのが真希絵であることを由起が仄めかしたとしか思えなかった。

6

「住谷さんが、浦野から脅されていた? 所長、どうしてそんな重要なことを私に教えてくれなかったんですか」

所長室で森本は思わず、声のボリュームを上げた。芝山が自分のデスクに座り、森本は目の前に立ったまま話していた。

　このタヌキ親父め。森本は心の中でつぶやいていた。芝山が、今頃になって、初めてそんな重要情報を伝えてきたのは、いくら先入観を入れずに調査させるのが目的とは言え、度を越しているように思われたのだ。

「別に重要情報じゃないぜ。そんなことはよくあるんだ。警察がたいした捜査をしなかったのは、『銚子クレイドル』が入管と対立していて、国の政策を批判ばかりしていたからだろ。それに、実害がなかったのだから、それ以上のことは、よっぽど警察の覚えがよくないとやってくれないよ」

　芝山の話では、二〇一九年の三月頃、銚子署の刑事課にいる刑事が、芝山に対してそんなことを言ったというのだ。その刑事は、昔、ある傷害事件の捜査で芝山がかなり関わりを持った人物で、それ以降もたまに連絡を取り合う関係だった。

　住谷自身が、刑事課に電話してきて、「エステート野島」の社員から、「不法滞在の外国人を匿ってるだろ」と難癖を付けられ、暗に金を要求されたと訴えてきたというのだ。

　だが、この恐喝未遂と思われる事件について、警察は動かなかった。住谷自身がきっぱりと断ったと言い、浦野が脅したという具体的な証拠もなかったので、警察も動きようがなかったというのが、その刑事の説明だったらしい。

　ただ、森本自身、警察が左翼系の団体の訴えに対しては、何となく動きが鈍いのは分かっていた。だから、芝山に言わせると、弁護士事務所は政治的にはあくまでも中立を保ち、警察ともそれなりに友好的に付き合っていくべきだとなる。

「でも、浦野が事故死したのは、六月ですから、所長が刑事からその話を聞いてから、およそ三ヶ月後でしょ。関連があってもおかしくないですよね」

「あってもおかしくないが、なくてもおかしくない」

芝山のややこしい言い方に、森本は思わず顔をしかめた。ただ確かに、客観的には芝山の言う通りだった。

「その後は、住谷さんから、警察に訴えはなかったんでしょうか？」

「電話があったのは、一度だけだったそうだ。だから、警察も解決したと思ったんじゃないの。つまり、浦野が諦めたんだと。実際、ああいう左翼系のボランティア団体は結束力が強く、半端なことじゃあ、そんな脅しに屈しないからな。恐喝の対象には、いかにも不向きなんだ」

「しかし、こうも考えられませんか？　つまり、住谷さんが妥協したとは？」

「金を払ったというのか？」

「ええ、あるいは、金を払うふりをした――」

森本は後の言葉を呑み込んだ。さすがに、住谷に会って、あの真面目で潔癖そうな姿を目にしたあとでは、自分の脳裏をよぎっていたものは妄想の類いとしか思えなかった。

「そして、そのあと油断している恐喝者の浦野を、交通事故を装って葬り去ったとでも言うの。住谷って女はそんな風に見えるのかい？」

芝山が、森本の心の中を見透かしたように訊いた。半分からかうような口調だったから、芝山が本気で言っているとも思えなかった。不謹慎にも聞こえる質問をあえてするのが、芝山の戦略であるのは、森本にはすでに十分に分かっていた。

「ぜんぜん見えません。ものすごくまともです」

森本はあえて潔癖という言葉を避け、「まとも」という言葉に置き換えた。しかし、厳密に言えば、その二つの言葉が必ずしも同じとは言えないとも感じていた。潔癖だが、ま﹅と﹅も﹅ではないこともあり得るのだ。

「じゃあ、ダメじゃないか。本筋の事件から遠ざかり過ぎだよ」

森本は自分の調査が本筋から遠ざかっているとは思えなかった。ただ、芝山には、真希絵に関する具体的な疑惑については話していなかった。浦野が死んだ夜、少なくとも事故の二時間前まで若い女とバーで飲んでいたことは伝えたが、女が浦野より二時間前にバーを出たと説明したとき、芝山は明らかに興味を失ったような表情をした。

ただ、その女の首筋にタトゥーが見えていたことも、そして、それに関連するかも知れない由起の暗示的な発言についても、この時点ではまだ芝山に報告していなかった。森本自身が確信を持てない話をしても、いつものように芝山に突っ込まれるのが関の山だった。

森本は所長室を辞し、自分のデスクに戻った。起動したままのパソコンの画面をぼんやりと見つめながら、森本はなおも考え続けた。ある着想が浮かんでいた。

「銚子クレイドル」を、誰かのためのダミー会社に仕立て上げる謀略が進行していたのかも知れないと、ふと思ったのだ。浦野は金を要求していただけでなく、野島の遺産が移行できる遺産受け取り機関としての役割を、「銚子クレイドル」に要求していたのではないか。単に不法滞在の外国人居住者を施設に宿泊させていたというだけでは、脅迫のネタとしてはいかにも弱かった。浦野がそれを脅迫のきっかけとして使ったことは確かだろうが、もっと交渉可能な大きなネタを浦野が持っていた可能性を、森本は排除していなかった。

森本の想像はさらに大きく広がり始めた。真希絵がかつて「銚子クレイドル」で過ごした経験があるとすれば、真希絵はそこの職員である誰か、ひょっとしたらあれほど住谷に批判的な加奈子とも知り合いだったような気がするのだ。浦野と真希絵と加奈子がグルだったとすれば、いったん「銚子クレイドル」に入った遺産金を彼らの手に移行させることは、不可能ではない。

つまり、三人が共謀して住谷を脅し、「銚子クレイドル」という法人を野島の遺産の受け取り機関に仕立て上げようと画策していたという推理は、あながち妄想とは言い切れないように思われるのだ。

森本は深いため息を吐きながら、パソコンの画面から目を離し、窓の外に映る、晩夏の薄暮の淡い夕日を見つめた。

第三章　共謀

1

森本は自分の推理の信憑性を映す鏡として利用するような心境で、もう一度水脈に会った。客観的な情報提供者という意味で信頼がおけるのは、水脈と文代だと考えていた。

ただ、文代は警察からかなり執拗に事情を聴かれていて、事件の当事者の側面もあるので、本当の意味で客観的と言えるのは、水脈だけのような気がしていた。

森本は最初に面会したのと同じ銚子市内の喫茶店で、仕事帰りの水脈と再び待ち合わせた。時間も同じ午後七時だった。水脈が律儀な性格通り、きっちりと約束の時間に現れたのも前回と同様である。

九月初旬の蒸し暑い夜だったが、水脈は冷房が強すぎるのを気にしてか、白いシャツの上に紺色のカーディガンを羽織っていた。実際、尋ねてみると、冷房があまり得意ではないという。

水脈は前回森本と食事を共にしたこともあり、少しは森本に打ち解けてきたものの、やはりおとなしく、内気な印象は変わらなかった。森本はまずは基本的な質問から入った。

「交通事故で亡くなった、『エステート野島』の社員であった浦野さんのことは、川島さんもご存じですよね」

「はい、知っています」

「ずいぶん、お酒を飲む方《かた》だったみたいですね」

「ええ、そんな噂は聞いたことがありますが、私自身はまったくお酒を飲まないので、浦野さんがお酒を飲んでいるところを見たことはありません」

そう言うと、水脈は黒縁の眼鏡を右手で軽く押し上げた。

「浦野さんは土倉真希絵さんと親しかったという噂があったようなんですが、そんな話をあなたも聞いたことがあったのでしょうか？」

水脈の表情の変化に注目していた。前回の面会で、水脈が警戒心は強いものの、正直な性格は争えず、きわどい質問が森本の口から出るたびに、必ず顔の表情が変化することに気づいたからだ。

予想通り、水脈の表情が若干、強ばったように見えた。

「浦野さんは女性関係が派手で、いろんな女性に声を掛けているという噂は聞いたことがあります。でも、真希絵ちゃんは浦野さんと特に親しかったわけではないと思います。真希絵ちゃんは見た目がキレイだから、誤解されやすいですけど、真面目な性格で、浦野さんのようなチャラい印象の男性を好んではいませんでした。私のいるところで、浦野さんが真希絵ちゃんを誘っているのを見たことがありますが、真希絵ちゃんはあまり相手にしていないみたいで、はっきりと断っていました」

水脈にしては、かなり踏み込んだ発言だった。ただ、それは客観的な目撃情報を伝えただけとも言えたから、水脈にはそれほど勇気の要る発言ではなかったのかも知れない。

真希絵に対する水脈の評価は一貫していて、相変わらず好意的に感じられた。それにも拘わらず、真希絵が野島とパパ活と言われても仕方のない関係に陥っていたことを水脈も知っているわけだから、その点について、水脈がどう考えるのか、森本も知りたくないわけではない。

しかし、それではあまりにも負荷の掛かる質問を水脈に突きつけることになり、水脈が口を閉ざしてしまう可能性を考え、森本はそんな質問は控えていた。だいいち、本来、それは水脈に訊くべきことではないのだ。

そんな質問よりは、むしろ、真希絵の首筋にあるかも知れないタトゥーのことを訊いてみるほうがいいように思われた。ただ、訊き方は難しかった。

「土倉さんって、首に黒のタトゥーを彫《い》れているらしいですね」

森本はできるだけさりげなく切り出してみた。

「ええ、それは私も見たことがあります」

水脈はごく自然な口調で答えた。

「どんな形だったか覚えていますか?」

これは弁護士が交通事故などの証人に対して、よく使う質問のテクニックだった。分かっていても、けっしてこちらのほうからは言わず、相手の記憶の確かさを試すのだ。中には、妙に積極的に証言するくせに、色や形などまったく覚えておらず、証人としての適格性に欠けることが暴露される者もいる。

「いえ、ぜんぜん覚えていません。彼女が自分でタトゥーを彫れてるの、って言ったのは覚えていますが、首筋の見えにくいところなんで形まではちゃんと見なかったかも知れません」

相変わらず正確な答え方だった。とにかく水脈の口から、真希絵が首筋にタトゥーをしていたという客観的な証言が得られたことは大きな収穫だった。

「それと、これは『エステート野島』内での話ですが、遺言書に『銚子クレイドル』の名前が出てきたとき、土倉さんがその施設と関係があったという噂が流れたかも知れないと聞いたのですが、そんな噂話をあなたは聞いたことがありますか?」

「いいえ、まったくありません」

水脈は即答した。それから、自然な口調で付け加えた。

「みんなが不思議がっていたのは、何でそんな知らない施設に社長の遺産が行くのだということだけで、私の知る限り、真希絵ちゃんの名前が出ることはありませんでした」

やはり、これも真希絵に疑惑を向けるための由起の根拠のない憶測に過ぎなかったのか。しかし、それは森本の想定内だったから、失望するほどでもなかった。

「ところで、他に、浦野さんと親しかった女性の噂は聞いたことがありますか?」

森本はあっさりと真希絵の話題から遠ざかることを選んだ。水脈はむしろ、この質問のほうに一瞬、沈黙した。当時の状況を思い出そうとしているようにも取れたが、あることが頭に浮かんでいて、それを口にしていいものかどうか、判断に迷っているようにも見える。

「親しいと言えるかどうかは、分かりませんが、由起さんとはよく話をしていました」

「由起さんと?」

森本は驚いたように、その言葉を反復してみせた。だが、それほど驚いていたわけではなかった。浦野がそんな女たらしだとしたら、既婚者である由起をターゲットにしても、おかしくはない。特に、由起と野島の年の差婚と結婚後の不仲は、従業員の間でも相当な噂になっていたのだから、なおさらだろう。

「でも、由起さんと浦野さんが比較的よくしゃべっていたことには、それなりの理由があったんです」

水脈は自分の発言があまりにも深刻に受け止められるのを恐れるように、慌てて付け加えた。

水脈によれば、由起は銚子に来て、すぐに運転免許を取ったのだが、初心者で運転が危ないと野島が心配して、由起が車で出かけようとすると、浦野を運転手としてつけていたというのだ。

実際、由起の運転のおぼつかなさは、当時、従業員の間でも話題になっていたらしい。下手なくせに、猛烈なスピードを出すのだ。

「最初は由起さんも自分で運転できると怒っていたけど、そのうち文句も言わなくなったため、二人が浦野さんの運転で買い物なんかに出かけるのが、普通みたいになっていました。だから、二人が会話をする機会がよくあったというだけで、親しかったという意味ではありません」

水脈はまるでもう一度念を押すように言った。自分の発言が決定的な響きを持つことを警戒していることがありありと分かるような言い方だった。

だが、この話を聞いたとき、森本はかえって、水脈の動揺した態度に、逆説的な信憑性を感じ取っていた。浦野と由起の関係について、ピンと来るものがあったのだ。

森本の心臓が軽い鼓動を刻み始めた。思考の闇が一瞬生まれ、やがて霧が晴れるように、森本の前に明瞭な視界が開けたように思えた。

由起と真希絵の外見的イメージは似ている。二人とも長身でスタイルがよく、顔立ちも整っていた。長い黒髪も同じだ。

浦野が死んだ夜、「レパード」で浦野と共に目撃された女が真希絵ではなく、由起であっても少しもおかしくないのだ。

こう考えると、獄中から、しきりに真希絵に対する疑惑を口にし、森本に真希絵のことを調べさせようとしている由起の思惑がはっきりと見えてきたように思えた。真希絵と浦野が共謀して野島を殺害し、野島の遺産が「銚子クレイドル」に行くように画策し、後に口封じのために真希絵が交通事故を装って浦野を殺害した。こういう、由起の書いたシナリオに虚偽の信憑性を与えるのが、由起が森本に与えた役割ではなかったのか。

ところが、このシナリオの真希絵の部分を由起に入れ替えても、その筋書きは同じように成立するのだ。真希絵ではなく、由起が浦野に何らかの秘密を暴露されることを恐れて、また遺産の一部を浦野に渡すことを嫌って、交通事故を装って、浦野を殺害したのではないか。

「銚子クレイドル」に何かのカラクリがあり、由起がそこに入った遺産の大部分を自分のものにできれば、遺留分と合わせて、ほぼすべての遺産を独り占めできるのだ。

泥酔状態にある浦野を故意に路上に放置したとしたら、彼を轢いたトラックの運転手がまったく事情を知らない人間だったとしても、それはまさにトラックを凶器とする、未必の故意による殺人なのだ。この推理が成立する場合、野島を殺したのもやはり由起としか思えなくなってくる。

「川島さんから見て、どうですか？　浦野さんと由起さんが男女の関係にあっても、それほどおかしくはありませんか？」

森本はあえて笑いながら、冗談のように訊いた。我ながら、誘導的な質問だった。こういう雰囲気で訊けば、水脈も「その可能性はあります」とくらいは、答えるかも知れないと思ったのだ。

「それは分かりません」

水脈はほとんど間を置かずに答えた。表情の変化は見られなかった。やはり、このガードの固さは生半可ではない。森本は心の中で、深いため息を吐いていた。

2

森本は住谷にもう一度会う決心をしていた。やはり、その恐喝事件のことを問い質したかった。住谷が前回の面会で、森本に話した以上のことは知らないとは、とうてい思えなくなったのだ。

森本は水脈に会った翌日、再び、「銚子クレイドル」の代表室のソファで住谷と対座していた。

「住谷さんは、『エステート野島』の社員で、浦野という男をご存じないでしょうか？」

この質問に、住谷は特に顔色を変えたようには見えなかった。だが、すぐには質問に答えず、ふと窓のほうに視線を逸らした。午後一時過ぎ、強い日差しがフローリングの床に、光の鎖を作っている。九月に入っても、相変わらずの猛暑が続いていた。

「その方が、先生の担当している刑事裁判と何か関係があるのでしょうか？」

　住谷は、森本の質問に直接には答えず、さすがに慎重な口調で切り出した。ただ、すでに浦野と「銚子クレイドル」の関係を知っている森本から見ると、「その方」という住谷の言葉は、いささか空々しく響いた。

「いえ、それはまだ分かりません。ただ、関係があるかないかを調べるために、私はお尋ねしているわけです」

「そうですか。では、知っていると申し上げざるを得ないですね」

　住谷はどことなく力の籠もらない声で答えた。しかし、その表情に動揺の色が濃く滲んでいるわけでもなく、住谷の心の内を推測するのは難しかった。

「正直に仰ってくださってありがとうございます。私も正直に申し上げますが、実は、警察筋の人間から、この施設が彼に恐喝されていたという情報を得ているものですから」

「やはり、ご存じなんですね」

　そう言うと、住谷はため息を吐いた。そのため息は、森本に軽い罪の意識を喚起した。

「あらかじめ申し上げておきますが、私は弁護士で、警察とは立場を異にする人間です。『自由の兆』という雑誌で、住谷さんのエッセイも読ませていただき、とても感銘を受けました。ですから――」

「感銘」という言葉が、森本の気持ちを正確に表しているとは思えなかった。その言葉では掬《すく》い切れないような違和感があのエッセイにあったことも確かなのだ。だが、森本が住谷の文章を読んで、奇妙に感情を揺すぶられたことも否定できなかった。

「不法滞在の外国人を匿ったからと言って、即、私を非難するつもりはないと仰っていただけるのでしょうか？」

住谷は、森本の言葉を引き取るように言い、微かに微笑んだように見えた。森本は、この質問に対して、微妙な答えを強いられることになった。住谷が自分の土俵に引き込もうとしているようにも感じたからである。

「もちろん、私は日本の司法制度の中に生きる弁護士ですので、法の遵守は絶対だと思っています。同時に、法の瑕疵は、その都度、その都度修正していくべきで、不備な法の下で苦しんでいる人々を救済すべきだと信じています」

「分かりました。そういうお気持ちでいらっしゃるなら、お話しします。浦野さんという方が、突然、私との面会を求めてきて、私どもの施設が、不法滞在の外国人を宿泊させているだろうと脅してきたのは、事実です。先生のような方には、本当のことを申し上げますが、私たちが結果的にそういうことをしてしまうケースはあります。匿うというよりは、事情をお聞きして、適切なアドバイスを与えてあげるのが目的なんです。でも、外から見れば、やはり匿っているように見えるのでしょうね。その浦野という男も、私たちがそういうことをしていると仄めかして、一千万円のお金を要求してきたのです。従わなければ、入管に通報すると言っていました」

「でも、その要求には従わなかったのですね」

「もちろんです。私は匿っているのではなく、あくまでも事情を聞いて、適切なアドバイスをしてあげているだけだと突っぱねました」

「相手はすぐに諦めたのですか？」

「いいえ、そうではありません。何度も電話を掛けてきて、この事務所に直接やって来ることもありました。それで私は一度だけ、銚子警察署の刑事課に電話して、相談したことがあったのです。警察は私どもの施設にはあまりいい感情を持っていなかったようで、ほとんど対応してくれませんでした。でも、それがきっと、警察筋から先生の耳に入ったのでしょうね」

森本は小さくうなずいた。住谷の発言は、森本には多少皮肉に響いたが、その話自体は芝山から聞いた話とおおよそ符合していた。

「住谷さん、でも、そういうのって内部情報ですよね。浦野という男の耳にそういう情報が入ったのは、どうしてなんでしょうか？　入管の職員がその情報を把握していて、外に漏らしたのか――」

「いいえ、私たちの内部に、リークした人間がいたんです。私たちの施設が入管から睨まれているのは間違いありませんが、彼らはとても秘密主義の組織ですから、自分たちが把握している情報を外に漏らすことはあり得ないと思います」

住谷の声は確信に満ちていた。

「では、その内通者は誰だか、もうお分かりになっているのですか？」

「ええ、先日、本人を問い詰めましたところ、リークを認めましたので、即、解雇しました」

森本は思わず息を飲んだ。その口調が唐突で、あまりにも毅然としていたからだ。しかも、即解雇とはいかにも性急な処分に思えた。

「ひょっとして、その方のお名前は西岡加奈子さんというんじゃありませんか？」

森本としてはかなり踏み込んだ発言をしたつもりだった。こういう形で加奈子の名前を出す以上、以前に彼女を路上で呼び止めて話を聞いたことを、住谷に話さざるを得ないと感じていたのだ。しかし、住谷の反応は意外なほどあっさりしていた。

「ええ、その通りです。先生も、彼女にお会いになったそうですね。西岡さん自身がそう言っていましたから」

そういうことか。加奈子は、森本に会ったことを住谷に隠してはいなかったのだ。だが、まだ腑に落ちない点があった。

「でも、浦野が住谷さんに脅しを掛けてきたのは、今から五年も前のことでしょ。だから、リークがあったのもその頃ですね。それを今頃になって解雇するのは、どういうことだったのでしょうか？」

この質問に対しては、住谷は明らかに困惑の表情を浮かべた。何かを言いよどんでいるようにも見える。だが、意を決したように話し始めた。

「実は先生には申し上げにくいのですが、先生と西岡さんが駅前のファミレスで話しているところを、うちの職員が目撃していたんです。それで、私とその職員が、どんな話をしていたのかを西岡さんに訊いたことがきっかけになって、彼女と口論になってしまったんです。その口論の中で、彼女が浦野という男にそういう私たちの内情を話していたことが分かったので、結局、解雇せざるを得なくなってしまったんです」

「そうだったんですか。でしたら、彼女の解雇に対して、私も責任の一端を担っているわけですね」

森本はため息を吐きながら、暗い声で言った。実際、思わぬ話の展開に罪の意識を感じ、動揺していたのだ。

「それは違います。先生には何の責任もありません」

住谷がごく自然な口調で言った。

「でも、そのとき、西岡さんは不法滞在の外国人を施設に宿泊させていることを私に――」

「それを先生に話すことは、たいした問題ではありません。先生がそれを聞いたからと言って、外部の人間に漏らすようなことをしないのは分かりきったことです。それは西岡さんにも申し上げたのですよ。一番の問題は、浦野のような、悪意に満ちた部外者に施設の秘密を彼女があえて話したということなんです」

加奈子が単なる情報提供者だっただけではなく、浦野と共謀していたことを住谷が仄めかしているように森本は感じた。それにしても、住谷の発言は潔癖を通り過ぎて、過酷にさえ響いた。

「浦野の恐喝行為はどれほど続いたのでしょうか？」

「私が警察と相談したあともしばらく続きましたが、そのうちに彼が交通事故で死亡してしまったんです。そのことは、先生もご存じでしょうが」

「浦野の目的は、お金だけだったのでしょうか？」

「とおっしゃいますと？」

住谷はじっと森本を見つめた。

「いえ、根拠はないのですが、野島さんが遺書の中で、『銚子クレイドル』を寄付の対象として指定したことと関係があるかも知れないと思って――」

かなり遠回しな言い方だった。だが、森本は浦野がもっと有力な恐喝の材料を持っていた可能性を排除していなかった。そして、それはやはり、野島の遺言書問題がらみだとしか思えなかったのだ。

「さあ、それはどうでしょう。私には浦野という男と遺書の件は無関係に思えるのですが」

その一瞬、住谷のデスクの上に置かれた固定電話が、けたたましく鳴り始めた。住谷はソファから立ち上がり、デスクに向かった。その日はジーンズに黒のTシャツ姿で、夕方からはボランティア活動で能登半島に向かうという。

電話に出た住谷の鋭い声が響き渡った。

「そんなことを気にする必要はありません。嫌でも、正しいことは実行すべきでしょう。正しいことが、誰かにとって不快であるのは普通に起こることです」

話の内容は分からなかったが、森本の耳にはその言葉はどこか異常に聞こえた。

3

森本は由起との三度目の接見を行った。アクリルの遮蔽板の向こうに見える由起の姿は、いつもに比べて、よそ行きに見えた。珍しく膝丈のブルーのワンピースを着ていたのだ。

未決囚の服装は基本的には自由で、刑務所に収監されている既決囚のように一定の居室着を着る必要はない。ただ、それぞれの収容施設には独自の内規のようなものがあり、どこの拘置所でも制限を受けると思われるのは、長い紐が付いているような服装だろう。

これは自殺防止といった保安上の観点から禁止されるのであって、見た目の問題ではない。

女性収容者の華美な服装や極端に露出の多い格好については、収容施設によって規則に多少の違いがあるようだが、そういう意味で由起の服装はまったく普通だった。一回目がジャージ、二回目が膝丈のハーフパンツ、そして、この日はワンピースなのだ。

逮捕される前も、由起はブランドものの高級バッグや服を身につけることが多かったようだが、服装の奇抜さや肌の露出という点では、特に目立つこともなく、案外、オーソドックスな服装が好みだったらしい。

だが、森本にとっては、その日の由起の服装は、別の意味で衝撃的だった。真希絵に会ったときに、彼女もやはり膝丈のワンピースを着ていたのだが、由起が類似の服装をしているのを見ると、改めて二人が姉妹のように似ているように感じたのだ。

「浦野さんって、知ってますよね」

森本はさりげなく切り出した。浦野が死んだ夜、「レパード」で飲んでいたのが、真希絵だったのか、由起だったのか、まだ最終的な結論には至っていなかった。

「ええ、知ってますよ。『エステート野島』の社員だし。社長が死んでから、一年くらいで彼も死んじゃったけど」

「どうして亡くなったか、知ってるんですか？」

「酔っ払って、道路で寝てるところをトラックに轢かれたんでしょ。でも、怪しくない？　彼、事故に遭う前に、若い女とバーで飲んでたんでしょ」

　森本はその言葉に、かえって由起に対する疑惑を深めていた。

「よく知ってますね。浦野さんが交通事故で亡くなった日の夜、あなたの言うように、彼が若い女性と『レパード』というバーで飲んでいたのは、本当のようですね。でも、その話をあなたはどうして知ってるの？」

「どうして？　そんなこと覚えてないし」

「覚えてないなんておかしいでしょ。今、その話をしたのは、あなたなんだから。あなたが現場にいない限り、そんなことが分かるはずないでしょ」

「いやだ、先生、私のこと疑ってるんですか？」

「誰もそんなこと言ってませんよ。ただ、その情報の出所を訊いているだけです」

「だったら、そんなに怒らなくたっていいじゃないですか」

　由起は口をとがらせて、抗議するように言った。森本がいらついた表情をしていたのは間違いない。

　由起に会うと、ほとんど常にこういう展開になるのは、けっしていいことではないと自覚していた。故意なのか無意識なのか、未だに判然としなかったが、由起の挑発的な言葉に、ほとんど常にイライラを募らせ、ギリギリのところで怒りの爆発を抑えているような展開になるのだ。

　要するに、こういう女を森本は好きではないのだ。だが、弁護人が刑事被告人を弁護する際、その人を好きでなければならないというルールもなかった。

「別に怒ってませんよ。あなたがそういうことを言う根拠を知りたいだけ」

「だから、そのバーのバーテンだかマスターがしゃべったことが、回り回って私の耳にも届いたということじゃない？　銚子なんて、ちっぽけな町だし」

「分かりました。でも、あなたは前に真希絵さんの首筋のことに言及しましたね。あれは、彼女がそこにタトゥーを彫れているって意味だったんでしょ。だとすると、そのとき浦野さんと一緒にいた女性が、真希絵さんだって言うの？　実際、『レパード』のマスターも、その女性が首筋にトカゲのタトゥーを彫れていたと証言しているんです」

「真希絵がタトゥー好きなのは本当だし。彼女、ステンシルか、レタリングタトゥーにしようか、メッチャ迷っていたけど、結局、ステンシルのトカゲにしたと言って、私に見せたことがあったんです」

「なるほど。そういうことね。でも、その女性が土倉真希絵さんだとしても、浦野さんがそのバーを出る二時間前にその女性は帰っているのよ。だから、そのあとで起こる交通事故とは直接的な関係はないと思うんですけど」

「そんなこと分かりませんよ。あとで、合流したかも知れないし」

「なるほど。それで酔っ払っている浦野さんを路上に放置して、帰ったとでも言うの？」

由起は無言で、例の気味の悪い笑みを浮かべただけだった。この時点で、森本は由起の癖を摑んだように感じていた。何か重要な意味のある会話や場面に差し掛かると、こういう不気味な笑みを浮かべる傾向が由起にはあるのだ。それは挑発的な嗤笑《ししょう》と言えないことはない。

由起に対する森本の警戒心は最大値《マックス》に達していた。由起はけっして何も考えていない、ただのスマホ女子ではない。その狡猾さの澱のようなものが、森本にもひしひしと伝わってくるようになっていたのだ。

「でもね、坂井さん、浦野さんと親しかった女性は、他にもいたって話なんです」

「他に？　私は思いつかないし。いったい誰なの？」

「あなたご自身です」

森本はずばりと言った。反応を見てみたかったのだ。狡猾さには狡猾さで対抗するしかない。

「私？　そんなこと誰が言ったんですか？」

由起の口調は、多少、気色ばんで聞こえた。ただ、その表情に大きな変化はない。

「あなた、買い物なんかに行くとき、浦野さんに運転してもらってたんでしょ。だから、話す機会はとても多かったんじゃない？」

森本は、もちろん情報源が水脈であることを教える気はなかった。だから、直接由起の質問に答えることを避け、具体的な事実だけを話したのだ。こういう目撃情報は、水脈に限らず他の従業員も持っていたはずだから、こう言ったからといって、情報源が水脈であることを特定できるはずがない。

「確かに浦野さんって、女たらしだから、私に何度か迫ってきたことがあったけど、みんな断ったし。それに、私、浦野さんが死んだ夜、福岡の実家に帰っていたので、その夜、浦野さんとお酒を飲むことなんてできないですよ」

訊かれもしないのに、アリバイを主張してきたのだ。それは、調べればすぐ分かることだったから、いくら由起でも、すぐにばれるそんな嘘を吐くとも思えない。

「その女性があなただとは言ってませんよ」

森本は取り繕うように言った。だが、その疑惑を完全に払拭できていたわけではない。

「先生、やっぱり私が殺したって思ってるんでしょ」

「殺したって誰を？」

「浦野さんを」

「だから、違うって言ってるでしょ」

「だったら、浦野さんの運転履歴を調べたほうがいいですよ」

由起はこう言うと、またもや不気味な笑みを浮かべた。運転履歴。その言葉は妙に文脈外れに響いた。意味が分からなかった。

「どういうこと？」

「調べれば、先生にも分かりますよ」

由起の不気味な笑みは消えていない。由起が再び課題を出してきたのは分かった。福岡と浦野の運転履歴。今度の課題は、調べるのに少し時間が掛かりそうだった。

「分かりました。調べてみます」

そう答えたものの、依然として、由起の意図が分からなかった。森本は改めて、じっと由起を見つめた。やはり、真希絵に似ていると思わないではいられなかった。由起が真希絵のふりをすることは可能だ。身長や長い黒髪が共通していれば、タトゥーなどタトゥーシールでどうにでも偽装できるのだ。

その瞬間、野島の死の直後にしきりに報道されていた、離婚に関連する週刊誌の記事の見出しが思い浮かんだ。


銚子のドン・ファン、離婚届にハンコを強要か？

「俺はあいつとは離婚し、俺の最後の愛人と結婚する！」


その最後の愛人というのが、真希絵のことではなかったのかと思ったのだ。その週刊誌の記事によれば、女性の職業はモデルとなっていて、「エステート野島」の従業員とは書かれていなかった。

しかし、真希絵がかつてはモデルをしていたと従業員の間では噂になっていたようなので、その最後の愛人が真希絵だったとしても大きく矛盾するわけではない。

文代も言っていたように、由起が野島から離婚を迫られ、しかも後釜の女性の具体名が挙がっていたとしたら、それはやはり由起にとって、相当の脅威になっていただろう。

森本は調査が進めば進むほど、真希絵ではなく、由起の方向に疑惑が向かっていくのを意識していた。しかし、それが自身の偏った判断のせいなのか、それとも客観的な必然がそこに働いているのか、森本にも分からなかった。

ただ、お前は検察官なのかと、皮肉に問いかける心の声が、森本の脳裏で耳鳴りのように響いていた。

4

由起の身辺は、にわかに慌ただしくなり始めた。野島の事件とは別の、由起を被告人とする詐欺事件の分離裁判が千葉地裁で始まったからだ。この分離裁判も芝山の事務所が担当していたため、担当弁護士が頻繁に由起に接見し、その間、森本は接見を控えていた。

本件とは分離裁判になっているのだから、二つは別の事件なのは確かだった。この詐欺事件は、由起が福岡でキャバクラに勤めていた頃の話で、二〇一五年の三月から二〇一六年の一月に掛けて、海外留学の準備金という名目で、三千万円近い金を福岡市在住の男性から欺《だま》し取ったという容疑だった。

その男性は当時六十一歳で、キャバクラの客だった。由起は罪状認否で、「私がお金を受け取ったことは事実で、嘘を吐きました」と認める一方で、「それを分かった上で、彼は私の体をもてあそぶためにお金を払ったと思っています」とよどみなく述べたという。担当弁護士の話によると、由起は小声だったが、落ち着いて話し、拘置区で接見する際にときおり感じさせるような、文脈の乱れた違和感を見せることもなかったらしい。

当然、芝山は、本来なら立件できるかどうかも分からない案件で、検察が由起を起訴したことに批判的で、その日の会議の席でも、手厳しく検察批判を展開していた。

会議室は「芝山法律事務所」の三階の一番東側にある、二十平方メートルほどの部屋だった。中央の大型の丸テーブルには、森本も含む、由起の弁護団六人全員が適当な距離を取って座り、前方のホワイトボードの前で話す芝山を見つめていた。

「見え見えの手を使うなって言うの。検察側にとっては、この分離裁判で、有罪を取れるかどうかなんて、どうでもいいんだ。坂井被告の人格をおとしめ、その供述の信用性を失墜させる目的で、わざわざどうでもいい事件をあえて起訴に持ち込んだんだ。普通なら、被害者がこんな事件を警察に持ち込んでも、パパ活なんだから、お互い様でしょと言われて、相手にされない事件ですよ」

実際、被害者にとっても外聞が悪いし、殺人罪で勾留されている由起の現状を考えれば、金を取り戻せる可能性も低いから、裁判などやりたくないはずである。だから、検察側が無理矢理に被害者に訴えさせたのは間違いないというのが、芝山の見解だった。

「もっとも、こういうやり方は、アメリカではむしろ、弁護側が使う常套手段らしいですね。そうじゃないですか？　吉川《よしかわ》先生」

吉川先生と呼ばれた弁護士は、吉川美智《みち》という女性で、アメリカに二十年以上の居住経験のある、アメリカ法に詳しい弁護士だった。すでに六十三歳で品のいい白髪が目立っていたが、非常に冷静に物事を分析し、きちんと仕事ができる弁護士だった。

人格的にも立派な人物で、芝山も一目置いており、森本も弁護団の中でもっとも尊敬していた。その吉川が芝山に名指しされた格好で、落ち着いた口調で話し始めた。

「そうですね。まあ、アメリカでも裁判まで起こすことはそれほどないですが、司法取引で免責《immunity》を与えられた検察側の証人に対して、その証言の信用性を失墜させるために、証人に対する徹底的な人格攻撃を弁護側が行うことはよくありますね。でも、それが裏目に出ることもあるんです。一九七〇年代の古い裁判ですが、一番有名なのは、マンソン裁判の検察側証人リンダ・カサビアンに対する、弁護側の反対尋問です」

マンソン事件というのは、一九六九年にロサンゼルスのハリウッド近郊で二夜に亘って発生した連続殺人事件である。最初の夜はハリウッドの女優、シャロン・テートら五名が、次の夜はイタリア系アメリカ人の実業家ラビアンカ夫妻が、いずれも自宅においてナイフと銃で惨殺されていた。

後に、この事件は特異なカルト集団を率いるチャールズ・マンソンの指令によって行われた無差別殺人と判明する。そして、裁判の争点は、言葉だけで実行行為者たちをマインドコントロールして、殺害現場には行っていないマンソンを、どうやって有罪に持ち込むことができるかだった。

ここで検察側は司法取引を使い、シャロン・テート邸で見張りをしていて、殺人の実行行為には加わらなかったリンダ・カサビアンという若い女性に免責を与え、裁判でマンソンの命令があったことを、はっきりと証言させたのである。

「リンダ・カサビアンは、このカルト集団に入ったばかりで、マンソンにそれほど信用されているわけでもなかったのに、正式の免許証を持っている唯一のメンバーだったため、同行を命じられたのです。従って、シャロン・テート邸訪問の目的も知らされておらず、外で見張りをしているときに、室内から血だらけの被害者の男の一人が逃げ出してきて、その男に手にナイフを持って襲いかかるカルトメンバーの姿を目撃したとき、ショックで泣き出しています。検察側が、司法取引の対象として、この女性を選んだのは、ある意味では当然だったのです」

吉川の話によれば、マンソンの弁護士は、反対尋問で、妊娠しているリンダに対して、事件とは直接関係ないとしか思えない男性関係を徹底的に追及して、この女性がいかにふしだらな人間で、今身ごもっている子供の父親さえ分かっていないと言い立て、そんな人間の証言など信用できるわけがないと主張したのである。

リンダは淡々とその過酷な質問に答え、反対尋問を行う弁護士の指摘をほとんど認めたという。これによって、弁護側が検察側のスター証人としてのリンダの適格性を見事に打ち砕いたかのように見えた。しかし、待ち受けていた結論は、意外なものだった。

「陪審員たちは、そういう大方の予想とはまったく違う判断を下したのです。証言の信頼性というものは、語られる事柄の内容ではなく、それが語られる姿勢であることを改めて示したとも言えます。リンダがマンソンの弁護士のあまりにも過酷な質問に耐え、それでも真摯にその質問に向き合い、それを認めたことが、ほとんどの陪審員の心証にいい影響を与えたのです。一言で言えば、彼らはリンダの姿勢を誠実と評価し、マンソンの関与についてのリンダの供述は信用できるという結論を下したのです。その結果、マンソンは有罪となり、死刑判決を受けています」

この反対尋問にはマンソン自身も参加したという。マンソンはその特異な哲学を披瀝して、「俺はお前で、お前は俺だよ」と迫り、まるで法廷内でマインドコントロールを仕掛けるように、リンダの証言を覆そうとした。

だが、リンダはきっぱりと「私はあなたではないのよ、チャーリー」と言い返した。これは後々までマンソン裁判の有罪評決を決定づける感動的な言葉として、人々の記憶に残ることになったのだ。

「それじゃあ、坂井被告もパパ活をしていたことは、否定しないほうがいいんですね」

吉川がマンソン裁判の説明を終えたあと、芝山が冗談めかした明るい口調で言った。この言葉は、森本には若干不謹慎に響いた。

ただ、これに答えたのは吉川ではなく、小野田《おのだ》という詐欺事件担当の四十代の男性弁護士だった。

「ええ、事実関係は概ね認めて、弁論する方針です。海外留学の準備金などは嘘だったことを認めた上で、パパ活関係では、欺罔《ぎもう》という概念が成立しないという方向で、弁論する予定です。ただ、被害金額が大きく、事実関係は認めざるを得ませんからね。あるいは、執行猶予の付かない有罪判決になってしまうかも知れません。しかし、ここで事実関係を正直に認めることが、殺人事件の裁判では有利に働くこともあり得ますよ」

吉川はそれ以上何も言わず、他の弁護士も特に発言しなかったので、その話題については、それで終わりとなった。しかし森本は、そういう見通しはあまりにも甘いと考えていた。

由起は、リンダ・カサビアンではない。森本から見れば、誠実とは真逆に見える由起の言葉が、裁判員の心を打つなどとはとうてい思えなかったのだ。

5

「ひさの」は外川《とかわ》漁港近くにある、本格的な活魚料理店という風情の店だった。森本は銚子電鉄の終点である外川駅で降り、そこから十分ほど歩いて、「エステート野島」の専務だった上原の店に到着した。

森本は観光地を予想していたが、周辺にそんな雰囲気はまったくなかった。そもそも外川駅が無人駅であることに驚かされた。他の地域からやって来るのは、そこに展示されている銚子電鉄の車両や、入線して来る現行の電車の撮影が目当ての鉄道マニアが多いようだった。

銚子半島先端の南側で、太平洋に面しているこの地域は、北側の銚子港と共に、歴史的にも銚子の商業の発達に大きな役割を果たしてきたという。

だが、森本がその日訪問した地域は、そんな活気はあまり感じられず、夜でもないのに人影はまばらだった。九月の中旬だから、夏の活気は過ぎ去った微妙な時期だったのかも知れない。飲食店よりは釣り客のための民宿や船宿が多いようだ。

森本はあらかじめ電話を入れ、夜の営業が始まる前の午後三時頃、店を訪問していた。かなり大きな店で、森本はいくつかある座敷の個室の一つに通された。自らお茶を出してくれた経営者の上原は、きわめて常識的な愛想のいい男だった。森本は、すぐに本題に入った。

「問題の遺言状は、上原さんのご自宅に郵送されてきたということでしたね」

「ええ、その通りです。野島さんが亡くなったのは、二〇一八年の五月二十四日でしたが、それよりもおよそ一ヶ月前に私の自宅に届いたんです」

「これですよね」

森本はその遺言状のコピーを鞄の中から取りだして、上原に差し出した。

いごん
　個人の全財産を銚子クレイドルにキフする
　エステート野島の清算をたのム
　平成30年4月18日
上原君久《きみひさ》殿

　上原はうなずきながら、そのコピーを手に取って眺めた。カラーコピーではないため、手書き文字が赤字ではなく黒字になっている以外は、まったく現物と同じである。

「上原さんが、この遺言状の存在を明らかにされたのは、野島さんが亡くなってから二ヶ月くらいが経ってからですよね。すぐに明らかにしなかったことについて憶測を呼んで、週刊誌などが、失念していたとか、偽物と思っていたとか、いろいろ書いていますが、本当のところはどうだったのでしょうか？」

「いや、失念していたなんてあり得ません。偽物か本物かは分かりませんでしたが」

　このとき、上原は初めて強い語調で断言した。森本は大きくうなずきながら、話の先を促すように、白い割烹着を着た上原の顔を見つめた。

「むしろ、マスコミの騒ぎ具合からして、この遺言状の重要性を分かっていましたから、下手に表に出して、元の奥さんや野島さんの親族に恨まれるのが嫌で、悶々と思い悩んでいるうちに、二ヶ月近く経ってしまったというのが、本当のところです。結局、一度、うちの店にいらしてくれたことのある弁護士の三船先生に相談したところ、先生が元々死後の財産管理を社長から頼まれていたというもんですから、私としては、これ幸いと三船先生にすべてをお任せした次第です。その遺言状が私の手から離れた途端、心底ほっとしたのを覚えています」

　その表情は、六年前の緊迫感を改めて思い出した上で、ようやくその難を逃れられたことに今更ながらほっとしているように見えた。

「野島さんが二〇一三年にも遺言状を書いていて、そのときは遺産の寄付先は銚子市役所だったことはご存じだったんですか？」

「いえ、知りませんでした。もちろん、あとでそのことを三船先生から説明されて、知ることにはなりましたが」

上原の答えには、淀みがなく、事実を正直に話しているという印象だった。

「上原さんにとって、野島さんの要求が大変なものだったのは分かりますが、野島さんは何故、そういう役柄を果たす人間として、上原さんを選んだのでしょうか。やはり、上原さんが『エステート野島』の専務だったことが――」

「ええ、それもあると思います。昔は、私が専務として、『エステート野島』の財務関係のことを担当していましたので。しかし、社長の個人財産については、私はまったく知らないので、それをどうせよと言われましても、途方に暮れるばかりでした。しかし、今から思うと、社長は仕事関係では敵が多く、他人を信用していなかったので、自分で言うのもなんですが、あまり金銭欲のない私だったら、それほど社長の意思に反するようなことはしないと思ったのかも知れません。今から十年ほど前、私が『エステート野島』を辞めるとき、不動産関係の仕事から一切手を引き、妻と一緒に料理屋をやると言ったら、呆れていましたからね。不動産の仕事は儲かりますけど、料理屋なんて、忙しい割に案外実入りは少ないんですよ。それでも社長は、退職金という名目でけっこうなお金を出してくれましたから、この料理屋を出すのに大いに役立ちました。だから私は実際、社長には大変感謝しているんです」

森本は上原の話を聞きながら、野島がそういう人情味のある対応を上原にしたことに対して、意外の感に打たれていた。借金の取り立てなどでは、野島が鬼のように冷酷な面を見せていたという逸話を何度も耳にしていたからだ。若い女性が絡まない限り、野島が他人に過大な金を出すことはないと思っていた。

それはともかく、個人財産の処分については、野島はやはり三船弁護士に任せるつもりだったのだろうと森本は思っていた。それにも拘わらず、上原にこういう遺言書を送ったのは、一つには上原にこの遺言書を託すことで、三船が依頼人の希望より、弁護士としての経済的利益を優先させることがないように、一定の歯止めを掛けられると考えたからだろう。

「エステート野島」の清算については、野島は本気で上原がやってくれることを期待していたとも考えられるが、十年も前に退職してしまった会社に対して、上原がそんなことを実行できるはずがなかった。実際には、仮に名前だけだとしても、由起が代表取締役の地位を引き継ぎ、「エステート野島」はそれ以降、三年ほど続くことになるのだ。

それにしても、ここまでの話しぶりから森本は、野島が上原を信用していたのは、ある程度理解できた。話し方に嫌みがなく、誇張もない。しかし、それでも森本はやはり、もう一度肝心なことを確かめずにはいられない心境になっていた。

「やはり、『銚子クレイドル』のことは、上原さんはぜんぜんご存じじゃなかったのですね」

「ええ、知りませんでした」

その返事にもよどみがなかった。森本は上原が嘘を吐いていないと確信せざるを得なかった。

「ただ、亡くなる二年ほど前のことでしょうか。社長がこの店に来て、妙なことを言ったのを覚えています」

「妙なこと？」

森本は思わず、合いの手を入れるように訊いた。

「ええ、そうなんです。社長は、『上原さん、寄付って気分のいいものだね』って言ったんです。それで、私は『ああ、けっこう税金的に有利になるそうですね』って答えたら、社長は突然不機嫌になって、黙りこんでしまったんです」

「ちょっと待ってください。野島さんが亡くなる二年前というと、二〇一六年のことですよね。だいたい何月の頃でしたか？」

森本は身を乗り出すようにして訊いた。何かの直感が働いていた。それはひょっとしたら非常に重要な情報になるかも知れないと思ったのだ。

「さあ、月ははっきりと覚えていないけど、夏の頃じゃなかったのかな。ハモのしゃぶしゃぶを出したら、関東地方ではハモのしゃぶしゃぶは珍しいと言って、社長が喜んで食べていたのを覚えていますよ」

「その頃、野島さんの体調はどうだったんでしょうか？」

「よくはなかったですね。前年に脳梗塞を患って、まあ回復はしてたんだけど、以前と同じような状態ではなかったですね」

「じゃあ、寄付というのは、遺産の寄付という意味だったのでしょうか？」

「う〜ん、そこはちょっと分からないんですが」

うなるように言うと、上原は腕組みして考え込んでしまった。上原の迷いは、森本にもよく分かった。

そのとき、野島は由起とはまだ知り合ってさえいなかったはずだから、由起との関係が悪化して、遺産を由起に渡さないため寄付を考えていたことなどあり得ない。むしろ、遺産とは無関係な通常の寄付とも考えられるのだ。だからこそ、上原が節税対策と勘違いしたのではないか。

森本は青い畳の目に落ちる庭木の影が長く伸び、自分の穿く白いスカートの膝元まで迫り始めているのに気づいた。膝上においていたスマホを開き、時刻を見る。すでに午後の四時半近くになっていた。

6

千葉市の雑踏の中に戻ってくると、森本は妙にほっとした気分になっていた。銚子に比べて、早歩きの人が増え、街の風景は新宿や渋谷の慌ただしさと比べても、ほとんど同じようにしか思えなかった。それは森本がおよそ二時間前に見ていた、外川の海辺の光景とは根本的に異なるのだ。

ふと気まぐれのように、銚子駅の売店で名物の「銚子電鉄ぬれ煎餅《せんべい》」を買った。仕事で来たとは言え、たまには土産として芝山に渡そうと考えたのだ。

森本は「芝山法律事務所」に戻ると所長室に直行した。まだ午後七時を過ぎたばかりだから、芝山は在室しているはずである。

「どうだった？」

ノックして入ると、芝山はデスクから離れて、ソファのほうに歩きながら、せかせかした口調で訊いた。上原に会いに行くことは話していたから、芝山もそれなりの期待をして待っていたのかも知れない。しかし、芝山を歓喜させるほどの土産話を、森本が持ち帰ったわけではないのは確かだった。

森本は促されて、ソファテーブルを挟んで、芝山と対座した。

「それで、野島氏がなぜ、一通目の遺言書で遺産の寄付先として指定していた銚子市役所を、二通目の遺言書で『銚子クレイドル』に変更したか、事情は分かったのか？」

芝山はすぐに本題に入ってきた。

「分かりませんでした。上原さんは、そのことについては何も知らないみたいです。それどころか、一通目の遺言書の存在も、彼は三船弁護士から教えられるまで知らなかったそうです」

「それで、君は彼の供述を信用できると思うのか？」

「できるんじゃないですか」

「何故？」

「彼に嘘を吐く理由がありません。利害関係者でもありませんし」

森本の冷めた口調に、芝山は露骨に顔をしかめたが、その点についてはそれ以上、何も言わなかった。

「何か決定的な物証に繋がる話はなかったのかね？」

芝山がため息交じりに訊いた。芝山が森本を由起の弁護団の一員に加えた元々の理由は、状況証拠の争いになりそうな裁判の先行きを踏まえて、思わぬ方向から、由起の冤罪を証明できる物証、もしくは具体的な証言を、森本が引き出してくれることを期待したからだ。

だが、森本が芝山の期待に反して、ときに検察官状態に陥っているのは、芝山にも分かっているのだろう。そもそもまだ弁護士になって五年目で、刑事弁護人としての経験もいかにも乏しい森本に、そんな過大な期待をする芝山の神経もどうかしていると、森本は思わないではなかった。

ただ、その反面、芝山の狙いは分からなくもなかった。

やはり、芝山は自分自身が由起から十分な供述を引き出せていないと感じているのだ。同い年の森本から見ても、あの特異な言語体系を読み解くのは難しいのだから、芝山のようなおっさん弁護士にとっては、確かにそれは至難の業だろう。だから、その役割を森本にさせようというのが、芝山の魂胆なのだ。

「物証は無理そうです。でも、少し気になる証言はありましたよ」

「気になる証言？」

「ええ、野島さんは二〇一六年頃、寄付をしていた可能性があるんです」

「寄付って、何の寄付だい？」

芝山はあまり気乗りしない声で訊いた。

「正確には分かりません。でも、上原さんの話では、その頃、どこかの団体に寄付しているような雰囲気で、『上原さん、寄付って気分のいいものだね』って、言ったそうなんです」

「そりゃ、税金対策だろ」

「上原さんもそう思って税金のことに触れたら、野島さんはとても不機嫌になったそうです。だから、純粋にどこかに寄付したんじゃないでしょうか?」

「だったら、どこに寄付したんだよ?」

「だから、それは分からないんです」

「いや、それは多分、税金逃れの寄付に違いねえよ。ああいう、叩き上げの社長っていうのはたいていそういうことをやるものさ」

そう言うと、芝山は話を切り上げるように立ちあがった。そんな話は、森本のバッグの中にあるぬれ煎餅ほどの価値もないというのか。森本はすでにそれを土産として芝山に渡す気を失っていた。

森本にしてみれば、あのとき上原が言ったことにはそれなりの信憑性があり、そのとき森本が受け止めた感覚が、正確に芝山に伝わっているとは思えなかった。ただ、確かに、その寄付先が分からない以上、芝山の関心を引き寄せるのは難しいのかも知れない。

「森本君、俺は今から飯を食って帰るけど、付き合わないか?」

芝山と夕食を共にしたことは何度かあったから、こんな誘いも特別なことではなかった。食事でもして融和を図ろうとしているとも感じられた。

いつも気分次第で、付き合うことも断ることもある。断っても、芝山は特に気にしている風でもなかったから、その点では気楽な相手だった。

「どこで食べるんですか?」

「磊々軒《らいらいけん》の味噌ラーメン。それとビールだな」

「今日は、遠慮しときます」

森本はニヤリと笑って言った。

「そうか。味噌ラーメンが嫌いなのか？　それとも俺が嫌いなのか？」

それって、冗談のつもり？　何とユーモアのセンスの悪いタヌキ親爺なのだ。

「まあ、味噌ラーメンってことにしときます。それに、夜のラーメンは太りますから」

森本は笑みを絶やさず、付け加えるように言った。一瞬、「両方です」と答えようかと思ったが、そこまで辛辣な皮肉は、森本の好みではなかった。

「君も体重を気にするのか。俺と違って、ぜんぜん痩せてるじゃないか」

「男性と女性じゃ、痩せてるって基準が違うんですよ」

そう言うと、森本はさっと立ち上がり、「じゃあ、失礼します」と言いながら、戸口に向かって歩き出した。やはり、その日の銚子への遠征が若干堪《こた》えたのか、体が疲労していた。もちろん、肉体的疲労だけではなく、精神的にもかなりきつい状態だった。

「森本君、俺は子供の頃、東北のひどく辺鄙《へんぴ》な所で育って、土道に馬糞が落ちていることがあったんだ。その馬糞を踏んづける子供は、俺と違って交通規則をしっかり守る真面目な子が多かったな。だから、責任感もほどほどにな」

森本は、立ち止まってふり返り、微笑んだ。食事の前にその話か。だが、何も言わなかった。

一人になって思考を整理する必要を感じていた。しかし、問題なのは、森本が未だにその思考の対象を絞り切れていないことだったのだ。

第四章　反復

1

　スマホの呼び出し音が耳奥で小さく聞こえている。森本は首を左右に振りながら、ベッドの上に上半身を起こし、見慣れているはずの室内におぼつかない視線を投げた。

　靄《もや》が徐々に晴れる朝ぼらけの風景のように、いつも見慣れた室内の調度品が森本の視界に浮かび始めた。日常が滲み込んだような、凡庸な眺めが森本の目に映っている。

　六畳のフローリングの寝室の向こうに、やや広い八畳のリビングとそこに置かれたテーブルが見え、その部屋にはテレビと冷蔵庫が置かれ、あとは壁に取り付けられた空調の設備が目立っているくらいだ。

　森本は、ヘッドボードの上で鳴り続けるスマホを手に取った。最初に時刻表示が目に入る。八時三十一分。電話が掛かってくるには早い時間だが、それほどまれな時間帯でもない。画面をタップして、スマホを耳に当てた。

「朝早くから、すみません。吉川です」

「あっ、吉川先生。お早うございます」

　森本は声だけでなく、思わず居ずまいを正した。大先輩の吉川からスマホに電話が掛かるのは、初めての経験だった。

「昨晩遅く、福岡から帰ってきたんです。それで、調査結果を早いうちにお知らせしておいたほうがいいと思って」

「それはわざわざすみません。本来なら、自分でしなくてはいけないことなのに」

「いいのよ、福岡出張は元々決まっていたことだし、ついでだったから」

実は、浦野が交通事故で死亡した夜、由起が福岡の実家に戻っていたと主張するアリバイの調査を、吉川に頼んでいたのだ。もちろん、由起の母親に電話して、そのことを確認するところまでは、森本が行い、確かにその日、由起が実家にいたという証言を由起の母親から得ていた。だが、身内の証言である以上、やはり裏を取る必要があるのは当然だった。

その現地調査を、民事事件でたまたま福岡出張が決まっていた吉川が買って出てくれたのだ。

「結論から言います。二〇一九年の六月二十日の午後十一時過ぎにその交通事故は発生していますが、坂井さんは前日の十九日から事故翌日の二十一日まで、確実に実家を含めた福岡市内にいたと思われます。彼女は二十日の夜七時過ぎから、知人の美容室でカットをしてもらい、終了後も十時頃まで他の知人も加わって、お茶を飲みながらおしゃべりしているんです。美容室の予約の記録も残っていたし、このことは複数の人間が証言していますから確かでしょう。ですから、アリバイは成立していると見るべきでしょうね」

「そうですか。やっぱり、彼女が言ったことは本当だったんですね」

森本はスマホを耳に当てたまま、思わずため息を吐いた。

「彼女、あなたから随分、信用がないのね」

吉川は笑いながら言った。それから、真剣な声に戻って付け加えた。

「私は、彼女に接見して直接話したことはないから、これはただの推測だけど、ああいう人は、言っていることが本当かどうかではなく、どういうつもりでそんなことを言うのかという基準で考えたほうがいいかも知れないわね」

それはまさにその通りだった。それにも拘わらず、由起が本当のことを言ったかどうかにいちいちこだわる自分の思考回路に、森本自身、嫌気が差していた。

「先生の仰ること、よく分かります。坂井さんがとりあえず、私の疑惑を土倉真希絵さんに向けようとして話しているのは分かるんです。ところが、私が土倉さんと会った印象では、どうにも坂井さんが言うような狡猾なイメージとは結びつかないんです。でも、だからと言って、坂井さんがデタラメを適当に言っているとも思えず、彼女の発言には裏があるような気がしてならないんです。私に取り憑《つ》いて、坂井さんの代わりに私が、ある重要な事柄を客観的に探し当てるように誘導しているみたいな――」

「そう感じるんだったら、その誘導に乗ってもっと徹底的に調べてみるといいわ。私もできることがあれば、また、お手伝いしますよ」

「ありがとうございます。でも吉川先生、私、弁護団の中で浮いているんじゃないかと心配しているんです」

　森本は思わず弱音を吐いた。相手が尊敬する大先輩で、母親のような年齢の女性だったこともある。本来、気の強い森本も、さすがに近頃のプレッシャーは半端ではなくなっていた。

「浮いている？　それはまたどうして？」

「だって、他の先生たちはみんな、坂井さんの冤罪を信じて、裁判の準備をしているわけですよね。でも、私が必ずしもそうでないことは自分でも分かっているんです。ですから――」

「それでいいのよ。みんな同じ方を向いていたら、危険よ。ブレーキを掛けるべきところでも、ブレーキが掛からなくなっちゃうかも知れないでしょ」

　吉川は森本の発言を遮るように、強い口調で言った。

　森本はようやく、いくばくか希望の光を見いだしたように思えた。自ら気合いを入れるように、髪の毛が左右に大きく広がるほどに、強く首を横に振った。

それから、窓の外を見る。今日も快晴で、ようやく秋を感じさせる柔らかな朝の日差しが、差し込んでいた。

2

森本は小走りに駆け出していた。アパートの外階段から降りてきた西岡加奈子に声を掛けた途端、加奈子が逃げたのだ。

追いかけてどうしても話を聞きたかった。ただ、加奈子のほうも本気で逃げる気はなかったのかも知れない。二十メートルほど追いかけた利根川の支流に当たる川の土手近くで、「西岡さん、ちょっと待ってください」と呼びかける森本の声に立ち止まったのだ。

「もう付きまとうのはやめてください。あなたのおかげで、私、ひどい目に遭ったんですから」

息せき切って、加奈子の横に肩を並べた森本に向かって、加奈子も荒い息をつきながら、叫ぶように言った。

「ですから、そのことで、私はあなたに謝りたかっただけです。付きまとうつもりなんかありません」

森本は呼吸を整えながら、途切れ途切れに言った。

「でも、まだ私に訊きたいことがあるんでしょ」

森本はこの加奈子の言葉を意外の面持ちで聞いていた。その口調からして、加奈子のほうにも話があると言っているようにも聞こえた。

「それはありますが、けっして無理にというわけではありません。ただ、落ち着いて話せば、互いに納得のいく話になるかも知れないんです」

森本と加奈子はいつの間にか、肩を並べる格好で、土手に沿った遊歩道を歩き始めた。まだ日差しが西の空に三分の一ほど残る夕暮れ時だった。犬の散歩道にもなっているようで、リードを取られた犬と飼い主が、森本たちの後ろから追い抜いていく。

「住谷さんから、聞きました。私があなたを呼び止めて、お話を伺ったことがきっかけになって、あなたが『銚子クレイドル』をお辞めになったことを知り、申し訳なかったと思っているんです」

　嘘を吐いたわけではない。もちろん、加奈子には訊きたいことが山ほどあったが、これはこれで嘘偽りのない心境を吐露したつもりだった。

「そんなことは、もうどうでもいいんです。私には合わないあんな職場、八年間も勤められたのが不思議なくらいですから」

「そうでしたか。だとしたら、それ以上前のことは何もご存じないですか？　女子中学生をあの施設に泊めたような話を聞いているんですが」

　さりげない口調で探りを入れた。真希絵かどうかは分からないとしても、住谷は昔、中学生を一週間ほど泊めたことがあるのは認めているのだ。それは一応真希絵の年齢を基準に考えると、最短でも十二年以上前の話だから、まだ加奈子は在籍していなかったはずである。

「そんな昔のことは知りませんよ。ただ、今でも未成年者があそこを訪ねてくることはたまにあるけど、とりあえず話を聞いた上で、結局、児童相談所に行くように職員が勧めているんじゃないですか。中学生だと、さすがに泊めるのはまずいとみんな思っていますから」

　冷めた口調でそう言い捨てると、加奈子は遊歩道の階段を降り、草の生《お》い茂る河川敷のほうに歩き出した。どうやら訪ねてくる未成年者の話などには、あまり関心がないようだった。森本も、無言でその背中を追う。

　ＪＲ総武線の電車が轟音を上げて、鉄橋を渡るのが見えた。だが、森本には、その騒音はむしろ好ましいものに感じられていた。この轟音の中では、さすがに遊歩道を歩く人々が、二人の会話を聞き取れるとは思えなかった。

二人は、河川敷の中で、向かい合って立っていた。

「住谷さんによれば、あなたが浦野さんに情報をリークしたそうですが、それは本当なのでしょうか?」

森本は思い切って訊いた。加奈子が小さくうなずく。

「でも、彼が私の情報を利用して、『銚子クレイドル』を脅迫するなんて、まったく予想していなかったんです」

加奈子はとがった目を一層細めるようにして、強く言い切った。

加奈子によれば、浦野と知り合ったのは、二〇一八年の八月頃だった。銚子市内の繁華街にあるカラオケ店に高校時代の友人数名と出かけ、そのとき浦野に声を掛けられたという。その後、ときおり二人で飲みに行くようになり、やがては男女の関係を結んだ。

浦野は加奈子より、三つ年下だった。確かに酒癖は悪かったが、しらふのときは、それなりに優しい男で、加奈子は何よりも浦野の容姿が気に入っていた。

「私、イケメン好きなんです。今から考えると、ひどい男でしたが、その当時は彼の容姿に惹かれていて、彼の人格なんてどうでもよかったんです」

森本にしてみれば、加奈子がイケメン好きかどうかなど、それこそどうでもよかった。とにかく、二人が男女の関係にあった頃は、「銚子のドン・ファン殺害事件」が発生してから数ヶ月しか経っておらず、世間がその話題で持ちきりだったことのほうが重要に思われた。

「そうすると、野島さんの死亡事件で、まだ世間が大騒ぎしている頃ですよね。浦野さんは、特に『エステート野島』の社員だったのですから、当然、お二人の間でもその話題が出たんじゃないですか」

「ええ、そういう話題の中で、ただの雑談のつもりで、私たちの施設が不法滞在の外国人を泊めているという話を、思わずしてしまったんです。もう随分昔のことで正確には覚えていないけど、野島さんが書いたという遺言状が出てきて、『銚子クレイドル』のことが世間でも大変な話題になっていたので、そういう流れで、そんな話が出てきたんじゃないかしら」

「そういう流れというと？」

　森本は、そこは具体的に言わせたかった。

「まあ、自分の若妻のひどい態度に嫌気が差していた野島さんが、まともな施設への遺産の寄付を思い立ったという解釈をする人もいたので、『銚子クレイドル』も、必ずしもそれほどまともなところじゃないよという文脈だったと思います。でも、そんな深い意味があったわけじゃなく、私はとにかく、あの施設が嫌いで、住谷代表の聖人面《づら》が憎かっただけなんです。いつも自分の道だけが正しいと信じているあの驕った態度が、鼻について仕方がなかったと言えばいいのかしら。でも、実際に彼女を困らせてやろうという気なんかまったくなかった。だから、浦野さんが私の情報を利用して住谷代表を脅し、金を要求していると知ったときは、ショックで全身が固まってしまったんです」

「そうだったんですか。それであなたは浦野さんに、そんなことはやめるように頼んだのですね」

　森本はできるだけ寄り添うような気持ちになって、優しく話すことを心がけていた。周囲からは気の強さばかりが強調されるが、森本自身は、自分に他人《ひと》に対する優しさもそれなりに備わっていることは分かっているのだ。

「ええ、そうです。でも、彼はやめないどころか、こう言い放ったのです。社長が毎年寄付していた金を取り戻すだけだって」

「何ですって！　それ、どういう意味ですか？」

森本は思わず、半歩ほど加奈子のほうに足を踏み出していた。それほど加奈子の発言は、衝撃的に響いたのだ。

「浦野さんによれば、野島さんはその数年前から、『銚子クレイドル』に毎年五百万円くらいのお金を寄付していたというんです。だから、遺言状に野島さんの遺産の寄付先として、『銚子クレイドル』の名前が出ているのは不思議でも何でもないって言ったんです」

「それって、浦野さんのはったりじゃなかったんですか？」

森本はたまらず口を挟んだ。いくらなんでも、信憑性のない話に思えた。だいいち、住谷が野島とは面識がないということは、住谷の口から森本自身が聞いているのだ。

「私も当時は、浦野さんのはったりかも知れないと思っていました。だけど、この前、住谷代表から解雇されたとき、それが本当だってことが分かったんです。住谷代表自身が、その事実を認めたんです」

「嘘でしょ！」

そう言ったきり、森本は絶句した。にわかには信じられなかった。

そのあと、加奈子が語ったことは、住谷が森本に語った状況とは、若干、異なるものだった。住谷の話では、森本と加奈子の姿をファミレスで目撃した職員を加えて、三人で話し合ったことになっているが、実際には、住谷は加奈子を代表室に呼んで、二人だけで話し合ったという。

「その職員の女性は、単純な代表信者みたいな人ですから、きっとその人には私と代表との微妙な会話を聞かせたくなかったのだと思います」

住谷はこのとき、森本との会話内容の説明を求めたあと、浦野の事件で内部情報をリークしたのは、加奈子ではないかと追及し始めた。加奈子はそれを認めると同時に、野島からの毎年の寄付の話を持ち出して、反撃に転じたという。

「元々辞めようと思っていたので、この際、いい機会だと思って、情報のリークを認めた上で、言いたいことを言ってやりましたよ。そのうちの一つが野島さんの寄付の件だったのです」

「それで、住谷さんは本当に毎年、野島さんの寄付を受けていたことを認めたのですか？」

　森本は結論が待ちきれず、思わず急かすように訊いた。

「ええ、悪びれる様子もなく、認めました。あの人、キリスト教徒だから、嘘は吐《つ》かないんです。いえ、吐けないんです」

　森本は、「銚子クレイドル」の壁に貼られていた短冊の文言を思い浮かべた。隣人に関して偽証してはならない。それに合わせるように、上原の証言も思い出していた。「上原さん、寄付って気分のいいものだね」と、野島が上原の店「ひさの」で言ったのは、ちょうど二〇一六年頃だというのだ。この符合はあまりにも決定的だった。

「住谷さんはそれを認めたあと、特に言い訳めいたことは仰らなかったですか？」

「言い訳というより、居直ったようなことを言ってましたね。極秘にして欲しいというのが、野島さんの希望だったから、それを守っただけだと。でも、『銚子クレイドル』の職員で、野島さんの寄付のことを知っていた人なんて、当時は誰もいなかったと思いますよ。私も最初にあなたと話したとき、そんなことをリークするつもりはなかったので、寄付者の中に野島さんの名前はないと嘘を吐いたんです。嘘というか、実際、記録上は彼の名前はないんです。だから、野島さんの遺言状の話が出たとき、みんなうちに遺産を寄付するのは不思議だ、不思議だと言っていました。もし野島さんからの毎年の寄付を知っていたとしたら、誰も不思議に思うはずがないじゃありませんか」

それはそうだろうと森本も思った。ただ、問題は職員にさえ知らせずに、住谷が野島の寄付を受け続けた、本当の事情なのだ。

「ねえ、森本さん」

不意に加奈子が唇を歪め、不安な表情で囁くように言った。

「私、何だか怖いんです。そのときの住谷代表の顔を思い出すと、どんなことでもしそうな気がして。あのゴリゴリの信念のことを考えると、殺人さえしかねないと思うんです」

「そんな馬鹿な！　あり得ませんよ」

そう言ったものの、加奈子が吐き出す不穏のウイルスに森本自身が感染したかのようにぞっとしていた。

「馬鹿なことではありません。浦野さんが死んだときだって、殺人じゃないかという噂があったのは事実なんです。だから、今日、森本さんから声を掛けられたとき、逃げたいと思うと同時に、いろいろと相談したいという気持ちもあったんです」

やはり、それが本音だったのか。森本はその加奈子の人間らしい発言に、むしろ軽い安堵を覚えた。

「もちろん、今後とも、私にできることであれば、何でもご要望に応えますよ」

森本はにっこりと微笑みながらできるだけ優しく言った。それから、さらに付け加えた。

「でも、住谷さんは理性的な人ですから、そんな乱暴なことをするはずはありませんよ」

加奈子は小さくうなずいたが、相変わらず、その表情から不安の色は消えなかった。自分でもほぼ妄想と思いつつ、住谷のあまりにも厳しい人生観が、加奈子のような人間にとっては鋭利な凶器のように映るのかも知れない。

そのあと、加奈子は躊躇するような雰囲気も見せつつ、別の意外な話を相変わらず暗い表情で始めた。その話の重要性に、森本はまたもや度肝を抜かれたような心境に陥っていた。

「それともう一つ、とても不安になることがあるんです。二〇一九年の正月明けの頃だったと思いますが、私、浦野さんに頼まれて、以前勤めていた信用金庫の貸金庫に、彼から預かった書類を入れているんです。もちろん、私の名義で借りた貸金庫で、入室カードと鍵も私が持っています。だけど、浦野さんから絶対中身は見るなと言われているので、その書類が何だか分からないんです。ただ、浦野さんが死んだことと、その書類が関係あるような気がしてならないんです」

それだ、と森本は心の中で叫んでいた。加奈子が言うように、浦野が死んだことと、その書類が関係あるのは間違いない。さらに踏み込んで言えば、その書類こそが、浦野が「銚子クレイドル」を脅していた本当のネタだったのではないか。

「その貸金庫は今でも借りているんですか？」

　森本は身を乗り出すようにして訊いていた。

「ええ、もう五年以上借りています。でも、一度も開けていません。浦野さんが死んでしまったあと、何度か開けようと思ったことはあるんですが、怖くて開けられないんです。それはクレイドルの運命を左右するような重要書類だと浦野さんは言っていましたので、私が犯罪に加担していた証拠のように思えて」

「でも、そんな貸金庫をいつまでも借りていると、お金も掛かるでしょ」

「そうですけど、賃貸料は年間で二万円程度だから、それほどの負担でもないんです。その費用として、浦野さんから少しお金を預かっていましたし。だから、今のところ、一年ごとに契約を更新しているんです」

「西岡さん、お願いがあります」

　森本はじっと加奈子の不安げな顔を見つめた。

「是非近いうちに、その金庫を開けて、浦野さんから預かった書類を私に見せていただけませんか。それが何かの犯罪にあなたが加担した証拠になるかどうか、私が弁護士として判断し、あなたが法的に不利にならないように、最大限の配慮をするとお約束します」

加奈子はすぐに返事をしなかった。それから、ぽつりと言った。

「考えてみます」

やはり、気乗りはしないようだった。森本はこの時点では、加奈子がその書類の中身を見ていないのは本当だろうが、その中身が何であるかは、少なくともある程度の想像が付いているのではないかと判断していた。

それが加奈子が浦野と一緒に「銚子クレイドル」を脅していた証拠となるとしたら、それを第三者に見せることを躊躇するのは当然だろう。金を脅し取ることに失敗したとしても、少なくとも恐喝未遂罪は成立するのだ。

恐喝罪の時効は七年だから、今、決定的な証拠が出てきたら、加奈子が逮捕される可能性もある。加奈子もそれを分かっていて、その危険な証拠品を貸金庫に入れ続けているのかも知れない。

森本はさらに説得したいと思う気持ちをぐっと抑え、胸ポケットから名刺を一枚取りだし、そこにボールペンで自分のスマホの番号を書き込むと加奈子に手渡した。

「その気になったら、すぐに私のスマホに電話ください。前にお渡しした名刺には、事務所の固定電話の電話番号しか書いてありませんので」

スマホの番号を教えることによって、心理的にも加奈子が連絡しやすくなるのを計算していた。ここで強引に迫ることは、かえって加奈子の不安を煽ることになりかねない。

加奈子は手に取ったその名刺を見つめながら、何回か、小さくうなずいたように見えた。森本は加奈子の反応に手応えに近いものを感じていた。

そのとき、加奈子が不意に言った。

「でも、私、住谷代表とうまくいっていた時代もあったんですよ。クレイドルが今の場所じゃなくて、郊外にあるキリスト教会の二階と三階を借りていた頃のことですよ。昔、犬吠埼《いぬぼうさき》灯台の展望台に登ったとき、その教会の尖塔が、とてもきれいに光ったのを覚えているんです。あの頃は、まだ、私も入ったばかりで、他の職員と同じくらいボランティアの意識が高かったんです。その二年後に、クレイドルは今の場所に移ったんですけど」

加奈子の目はぼんやりとしていて、虚空に据えられているように見えた。そのとき、再び轟音を上げて、電車が広い河川敷の鉄橋を渡り始めた。森本は西の方向に視線を逸らした。夕日が地平線の彼方に落ち、薄い闇が周囲に浸潤し始めていた。

3

森本は自宅マンションのリビングの椅子に腰掛け、コンビニ弁当の遅い夕食を摂ったあと、一心不乱に考え続けた。その思考は、メビウスの輪のように果てるともなく循環した。

加奈子との会話で、二つの大きな成果があったのは確かだった。もちろん、一つは野島の寄付に関連する新事実である。

野島が二〇一六年頃から、二〇一八年の死亡に至るまでの三年間、毎年五百万円程度の金を「銚子クレイドル」に寄付していたのは、もはや間違いないように思われた。だが、それが判明したからと言って、問題が完全に解決されたと考えるのは、錯覚に過ぎなかった。

死んだ浦野がその事実を知っていたのは間違いないが、やはり、彼が誰からその情報を手に入れたかという問題は相変わらず残るのだ。

もう一つの重要な加奈子の発言は、もちろん、信用金庫の貸金庫に今も保管されているはずの重要書類に関連するものだった。それが少なくとも浦野の恐喝行為の解明には決定的な鍵になるものであるのは容易に想像が付いた。

森本はまず、それが野島の遺言書のコピーである可能性を考えた。しかし、それが決定的な脅しの材料になるとも思えなかった。二〇一九年時点では、野島の遺言書の中身は、上原を通じて、すでに公表されており、そのコピーを浦野が持っていることが、住谷にとって特別な脅威になるとは考えにくい。

あるいは、その遺言書の中に、浦野と住谷にしか分からない特別な意味がある文言が含まれている可能性も考えて、森本は自分の持っている遺言書のコピーを何度も読み直してみた。だが、特別なものは何も発見できなかった。だとすれば、貸金庫の中にある物は、遺言書とは別の重要書類なのかも知れない。

そう考えたとき、ふと閃くものがあった。それが借用証書である可能性を考えたのだ。野島が毎年五百万円の寄付をしていたとしたら、野島がもっと大きな金額を「銚子クレイドル」に貸し付けていることも考えられるのではないか。野島のような人間が目的もなく五百万円の金を寄付するとも思えない。

当然、見返りを考えるだろう。節税対策というのは見返りとしてはあまりにも小さ過ぎる。毎年、寄付するのは五百万円だけで、それでも足りない分を高利で貸し付け、利鞘《りざや》を稼いでいたこともあり得るように思われたのだ。

貸金業のプロである野島なら、金を貸す以上、担保を取るのは当然だろう。森本の調査によれば、住谷の父親は目白近辺に自宅を所有しており、それを担保にして、住谷が野島から金を借りた可能性も否定できなかった。

その金を貸したまま野島が死亡し、住谷にとって都合がいいことに、その混乱の中で、その負債はうやむやになりかかっていた。ところが、何らかの理由で、その借用証書が浦野の手に渡り、脅しのネタに使われたとも考えられる。浦野はその借用証書を取引材料として、遺言書に関する、何らかの譲歩を住谷に迫ったのではないか。

しかし、それもただの推測で根拠はない。貸金庫の中にある物が何であるのか、決定的な判断を下すことはできなかった。結局、神頼みのような気持ちで、加奈子の連絡を待つしかないのか。

いや、もう一つの方法がないではない。それは、もう一度住谷に会うことだった。住谷が浦野から、その重要書類を突きつけられていた可能性は高く、そうであれば、住谷は当然、その中身を知っているのだ。やはり、住谷に会い、そのことを直接尋ねるしかないだろう。

そこまでは、芝山に、いや、他の弁護士の誰にも相談することなく、一気にことを運ぼうと考えていた。そして、週明けに開かれることになっている坂井由起弁護団の全体会議で、森本はすべての状況を説明し、とにかく調査結果の結論らしいものを示すつもりだった。

芝山によれば、由起の裁判の公判前手続きも、風雲急を告げる展開になっているらしい。多くの点で、検察側が歩み寄りの姿勢を見せ、いつ本裁判が始まってもおかしくない状況だという。

森本はコンビニ弁当の残骸を片付けるために、重い腰を上げた。つくづくと疲労を感じていた。森本は、この事件が一件落着したら、千葉を離れようと思った。しかし、それがいつのことになるのか、森本には想像さえ付かなかった。

4

午前十時、森本は住谷との三度目の面会に臨んだ。

「実は昨日、西岡加奈子さんにお会いしました」

いつも通り、代表室の応接用ソファに座るなり、森本はすぐに言った。つまらない駆け引きをする気はない。

「そうですか。どんなお話をされたのですか？」

住谷に動じた様子はまったく見られなかった。ただ、その表情はさわやかという当初の印象とは異なり、むしろ、過剰なまでに厳格な意志を表しているように見えた。

「野島さんの寄付の件です。いえ、寄付と言っても遺産の寄付のことではなく、二〇一六年頃から、野島さんが定期的に五百万円程度のお金を『銚子クレイドル』に寄付されていたという話のほうです」

「やはり、彼女、そんなことを森本先生に話してしまったんですか。倫理観のない子はダメですね」

そう断言すると、住谷はあえて森本から視線を逸らすように、窓枠に置かれた花瓶のクレマチスを見つめた。これまでにない厳しい口調だった。

「西岡さんの倫理観の問題については私が何かを申し上げる立場ではありませんが、そういうことを仰る以上、その頃から、継続的に野島さんから寄付を受けていたことは事実としてお認めになるのですね」

「ええ、仕方がありません。認めざるを得ませんね。本来、あなたのような部外者に話すべきことではありませんが、西岡さんが明かしてしまった以上、今更、知らないとは言えませんからね」

部外者という言葉が、森本の胸に特に突き刺さった。

「でも、住谷さんは以前に、野島さんとは面識がないと仰いましたよね」

ここは譲れない一言だった。仮に皮肉に聞こえたとしても、この釘《くぎ》は絶対に刺しておくべきところだった。

「ええ、その通りです。嘘を吐いたわけではありません。本当に面識はないんです」

　森本は啞然としていた。そこは曖昧な言葉でごまかすだろうと思っていたのだ。加奈子が言ったように、この応答で、住谷が嘘ということに過剰なこだわりを持っているのが感じられた。

「どういうことでしょうか？」

　森本の質問に、住谷はにっこりと微笑み、若干、柔らかな表情に戻って話し出した。

「もちろん、野島さんのことは寄付をいただいている頃より、知っていました。でも、野島さんご自身の強いご希望もあって、表向きには伏せていました。野島さんが亡くなった年にも、確か三月頃、いつも通り寄付のお金が振り込まれていました。ですから、五月になって野島さんが亡くなったという報道があったあと、例の遺言状騒動が起こり、その遺言状に『銚子クレイドル』に全財産を寄付すると書かれていると聞いたとき、特には驚きませんでした。野島さんとは会ったことがなく、寄付をいただくたびに、内密にお礼の手紙を差し上げるだけでした。ですから、面識がないというのは本当なんです」

　ここで住谷はいったん言葉を切り、じっと森本を見つめた。確かにそうだとしたら、面識がないという言い方は、あながち間違いではないのかも知れない。ただ、それにしても、そんな言い訳は形式主義というよりは、ほとんど詭弁に近いと森本は思っていた。

　だが、ここが議論のしどころではない。森本は、話を先に進める質問を選んだ。

「すると、野島さんとは話したことさえないんですか？」

「いえ、一度だけあります。もう随分前の話で、寄付を初めてしていただいたときのことだったと思います。お電話をいただき、『世間では私のことをいろいろと言っており、あなたのような人から見たら、私の金は不浄の金かもしれませんが、動機は純粋だから、ぜひ受け取っていただきたいと思っています』と仰ったことがありました。私としては、そういうお気持ちを汲んで、世の中でいろいろな意味でお困りになっている人々のために、野島さんの寄付金も使わせてもらっています」

「その後、野島さんから電話は？」

「ですから、お話ししたのも、そのときが最初で最後です。でも、それ以降も寄付は亡くなる前まで、一年に一度続けてくださったんです」

「そんな多額の金を毎年寄付するなんて、野島さんらしくないとも思うんです。ですから、野島さんとこちらを結びつける仲介者のような人間がいたんじゃないでしょうか」

「仲介者？　そんな人はいらっしゃらないと思いますよ。私たちもネットやパンフレット、あるいは街頭でも、いろいろと広報活動をしていますから、それが野島さんの目に触れることも十分にあり得ることですよ。寄付というものは、本来自分の気持ちの問題で、人と相談して行うことじゃありませんからね」

　正論だった。しかし、それではあまりにも野島らしくなかった。上原の退職金の件を除くと、野島が金をふんだんに使うのは若い女に対してだけで、貸した金に対する取り立てなど、それこそ悪魔の形相で過酷極まりない方法で行っていたというのは、野島をよく知る文代も証言していることなのである。

　ただ、そんなことをここで執拗に議論しても、結局、堂々巡りになり、時間の浪費にしかならないだろう。森本は、とりあえず、もう一つの重要問題のほうに話題を移すことにした。

「それと住谷さん、たびたび同じことを訊いて申し訳ないのですが、例の浦野という男のことですが、私には彼が不法滞在の外国人居住者を『銚子クレイドル』に匿っているという理由だけで、住谷さんを脅していたとは思えないんです。彼はもっと大きな交渉材料を持っていたのではないでしょうか？」

「もっと大きな交渉材料?」

住谷が怪訝な表情で聞き返した。だが、それは演技にも見えた。

「ええ、ですからこれも以前に申し上げたことの繰り返しになってしまうのですが、浦野の恐喝行為はやはり、遺言書の件と関連していて——」

「でしたら、私も同じことをもう一度言わせていただきます。浦野の恐喝行為は、遺書の件とはまったく関係がありません」

住谷が森本の言葉を明らかに遮って、言い放った。苛立ちが頂点に達しているような口調だった。だが、森本も怯まず、質問を重ねた。

「では、彼から何かの重要書類、例えば借用証書のようなものを見せられた記憶はありませんか?」

「ありません」

住谷が強い口調で即答した。森本が鎌を掛けたのを見抜いたような口調だった。実際、森本はあえて借用証書という言葉を口にしてみせたのだ。やはり、それが借用証書、つまり住谷が野島から借金をしていたことを示す証《あかし》である可能性が一番高いと考えていた。だが、住谷はその言葉を一言《いちごん》の下に切り捨てたのである。

森本は住谷が、浦野の恐喝行為に関しては、これ以上、決して何も言う気はないことを感じ取っていた。だとしたら、ここはいったん撤退するしかないだろう。

「分かりました。では、少し別のことを訊かせていただきます」

こう言って、森本は呼吸を計るように、住谷の表情に視線を注いだ。だが、住谷は特別な反応は示さなかった。森本は、そのまま言葉を繋いだ。

「以前に住谷さんとお話しさせていただいたとき、『お金自体には色はなく、それがきれいなものになるか、汚れたものになるかは、その後の使い方次第だと考えています』と仰ったことがありましたね。それは本当にそうかも知れないと思うのですが、具体的には、どんな人たちのためにその寄付されたお金を使うのでしょうか？」

森本の質問に、住谷は警戒心とも取れる複雑な表情を浮かべている。だが、苛ついた口調から普段の口調に戻って、話し始めた。

「私たちが集めた寄付金などを使う対象は、一言で言えば、社会的弱者です。その中には貧困層も含まれますし、あらゆる意味で差別を受けている人々も含まれます。そして、私たちの活動の真の目的は、こういう人たちに対して、建前を捨てて、きわめて現実的な援助を行うことなんです。例えば、お金が必要な人に対しては、実際にすぐにお金を渡すという風に。私たちはテレビに出て、建前のきれい事だけ並べている偽善的な評論家とは違います。彼らは多様性という言葉を連呼しながら、もっとも多様性のない時代を作り出しているという意味では、俗悪な政治家と何ら変わらないんです」

思わぬ方向に議論が進み出した。だが、森本はすぐに議論の方向を変える気はなかった。正直、住谷の主張をもう少し聞いてみたいと思ったのだ。

「もう少し、具体的にお話ししていただけないでしょうか。テレビの評論家や政治家の建前というのは――」

「彼らが弱者の救済と言うとき、彼らが弱者と定義している人々は、彼らの社会的規範に合っている人々だけなんです。一言で言えば、普通の生活をしていて、それでもなお、例えば貧困などから逃れることができない人々のことを言っているわけです。しかし、弱者というのはそれだけではありません。社会的に差別されている人々、例えば、暴力団員や性産業に従事しているセックス・ワーカーでさえ、弱者なのです」

「すると、日本にいる不法滞在の外国人も、その弱者に分類され、当然、救済されるべきだというお考えなんですね」

「その通りです。弱者という概念は、国籍とは無関係です」

「国籍とは、無関係でしょうが、やはり、私としては法との兼ね合いが気になります。暴力団員やセックス・ワーカー、つまり売春婦は、少なくとも日本の法律では違法となる可能性があり、不法滞在の外国人も同じです」

「そういう考え方が、おかしいんです。法が人間を作っているのではなく、人間が法を作っているんですよ。法がおかしければ、変えればいいじゃないですか。それでも法を変えられないというなら、神の法に従うまでです」

　信じられないほど気色ばんだ口調だった。その語尾が若干、裏返ってさえ聞こえた。何がここまで住谷をいきり立たせるのか、森本には即断できなかった。冷静にと、森本は自分自身に言い聞かせた。

「法を変えるのは時間が掛かります。その間は、私たちはやはり法を無視するのではなく、遵守する姿勢を貫くべきだと思うのですが」

「森本先生、その時間の掛かる法改正が実現するまでに、いったい何人の人間が死んでいると思っているんですか？　そんな風にテレビの評論家のようなことを言っているからダメなんです。それでは、何の解決にもならないんですよ」

「違法行為も正当化できると仰るんですか？」

「そうです。違法行為というのは、所詮、人間世界のルールに過ぎません。神の視点から見れば、意味がありません」

　森本がさらに、穏やかな反論をしようとしたとき、住谷の目にうっすらと涙がにじんでいるのに気づいた。森本は一瞬、言葉を失った。その涙の意味は何なのか。

不法滞在の外国人という文脈からすれば、難民申請が通る前に多くの人々が死んでしまうという意味にも取れたが、住谷はもっと広い意味で言っているようにも聞こえた。

しばらくの間、気まずい沈黙が続いた。だが、やがて森本は気を取り直したように言った。

「住谷さん、何も分かっていないのに、生意気なことを言って、すみませんでした。でも、住谷さんのお立場は、理解できます。私もまだ経験は浅いですが、弁護士として、法の矛盾は痛感することがあるんです」

住谷は悲しげに微笑んだように見えた。それから穏やかな落ち着いた口調に戻って言った。

「とんでもありません。私のほうこそ、すっかり興奮してしまって申しわけありませんでした。最近、ボランティア活動が思うように行かず、ストレスがたまることも多いものですから」

それは自分も同じだと森本は思った。やはり、弁護団の中で与えられている役割を過剰に大きく解釈し、一人で気負いすぎ、一つ一つの言動に冷静さが欠けていることは自覚していた。何もかも、一気に解決しようとすること自体がいけないのだ。

その日は、ここでひとまず、住谷との会話は終了させようと思っていた。もう少し落ち着いて、住谷のことを考えてみる必要も感じていた。そもそも住谷は今のところ、恐喝の被害者に過ぎないのだ。

それにも拘わらず、自分が何故これほどまでに住谷にこだわるのか、森本自身にも分からなかった。

5

「浦野さんとの関係は、社長が死んだあと少しだけあったけど、すぐに切れたんです。だから、彼が社長の死後、『銚子クレイドル』を脅していたことなんて知らないし」

「でもあなた、前に浦野さんに迫られたことはあったけど、相手にしなかったみたいなこと言ってたじゃないの。そういうことは、正しい情報を与えてくれなくては、困ります」

森本は早くもいらついていた。由起と会う前には、冷静に話そうと自分自身に言い聞かせるのだが、いざ会ってみると、まるで由起の術中に嵌まるかのように、心中をかき乱されてしまう。

「私だって、プライバシーがあります。先生だって、過去の男性関係を全部話せって言われたら嫌でしょ。先生って、男と女が付き合うってどういうことか分かっていなくない？　本当は付き合っていないのに、付き合っていると感じちゃうみたいな」

失礼な。私のことは関係ないでしょ。森本は心の中で独白し、由起の顔をにらみ据えた。その怒りの表情をさすがに感じ取ったのか、由起は慌てたように付け加えた。

「あっ、ごめんなさい。先生がもてないって意味じゃなくて、いつも肩肘を張っているように見えるから。男女の関係なんて、ズブズブのほうがずっと面白いよ。先生は知らないでしょうけど」

森本は怒りの表情を崩さないまま、無言で由起の言葉をやり過ごした。

森本は四年前まで、司法修習生の同期だった長谷川忠之《はせがわただゆき》という二歳年上の男性と付き合っていたが、検察官になった長谷川とは結局、別れていた。特に別れた理由を言えと言われても困るほど、これといった理由がなかった。

司法修習生の中で検察官を希望する者は、それなりに保守的で、強気な発言をするタイプも多いが、長谷川はそういうタイプではない。優しい性格で、特徴がないのが特徴と言えるような人物だった。森本は一度だけ肉体関係を持った。しかし、それ以降、森本は何故か長谷川と肉体的に触れ合うことに恐怖を感じ始めた。

森本は何度か、長谷川の肉体的要求を拒否した。そしてある日、これという理由を告げることなく、唐突に別れ話を持ち出したのである。長谷川の願望を満たすことができないことに、森本自身が耐えられないような気持ちになっていたのだ。そのとき、長谷川が悲しそうに言った言葉が忘れられなかった。

「僕たちの交際に展望がないって言うけど、里奈って、どうしてそんなに結論を急ぐの。人間の愛情なんて、それが伝わるには時間が掛かるんだ」

長谷川は森本がセックスを拒否していることには一言も触れなかった。だが、それ以降、非は自分のほうにあったのではないかという後ろめたさが、常に森本に付き纏《まと》った。自分から別れを切り出すことで、長谷川に責めを負わせる形になったのも、罪悪感に拍車をかけた。

その後、長谷川の言葉は永遠に排出できない泥のように心の底に沈潜し続けた。由起の発言は、その泥水の存在を改めて意識させたように思われたのだ。しかし、森本は動揺を気取られるのを恐れて話を締めくくり、次の質問に移った。

「分かりました。要するに、その恐喝行為は浦野さんが勝手にやったってことで、いいんですね。でもね、もう一つ重要なことがあるの。『銚子クレイドル』が不法滞在の外国人を宿泊させているという情報を浦野さんにリークしたのは、さっきも言ったように、職員だった西岡加奈子さんだってことが分かっているの。あなたは彼女のことを知らないの？」

由起は無言で首を横に振った。その表情はごく普通で、嘘とも思えなかった。

「そう、知らないの。でもね、野島さんが、遺産とは別に、二〇一六年頃から毎年、五百万円くらいのお金を『銚子クレイドル』に寄付していたことを浦野さんは知っていたのよ。そして、その事実を『銚子クレイドル』の住谷代表も認めているんです」

ここで森本はいったん言葉を切り、由起の反応を見た。由起の顔に、いつもの得体の知れない笑みが浮かび始めた。森本はすかさず畳みかけた。

「驚かないの？　あなただって、遺言状が出てきたとき、なんでそんなところに社長の遺産が全部行かなきゃいけないのって思ったって、言ったじゃないの。でも、野島さんが普段から、そういう寄付をしていたとしたら、遺言状で『銚子クレイドル』の名前が出てくることは、それほど不思議じゃないでしょ。本当は知ってたんでしょ、その寄付の話を」

「微妙――」

そう言うと、由起は一呼吸置いた。

「微妙⁉」

森本は由起の次の言葉を待ちきれず、思わず反復した。由起のような女性の、こういう場合の「微妙」は、解釈が実にやっかいだった。

「でも、その寄付の話を浦野さんに漏らしたのは、私とは限らないし」

由起の顔から、得体の知れない笑みは消えていなかった。森本は、さらに突っ込み、その笑みを泣き顔に変えてやりたい強気な衝動に駆られた。やはり、長谷川との別れを思い起こさせた由起に対するしっぺ返しのような悪意が働いていた。

「浦野さん自身が、そんな寄付の話を野島さんから聞いていたなんて、あり得ないでしょ。野島さんに近い女性、つまりあなたか真希絵さんから聞き出したとしか思えないのよ。そして、とにかくあなたは浦野さんと関係があったことをさっき認めたんですよ」

森本は最後の言葉を決め台詞のように言い放った。だが、由起の笑みは消えず、別に動揺した様子もない。

「真希絵だって、浦野さんとできてたかも知れないし」

「そんなこと分からないでしょ。それはまだ、確認できていないことなんですから」

「とにかく、社長がそういう寄付をしているかも知れないことは、何となく分かってたけど。社長は親族のことを嫌っていて、あいつらにやるくらいなら寄付したほうがましだと、よく言ってましたから。そのうちに、私も嫌われて、ああいう遺言状を書かれちゃったわけですけど」

「ちょっとごまかさないで！　私が問題にしているのは『銚子クレイドル』っていう固有名詞なんです。その名前をあなたが、いつの時点で知ったかということなんです」

森本はもはや本気で苛立っていた。結局、こうなるのだ。しかし、ここは強引に迫って、由起の口を何としても割らせるしかないと判断していた。

「だから、微妙だって言ってるし。先生、しつこい性格も直したほうがいいよ。ねえ、今日、私、午後から裁判があるから、けっこう時間ないの。久しぶりに、化粧しなければいけないし。裁判のときくらいしか、化粧を許されないのは人権蹂躙《じゅうりん》じゃなくない？　先生、今度、刑務官のおじさんに抗議しといてくださいよ」

由起はすでに立ち上がっていた。森本は思わず、体をのけぞらせた。この変わり身の早さは侮れなかった。ただ、その日、詐欺事件の二回目の公判が千葉地裁で開かれるのは本当だった。

「それと先生、浦野さんの運転履歴のこと、調べてくれましたか？」

「ごめん。まだ調べてない」

謝ったものの、その声がふてくされたように響いたのは、森本自身にも分かっていた。まるで由起に苛められた気分だった。それに、この展開では、今更、そんなことを調べてもたいした意味があるようには思われなかった。

「急いでくださいよ。先生、私が頼んだことはもっとテキパキと調べてくれなきゃ」

「分かりました。できるだけ早く調べるようにしますが、私もあなたのおかげで、随分忙しいの。その点はご理解くださいね」

森本も立ち上がりながら、切り口上に言い捨てて、由起の目をにらみ据えた。

「それともう一つ、先生、老人の気持ちについては、私、先生なんかよりずっとよく分かるんです。特に、死ぬ前の老人は、何もかもが変わるんです」

由起の顔に笑みはなく、いつになく真剣な表情だった。森本の胸中にざらついた不安の粒が浮かぶ。死ぬ前の老人は、何もかもが変わる。森本はその言葉を、心の中で反芻した。だが、やはりすぐには意味が分からなかった。

アクリル板の向こうで、由起が踵を返した。森本は呆然としたまま、その赤いカーディガンの背中を見送った。

6

由起に対する疑惑は、結局、ブーメランのように自分自身に戻ってくる。由起の発言に合わせて調査をしているという形式を取りながら、森本がしていることは、由起本人のことを調査しているのと何ら変わらなかった。その情報量は、森本の主観的な感じ方としては、もはや膨大な量に達しているように思われた。

一方では、常に由起と相似形にある真希絵の調査は、質量共に実にお粗末という他はなかった。真希絵と浦野の関係どころか、さらには中学の頃、「銚子クレイドル」に助けを求めたことがあるかどうかも、真希絵本人にさえ確かめていないのだ。

それが由起に対する圧倒的な疑惑のせいであるのは間違いなかった。だが、客観的に見て、それほど大きな疑惑の差が二人の間にあるかと言えば、森本自身、否定的にならざるを得なかった。要するに、由起の特異なキャラクターが、森本の判断に大きな影響を与えているのは明らかなのだ。

この思考の袋小路から逃れるために、森本は真希絵にもう一度会わざるを得ないと考えていた。

だが、今回の場合、待ち合わせの日にちを設定するのに思わぬほど時間が掛かった。

前回の面会のとき、真希絵から携帯番号を聞き出していたのだが、その電話がなかなか繋がらなかった。三日間連続でかけ続けても、相手は応答せず、四日目の朝、九時過ぎに掛けたとき、ようやく真希絵の応答する声が聞こえたのだ。

「こんなに早く何ですか？」

最初は、電話の相手が誰であるか分からないような、とがった口調だったが、森本であることが分かったあとでさえ、その不機嫌な口調にさほどの変化はなかった。森本はぎょっとしていた。ぜんぜん違う人間と話しているような錯覚に陥ったのだ。

それに「こんなに早く」という言葉にも、微妙な抵抗を覚えた。確かに、遅くはないが、会社勤めの人間にとっては、けっして早い時間でもない。

特にその日は平日だったから、すでに出勤して会社のデスクに座っているべき時間帯だった。ところが、まるでベッドの中で携帯に応答したかのような反応だったのだ。

その理由は、そのあとの会話で明らかになった。意外なことに、真希絵はすでに丸の内の貿易会社を辞めており、銀座のクラブに勤めていた。自宅に戻るのが夜中であることが多く、就寝するのは午前三時過ぎだというから、そういう人間にとって、午前九時過ぎという時間帯は確かに早すぎるのかも知れない。

電話の最中、真希絵の不機嫌な反応はほとんど改まることはなかった。だが、森本はそれでも何とか翌日の午後七時に、真希絵の勤める銀座のクラブで面会する約束を取り付けることができた。

真希絵の勤めるクラブは、銀座七丁目の地階にある「まりも」という老舗だった。森本は地下鉄丸ノ内線の銀座駅で降り、三分ほど歩いてその店に到着した。地階に通じる出入り口の前に、長身で浅黒い肌をした三十代に見える黒服が立っている。

森本は、そもそもそんな店に入ったことがなかったので、勝手が分からなかった。仕方なく、怪訝な表情で見つめる黒服に話しかけた。

「すみません。森本と申しますが、土倉真希絵さんに面会することになっているのですが」

その黒服はぽかんとした表情だった。

「あっ、お店での名前はしおりさんだって、仰っていました」

森本は慌てたように付け加えた。黒服は「ああ、しおりさんですか」と言うと、首から下げていたトランシーバーのマイクに向かって小声で話し、地階のスタッフと連絡を取り始めた。やがて、森本に「どうぞ中にお入りください」と丁寧な口調で促した。

短い階段を降りると、地階のクロークで、今度は若い女性の黒服に迎えられた。

「どうぞバーのカウンターでお待ちください」

その女性が、やはり丁寧な口調で言う。どうやら、右手の奥が相当に広いスペースのあるフロアのようだった。まだ、客は誰も入っておらず、何人かの容姿端麗な女性たちが通路で立ち話をしていた。

左手がバーで、ボックス席が満席のとき、入りきれない客が待機する場所として機能しているらしい。森本は案内されて、バーのカウンター席に座った。カウンターの中にいたバーテンダーの女性が、にっこりと微笑みながら、冷たい緑茶を出してくれた。

さすがに中のスタッフは洗練された雰囲気で、客ではない森本に対しても、けっして不快な印象を与えなかった。

「先生、お待たせしてすみません」

五分くらい待つと、背中から明るい声が聞こえた。振り返ると、真っ赤なベアトップドレスを身につけた真希絵がにこやかな笑顔で立っている。その美貌は以前にも増して、引き立って見えた。だが、森本は何故か、前日に電話を掛けたときの、不機嫌な真希絵の声を思い出していた。

「こちらこそ、お時間を取らせてしまって申しわけありません」

森本はカウンター席に横並びに座った真希絵に、若干、体をひねりながら話しかけた。

すかさず、カウンター内のバーテンダーの女性が「しおりさん、お茶でいいですか?」と訊いた。「いえ、ジンフィズをお願いします」と真希絵が事務的な口調で答える。その口調は、どこか傲慢に響いた。

「先生、こういう店に入るのは初めてですか?」

真希絵が愛想良く尋ねてくる。昨朝の電話での不適切な対応を贖《あがな》おうとしている姿勢にも見えた。

「もちろん、初めてです。こういうところって、高いんでしょうね」

思わず言ってしまった。実際、森本は単なる好奇心から、その料金を知りたくないわけではなかった。

「たいしたことありませんよ。銀座の一流店としては、とても良心的な料金と言われているんですよ。ボトルが入っていて、ワインなんかの余計なものを注文しなければ、一人七万円くらいで済むんじゃないですか」

まるで森本を客と見下しているような、圧倒的で自信に満ちた言い方だった。

「そんなにするんですか」

驚きながら、森本は「富の偏在」という硬質な言葉を思い浮かべた。確かに、こういう店にやって来る客の中には、その料金を安いと感じる者もいるのだろう。そして、まさに野島も、少なくとも口先ではそう言う客の一人だったのかも知れない。

「大丈夫ですよ。先生からは、料金はいただきませんから」

真希絵が笑いながら言った。そのタイミングで真希絵のジンフィズが出た。

「先生、お茶でいいんですか。何か飲みたいものがあればサービスしますよ」

「とんでもない。お茶で十分です」

森本は、やはり真希絵の豹変ぶりに度肝を抜かれていた。そこにいるのは、確かに、昨日の、あの不機嫌な声の真希絵ではない。しかし、初めてホテルのラウンジで顔を合わせたときの真希絵とも違うと感じていた。

「先生、それでお話って？　悪いんですけど、今日、あんまり時間がないの。お店の営業が始まるのが、七時半からなんです。それでも、そんなにたくさんお客さんが入らなければ、八時頃まではお話しできるかも知れないけど、普通は八時を過ぎるとかなり込んでくるんです」

「そう。それじゃあ、すぐに始めましょう。でも、その前に飲み物を飲んだら？」

森本に促されて、真希絵はグラスのジンフィズを一口飲んだ。そのとき、真希絵の首筋から肩に掛けて、小さな絆創膏が貼られているのが森本の目に映った。

「あらっ、土倉さん、ここ怪我してるんですか？」

森本はさりげなさを装って、指さしながら訊いた。

「ああ、それですか？　怪我じゃありません。タトゥーを隠しているだけです」

真希絵は平然と答えた。顔には笑みさえ浮かべていたが、その目は笑っていない。そのあと、真希絵は言い訳するように付け加えた。

「ここのママ、考えが古いんですよ。タトゥーをお客様に見せるなんて失礼だから、隠しなさいって言うから、こういう肩から上が見えるドレスを着るときは、絆創膏で隠しているんです」

「でも、ペインティングやシールのタトゥーもありますよね」

「そんなのすぐに消せるっていう意味では楽かも知れませんが、見た目が安っぽくて、私は嫌です。タトゥーはやっぱり、針で彫《い》れなきゃあ。先生、それよりも質問!? あんまり時間ないんです」

真希絵は口をとがらせて言った。

「分かりました。あなたの中学生の頃のことで、とても訊きにくい話なんだけど、いいかしら」

森本はかなり声のトーンを落としながら、カウンター内にいる三人の女性バーテンダーの動きを注視していた。そもそもこんな内密の話をするとき、真希絵が勤め先のクラブを指定したこと自体が、不思議だった。

しかし、こういう状況に置かれて穿った見方をすれば、真希絵は深刻な話を森本にさせないために、こういう場所を選んだとも考えられるのだ。ただ、いずれのバーテンダーたちも、開店間際の準備に忙しく立ち働き、森本たちの会話を聞いているようには見えなかった。

「構いませんよ。私、昔のことなんか何とも思ってませんから」

その割に、真希絵の声はとがり始めている。しかし、ここは強行突破するしかない。

「例の『銚子クレイドル』なんですが、あなた、中学生の頃、あそこでお世話になったことはないかしら?」

「へえっ! それ何ですか?」

真希絵が素っ頓狂な声を上げた。その裏返った声に、森本は心底ぎょっとしていた。それが真希絵なりの怒りの表現だったのかも知れない。

「つまり、あなたがあの宿泊施設に泊まることはなかったかということなんですが」

森本は慌てて取りつくろうように言った。しかし、言葉を換えただけで、言っていることはほとんど同じだった。

「あるわけないですよ。私、市内に自宅があったんですよ！　何でそんなところに泊まらなきゃならないんですか！」

真希絵は叫ぶように言った。周囲のことなどまるで気にしていない態度だった。三人のバーテンダーのうち、二人に飲み物を出してくれた女性が、微妙な視線を森本たちのほうに投げていた。そのあとは、気まずい硬直した雰囲気がしばらく続いた。森本が場を落ち着かせるためだけの、どうでもいい質問を繰り返し、その都度、真希絵が誠意のかけらもない短い返答をする。

そのうちに、クローク近辺から、「いらっしゃいませ」と客を迎える声が聞こえ始めた。森本がスマホで時間を確かめると、七時半を少しだけ過ぎていた。正味で言えば、二十分ほどしか話していない。

森本が訊くべき質問は、あと一つだけだった。これだけ雰囲気が悪くなったのであれば、最後の質問を躊躇すること自体、さほど意味があるとは思えない。森本は腹をくくった。

「土倉さん、あと一つだけいいですか？　『エステート野島』の従業員だった浦野さんは、ご存じですよね」

「浦野さん？　そう言えば、そういう人がいましたね。ええ、知ってますよ」

「彼とはどれくらい親しかったのでしょうか？」

「どれくらい親しかった？　それって、男女の関係を訊いているんですか？　だとしたら、メッチャ失礼な質問。私があんなレベルの低い人、相手にするわけがないじゃないですか。誘われたことは何度もありましたが、ろくに口も利かず、断りましたよ」

真希絵の言葉には淀みがなかった。途方もない上から目線で話し、浦野のことなど歯牙《しが》にも掛けていないという雰囲気を漂わせていた。

「分かりました。確かに失礼な質問で、ごめんなさいね。これで訊くべきことはもうすべて訊きましたので、そろそろ失礼します。本当にお忙しいところ、ご協力ありがとうございました」

森本は立ち上がりながら、できるだけ柔らかな口調で言った。

「そうですか。こちらこそお役に立てず、申しわけありません。外までお送りします」

真希絵も最初の雰囲気に戻ったかのように、取り繕った笑顔を浮かべて、やはり丁寧な言葉を返してきた。森本が見送ろうとする真希絵を無理に止めようとしなかったのは、周囲に人がいなくなる別れ際にでも、何か重大な告白が聞けることを期待したからかも知れない。だが、それも未練なのは、分かっていた。

背中に、スタッフたちの沈黙の注視を感じながら、階段を上がった。さすがに異分子の闖入《ちんにゅう》であることは理解されていたらしく、誰も「ありがとうございました」とは言わなかった。

森本が階段を上がったところで、最初に声を掛けた黒服の男と目が合った。男は当惑したような表情を浮かべ、視線を逸らした。

「やはり、来年、結婚なさるのですか？」

森本は黒服とは数メートル離れた位置まで歩き、振り向きざま、あとに付いてきた真希絵の目をまっすぐ見つめて訊いた。

「そうですよ。いけません？　彼も、こういう私の仕事に理解を示してくれています」

真希絵が挑むように答えた。やはり、最後に何か重大な告白を聞けるかも知れないと思ったのは、甘い未練だった。

「そうですか。改めておめでとうございます」

森本はにっこりと笑って、言った。皮肉に響いたとしても、それならそれで仕方がないと思っていた。

森本は一礼して踵を返すと、地下鉄の駅の方向に歩き始めた。真希絵の返事はなかった。周囲の抑制の効いたネオンが美しかった。千葉の繁華街のケバケバしいネオンとも、やはりどこか違う。

これが真希絵のような女性に、過剰な自信を植え付ける銀座のネオンなのかも知れない。そう思いつつも、森本はやはりケバケバしいネオンのほうに親近感があった。

森本は後ろを振り返って、真希絵を見ることはしなかった。

7

議論が沸騰し、大荒れになっていた。その主たる原因は、芝山と森本の議論がどこまで行っても平行線を辿っていることだった。

大声で熱弁を振るっているのは、常に芝山のほうだったが、森本もしぶとく食い下がり、なかなか白旗を揚げようとしないのだ。

三階の会議室で夕方の四時から開かれた会議は、八時を過ぎても、同じ所での堂々巡りに終始して、一向に前に進まない。

「森本君、真相がはっきりするまで、裁判を開くべきじゃないなんて無茶を言うなよ。そんなことで、裁判の開始を引き延ばしたら、これまで検察側がやってきたのと同じことを、弁護側もやることになるじゃないか。裁判員裁判と言っても、アメリカの陪審員制度のように裁判官が審議に加わらないわけじゃなく、むしろ、審議においても裁判員を束ねて中心的な役割を果たすことになるんだから、やっぱり裁判所の心証は大きいんだよ」

「私が言っているのは、検察側との駆け引きの問題ではありません。坂井被告の否認自体が、私の調査では黄色信号になっているんです。つまり、坂井被告の事件への関与が完全に否定できるわけではない状態で、事故説に基づいた弁論を展開すれば、あとで坂井被告と何人かの人間が共謀しているのが明らかになったとき、弁護団は言い訳のできない状況に追い込まれると思うんです」

森本は頑なに言い張った。お前は検察官かよという心の声ももはや聞こえなくなっていた。依然として、由起と浦野が共謀して、住谷を脅していた可能性を否定し切れていなかった。やはり、野島が毎年、「銚子クレイドル」に五百万円の金を寄付していたという事実を浦野にリークしたのは由起だろう、と森本は思っていた。

いくら野島と不仲だったと言っても、夫婦であれば、そういうことは何となく知れるものだろう。由起自身が、微妙という言葉を使いながら、その寄付について知っていたことを暗に仄めかしたのだ。

真希絵については、二度目の面会は不愉快としか言いようのない結果に終わっていたが、真希絵に対する疑惑が深まったわけではない。特に、浦野に対するレベルが低い発言は、それで真希絵に対する人格評価が著しく損なわれた分、妙にリアルに聞こえたのだ。

それに首筋のタトゥーについて真希絵があっさりと認めたことが、逆に浦野と一緒に「レパード」にいた女性が真希絵ではないと、森本に確信させる結果になっていた。真希絵がそこにいて浦野を殺害しようという意図があったとしたら、やはり絆創膏などを使って、タトゥーを隠したはずである。真希絵と浦野の接点はないと、森本も判断せざるを得なかった。

由起が浦野と結託し、あわよくば「銚子クレイドル」を野島の遺産受け取り機関に仕立て上げようとしていたという疑いを、森本は未だに持ち続けていた。弱みにつけ込まれた住谷も、それに協力せざるを得なかったこともありうるだろう。浦野が加奈子に預け、現在、信用金庫の貸金庫に保管されている重要書類が、恐喝のネタであるのも、間違いないように思われた。しかし、浦野の恐喝行為自体は失敗したのだろうと、森本は判断していた。

ひょっとしたら、野島の死後、浦野が一千万円の金を恐喝したのは、浦野の暴走で、由起の意に反するものであったのかも知れない。そもそも野島の死によって、何億もの金が入ることが約束されていた由起にとって、ここで一千万円程度の金を恐喝することはリスクでしかなく、何のメリットもなかったはずである。

しかし、頓挫したとは言え、この計画が発覚すれば、由起が野島の殺害容疑で逮捕されたとき、決定的に不利な状況証拠となるのは間違いなかった。従って、交通事故死を装って、重要な証言者になり得る浦野を殺害する動機は、由起には十分にあったと言うべきだろう。ただ、事故当日の由起のアリバイが成立していることは認めざるを得ないから、その場合、誰かを使嗾《しそう》したと考えるしかなかった。

森本は、こういう情報を洗いざらい開示し、詳細な説明をこの会議の席で、すでに何度も繰り返していた。ただ、決定的な証拠がないと言われれば、その通りだった。

「俺に言わせりゃ、森本君は坂井被告が実質的には無実でない可能性にこだわり過ぎているよ。彼女は実質的にも無実だと俺は思っていて、君の意見とは真っ向から反するけれど、今、我々が議論しているのはそういうことじゃない。法律という形式に沿って見た場合、彼女が無実かどうかを考えるだけで、十分なんだ」

野島の死因が、覚醒剤入りのカプセルを飲んだか、覚醒剤の粉の入った食物を食べたかは不明としても、覚醒剤を経口摂取したことによるものだという点については、芝山と森本の間に意見の隔たりはなかった。だとしたら、そんな不確実な方法では、未必の故意による殺人罪は問えないというだけで十分だというのが、芝山の主張だった。

野島自身が夜の生活のために、覚醒剤を手に入れるよう由起に頼んだ可能性さえあり、由起も野島に覚醒剤を飲ませることがそれほど危険だと思っていなかったとしたら、ますます殺人の故意を認定することなど不可能だというのだ。

確かに野島が死んだ夜、いつ覚醒剤を飲んだかという問題は残る。家政婦の小宮山文代は午後四時から外出し、戻って来たのは午後七時三十分頃だったと証言している。野島は午後六時頃から一階でうどんを食べ始め、由起もそこに夫と二人だけでいたのだから、文代が帰る前に、野島がそれを飲んだ、あるいは由起に飲まされた可能性はある。

あるいは、由起と文代が一階でテレビを観ていて、野島が二階にいるときに、それを一人で飲んだのかも知れない。いずれにせよ、カプセルが使われたとしたら、野島がそれを飲んだのが、野島が由起と二人だけでいた時間帯に限られるわけではない。その点でも、森本と芝山の意見は一致していた。

「まあ、死体発見時の午後十時頃には、坂井被告も小宮山さんも、野島氏の手が、くの字に曲がっていたと、死後硬直を示唆する証言をしているので、検察側は当然、早い時間帯に死んだことを主張するだろう。坂井被告が野島氏と二人だけになったときに犯行に及んだというほうが、彼らの主張には都合がいいしね」

もっとも、警察の発表では、死亡推定時刻は午後九時頃となっていて、これでは死体発見まで一時間しかなく、死後硬直が起こるかは微妙だった。ただ、死亡推定時刻には幅があり、死後硬直も温度などの環境の変化によっても現れ方が異なり、個人差もあるので、一概には言えないらしい。

「まあ、午後八時頃、ドンドンという野島氏が歩く音がした直後くらいに死亡していたと考えると、死体発見時の午後十時まで二時間はあるから、環境次第では、手や顎に若干の硬直が起こることはあり得るだろ。あるいは、小宮山さんも動転していただろうから、死後硬直を示唆する彼女の証言も、必ずしも正確ではなかったのかも知れない。だが、我々のスタンスは同じで、死因が覚醒剤の経口摂取である以上、どんな状況でも殺人罪は成立しないということなんだ」

ただ、森本にとっては、覚醒剤の経口摂取と死後硬直に関する芝山の詳細な説明もほとんど意味がなかった。森本が問題にしているのは、そういうことではないのだ。

「では、所長は坂井被告が浦野と組んで、『銚子クレイドル』を遺産受け取り機関に変えようとしていた可能性については、まったく無視していいと仰るんですか？」

「だから、それは可能性に過ぎず、事実として認定されたわけじゃないと言っているんだ。だいいち、住谷代表は野島氏から寄付を受けていたことを認めただけで、浦野の恐喝なんて突っぱねたと言ってるんだろ。時期的にだって、いつの頃から始まった話なのか、まったく曖昧じゃないか。当たり前のことだが、遺言書は野島氏が生きているときに書かれたんだから、もし君の言うようなことがあったとしたら、遺言書が書かれた段階で、話がついていなきゃおかしいじゃないか。だいいち、『銚子クレイドル』が浦野と組んで、どういう経済的利益があるんだ？」

「私は、西岡加奈子が信用金庫に保管しているという重要書類は、借用証書なのではないかと思っています。『銚子クレイドル』が初めて野島さんから五百万円の寄付を受けたのは二〇一六年のことですから、この頃は、まだ正常な判断ができていて、寄付をきっかけに住谷さんに近づき、高額な金を貸し付けて、利益を上げていたことはあり得るでしょ」

「確かに、貸金庫の中の重要書類が何であるかは重要だが、それが借用証書だというのは根拠がなさ過ぎる」

「ですから、信用金庫の貸金庫に保管されている重要書類については、曖昧な部分が多いですから、そこをもう少し調べるための時間をくださいと言っているんです。西岡さんが、私にそれを見せる決意をしてくれることも十分に考えられますからね。住谷代表が何かの事情があって、野島さんの遺産受け取り機関としての役割を『銚子クレイドル』が果たすことに合意した可能性は、寄付というものについての彼女の考え方からすると、ゼロとは言えないと思います」

「ゼロとは言えない？　そんなちっぽけな可能性までいちいち考えていたら、話はまったく前に進まないよ。だいいち、遺言書が本物と判明したら、半分程度の金が『銚子クレイドル』に行き、坂井被告の取り分は、四分の三から半分に減るんだぜ。これはけっして、取られる税金額を考慮したとしても、君が考えているようなわずかな減少じゃない」

「住谷さんと坂井被告の間に、密約があった可能性だってあるじゃないですか。例えば、『銚子クレイドル』の取り分は、一割でいいとか。十三億以上の金の一割だって、一億円を越えるわけですから、『銚子クレイドル』が負債を抱えて、財政的に大変厳しい状況にあるとすれば、それは決定的なお金ですよ」

「一割でいい？　何で住谷がそんなディスカウントに応じる必要があるんだ？」

「今のはもちろん、仮定の話をしただけです。それに、坂井被告は野島さんの親族からもいじめに遭っていたらしいから、その遺言書を野島さんが書いたとき、それを知った彼女には彼らに対する復讐のような気持ちが働いていたような気がするんですよ。何しろ、その遺言書の存在は、彼女にとってよりも、親族にとってのほうが大打撃なんですからね」

「可能性がある？　気がする？　君の言っていることは、そんな言葉のオンパレードじゃないか。要するに君は、パパ活で生きてきた坂井被告の道徳性を問題にしてるだけじゃないの。つまり、坂井被告は道徳的に許せないから、法的にも許すべきじゃないと言っているようにしか聞こえねえんだ。今更、こんなことを言うのも何だが、近代刑法ではすべての不道徳な行為を法律上の罪の対象としているのではなく、その中で可罰性のあるものだけを選び出して、犯罪という呼称を与えているんだ」

「そんなこと、分かってますよ！」

森本はついに苛立ちを抑えきれなくなって、叫ぶように言った。実際、この果てるともない堂々巡りに、うんざりして目眩《めまい》さえ覚えていた。ブチ切れる寸前だったと言っていい。

それは芝山も同じだったのだろう。芝山の口から、森本の想像を遥かに超える強烈な言葉が返ってきたのだ。

「いや、分かってねえよ！　そんなことも分からねえんだったら、弁護士なんて辞めて、さっさと母ちゃんのところに帰っちまえ！」

異様な沈黙が室内に浸潤したように思われた。それまでけだるい表情で二人の議論を聞いていた他の弁護士たちの表情が一気に引き締まり、中には芝山の発言に明らかに不快の表情を浮かべている者もいる。

それをはっきりと口に出したのは、丸テーブルで森本の正面に座っていた吉川美智だった。吉川は、斜め前方のホワイトボードの前に他の弁護士たちとは離れて座り、司会役を務めていた芝山の目を見据えて、こう言い放ったのだ。

「芝山先生、その発言ははっきり言ってダメ。明らかにパワハラです。すぐに森本さんに謝ってください」

一目《いちもく》置いている吉川からこうはっきり言われて、さすがの芝山も渋い表情で絶句した。それから、冷静さを多少とも取り戻したように、芝山らしくもない殊勝な口調で話し始めた。

「確かに言い過ぎでした。吉川先生のご指摘のように、私の発言がパワハラに聞こえたとしたら、皆さんに、そして、特に森本君に謝罪します。ただ、私が申し上げたかったのは――」

ここまで言ったところで、芝山のシャツの胸ポケットに入っていた携帯が鳴り始めた。それはまさに芝山にとって、絶妙の助け船だったのだろう。

「ちょっと失礼」

言いながら、芝山は立ち上がり、ホワイトボードの左手にある出入り口から、通路のほうに出て行った。

芝山が中座したあと、室内には妙な安堵感が広がったように見えた。森本と吉川の目が合う。吉川の目が優しく微笑んでいた。それは最後まで頑張るように伝える無言のエールにも思われた。

「それにしても、森本さんもしぶといな」

こう言ったのは、芝山と共に公判前手続きに参加している勝呂《すぐろ》という三十代後半の男性弁護士だった。笑いながら、冗談めかした口調だった。バランス感覚のいい、きわめて常識の発達した弁護士だ。

ただ、勝呂が言っていることは、向こうっ気が強いのは前から分かっていたが、粘り強いのにも驚いたという意味のように思えた。元々これほど粘り強い人間ではない。確かに森本は、今度の事件の弁護団に参加して自分は変わったと感じていた。

「僕も森本さんの言っていることは分からないじゃないけど、芝山先生の言っていることもよく分かるんですよ。やっぱり、公判前手続きというのは生き物みたいなもので、その動きに臨機応変に対応するのはなかなか大変で、完璧な結論が出てから裁判に臨むなんてことは許されないこともあるんですよ」

「それは私も分かります。ですから、芝山先生が完全に間違っていると言ってるわけじゃなくて、もう少しだけ調べさせて欲しいという意味なんです」

森本のこの発言に対して、勝呂は何も言わなかった。ここで勝呂と森本が議論を始めて、さらに事態を紛糾させるのは避けたほうがいいという判断が働いたのだろう。実際、食事も摂らずにこんな議論を続けているため、みんな疲れ切って、そもそも話す気力が萎えている者もいるようだった。

そのタイミングで、芝山が戻って来た。その無愛想な顔が一層曇っているのが、森本は気に掛かった。

「ちょっと申し上げなければならない事態が起こってしまいました。先ほどの電話は銚子署の刑事課の、私の知り合いの刑事からだったのですが、『銚子クレイドル』の元職員の西岡加奈子が、犬吠埼灯台の展望台から落ちて、死亡したとのことです。自殺のようです」

室内に、重く深刻な緊張が一気に立ち上った。誰も声を上げる者はいなかった。森本は全身が硬直するのを感じ、目の前が真っ暗になっていた。

犬吠埼灯台の展望台。自殺のようです。犬吠埼灯台という言葉は、森本自身が加奈子の口から聞いていた。その二つの言葉が、森本の耳奥で海鳴りのように響き続けた。それに交じって、芝山の言葉が微かに聞こえている。

「ご存じのように、西岡加奈子は、森本君の調査対象で、浦野が預けた重要書類を信用金庫の貸金庫に保管している人物であります。彼女の死が、我々の事件の見立てにどの程度の影響を与えるのか、当分の間、見極める必要があるかも知れません。ですから、来週に予定されている公判前手続きは、今の段階では延期を申し込もうと思っています。今日は、我々の会議もここまでにします。西岡の死の詳細が分かったところで、また皆さんに、後日報告します。それで、森本君、今日、このあと少しだけ残ってくれ。この件で君と打ち合わせたいことがあるんだ」

森本は自分の名前が呼ばれたことをぼんやりと意識していた。だが、顕著な反応はできなかった。

明かりの消えた真っ暗な会議室の中、広い丸テーブルに一人ぽつねんと座る自分の顔と、とがった狐目の加奈子の顔が交錯する、幻覚のような光景が、森本の脳裏に浮かんでいた。

8

翌日の午後五時過ぎ、森本は銚子署の三階にある刑事課の会議室で、山下という刑事と、何の変哲もないスチールのテーブルを挟んで対座していた。山下の手元に、記録用と思われる白いノートトパソコンが置かれている。

山下の背後には、何も書かれていない大きなホワイトボードがあり、その室内の雰囲気は森本の知る一般企業の会議室と何ら変わりがなかった。山下は四十代半ばに見える刑事で、芝山に浦野の恐喝行為について情報提供したのも自分だと説明した。

山下は丁重な態度で、森本に接していた。だが、ひと癖ある人物なのは森本にもすぐに分かった。角張った下顎が特徴的だったが、眼鏡を掛けていない、その細い目にときおり浮かぶ濁った光は、山下の油断のならない狡猾さと用心深さを図らずも告げているように見えた。

「芝山先生には申し上げたのですが、坂井被告の殺人事件の裁判が始まろうとしているとき、被告の弁護団の一人であるあなたから、重要情報を県警が不当に引き出そうとしているなどという誤解は、けっして与えてはいけない。本部から、そういう強い指示が出ているんですよ。従って、本日は事情聴取と言っても、我々の質問も極めて限定されたものにならざるを得ないんです」

この前置きのあと、山下は加奈子の死亡状況について、通り一遍のことを話し始めた。

「犬吠埼灯台の展望台の落下現場には争った形跡もなく、死体には地面に顔面をぶつけたことによる損傷以外には、後頭部などにも人為的に加えられたと思われる外傷はありませんでした。それに彼女は仲の良かった短大時代の友人に、弁護士、つまりあなたと思われる人物から、『銚子クレイドル』に関連する恐喝事件についてかなり執拗に訊かれており、それで精神的に参ってしまったと告白しています。その友人によりますと、犬吠埼は昔、仲の良い友人五人と初日の出を見に行って、その美しい景観にとても感動した場所だそうです。だから、最後に行きたい所として、その灯台を選んだのではないかと言うんです。当日は小雨が降っていて、あまり天気はよくなかったということですが、まあ、単に思い出の地という意味なら、死に場所としてそこを選んだのも分からないじゃありません。こういうことを総合的に判断致しますと、やはり、これは自殺だろうと我々は考えています。ここまでの話で何か、森本先生のほうで仰りたいことは？」

山下の言葉の所々に棘《とげ》を感じながらも、相手がことを荒立てる気持ちがないことは、自殺というとりあえずの結論にも現れているように思われた。しかし、前日の会議の席で、劇的な形で加奈子の死を知らされた森本は、まだ完全にはそのショック状態から回復しておらず、むしろ、自分のほうから、ことを荒立てたいような気分に陥っていた。

「西岡さんは、私から執拗に訊かれたと、その友人に話したのですね。しかし、私が彼女に会ったのは二回で、しかも一回目は『銚子クレイドル』について質問をしただけで、彼女自身について特別なことを訊いたわけではありません。九月二十五日の二回目の面会でも、別れ際はそんなに悪い雰囲気でもありませんでした。だから、彼女が四日後に自殺したのが信じられないんです」

「そうだったんですか。まあ、うつ状態の人間は、あとからいろいろと被害妄想的に考えるものなのかも知れませんね」

ここでも山下は、あくまでも森本に迎合的に話していた。戦意はまったく感じられない。

しかし、森本は芝山からのアドバイスをけっして忘れてはいなかった。

「やつはかなり危険な男だよ。硬軟両様の取り調べ術を持っていて、かなりしつこいらしい。最初は君を柔らかな言葉で油断させておいて、裁判に役立つような、弁護側の重要情報を引き出して、検察に伝えようとすることもあり得るから、気を付けて欲しい」

何しろ、吉川からパワハラを糾弾されたあとだったから、芝山の言葉もいつもより弱めで、遠慮がちだった。それでも、山下という刑事に対する警戒感を森本に植え付けるには十分だった。

「それで先生、あまりお時間を取らせても申し訳ないので、今日の仕事はさっさと済ませてしまいましょう」

山下はさりげない口調で言ったが、森本はその言葉が若干、早口になっていることを聞き逃さなかった。人間が早口になるとき、何かをごまかす気持ちが働いていることが多いのだ。

「今日の仕事と仰いますと？」

森本はごく自然な口調で訊き返した。落ち着いている装いは絶対に必要だった。

「そうは言っても、我々としては一応の事情聴取はしないわけにはいかないんですよ」

山下はノートパソコンを開き、事情聴取の記録を取る準備をしている。しかし、ときおり微妙にパソコンのディスプレイから目を外し、森本の反応を窺うような視線を投げていた。

「ですから、九月二十五日の西岡さんとの面会のとき、どんなお話をされたか、簡単に教えてください」

「それは山下さんもご存じの恐喝事件について、交通事故で死亡した浦野さんが本当にそんなことをしていたのか、彼女に確認したんです」

「それで、彼女の返事は？」

森本は山下の質問に即答せず、しばらく、間を空けた。だが、これは一種の演技で、答えは初めから決まっていたのだ。

「山下さん、申し訳ないですが、私が答えられるのはここまでです。それ以上のことは、そちらのほうでお調べになってください」

この発言が、山下の神経を逆なでする可能性があるのは分かっていた。だいいち、加奈子が死んでいる以上、そのとき加奈子がどう言ったかは、警察が調べられることではなく、森本に訊くしかないのだ。

「どうしてですか？　解《げ》せませんね。どうしてそんなことを隠す必要があるんですか？」

予想していたとは言え、言葉遣いだけでなく、山下の表情の変化にも森本はぎょっとしていた。その濁った目が明確な悪意を帯び、蛇のような冷酷さを感じたのだ。

性悪《しょうわる》刑事の悪質な取り調べテクニックについては、国選弁護人を務めた際に被疑者から聞かされたことがある。

もちろん、その言葉を鵜呑みにしたわけではないが、警察が刑事訴訟法違反の可能性さえ含むギリギリのテクニックを使うことがあるのは否定できなかった。嘘と恫喝と懐柔。

有能な刑事であればあるほど、こういったテクニックの複雑な組み合わせを駆使して、被疑者を掌中に収めていくのだ。

今、森本自身が、その対象になりかかっているのを、自覚しないわけにはいかなかった。取り調べの刑事が、柔らかな対応から一気にアクセルを踏み込み、悪意に満ちた底意を見せることによって、多くの被疑者たちを動揺させ、その結果、彼らが混乱の中で、あらぬことを口走ってしまう例はよくあるのだ。

森本の心臓が軽い鼓動を刻み始めた。だが、森本は強気に、そしてあくまでも冷静に言い返した。

「隠すというのは、少し違うんじゃありませんか。これ以上のことは、殺人事件の裁判と関連する可能性があります。山下さんご自身が仰ったように、その点については話をしないほうがお互いのためじゃありませんか」

「でも、話をしないと勘ぐられますよ。あなた方が坂井の無実を確信できていないという風にね。

それでいいの？」

山下の言葉が、挑発度を増していた。ときおり、丁寧語を崩すのもテクニックの一つだろう。山下がようやく戦端を開いたとも感じていた。やはり、森本が若いため、動揺させて落とせると山下は踏んでいるのかも知れない。

「坂井さんの無実は確信していますよ。それは裁判で立証してみせます」

我ながら、大嘘だと森本は思った。一番確信できていないのが、弁護団の中では、森本自身のはずである。だが、芝山も言っていたように、弁護団の意見が割れていることを検察側に気取られるのが一番危険なのだ。

ここは弁護団の一員としての自覚を持って、こう言って突っぱねるしかないと森本は決めていた。由起の無実を必ずしも信じていないことと、弁護団の結束を乱すことは、また別の問題だと森本は考えていた。

「じゃあ、西岡さんに『銚子クレイドル』のことをいろいろと訊いていたのは、真犯人を捜していたわけですか？」

山下は再び、丁寧語に戻って、ストレートに訊いてきた。ただ、山下の人相は、ますます陰険さを増しているように思えた。こんな男に権力を与えてはいけないと言いたくなるほど、その表情には執念深さと酷薄さが滲み出ているように思われたのだ。

「そうかも知れないし、そうではないかも知れません」

森本の口調に揶揄の調子が込められていたのは否定できなかった。それが癇《かん》に障ったのか、山下が不意に仰天するような大声を上げた。

「そういう言い方、警察に悪意を持っている人間の特徴じゃねえのか！　あんたもそうなの？だったら、『銚子クレイドル』の住谷と仲がいいはずだ」

全身が硬直するのを感じた。これほど暴力的な恫喝は、それまでの山下の態度からは予想していなかった。

ただ、こういう極端なメリハリの付け方が、やり手敏腕刑事の特徴でもあるのだ。森本は、山下がようやく牙をむいて襲いかかってきたのを感じた。

「違いますよ。私は政治的には無色中立です。今の発言は大問題になりますよ」

森本は声の震えを必死で抑えて平静を装い、強気に山下の顔をにらみ据えた。それから、皮肉たっぷりの口調で話し続けた。

「あなた方は我々が警察のトップに抗議しても、どうってことはないって、高をくくっているんでしょ。本部長はあなた方の味方ですからね。でも、正式な手続きを踏んで、県知事に訴える手もあるんですよ。組織図的には、県警も県知事の下に置かれているわけですからね」

やはり、加奈子の死によって、興奮状態にあるのは、森本も自覚していた。普通なら言うはずがないことを、森本は口にしているのだ。

山下の発言に対する怒りがムラムラとわき上がっていた。住谷のような確信犯でもないのに、そんな風に言われたことが我慢できなかったのだ。

実際、森本の殺気が山下にもはっきりと伝わったようだった。山下は一転して相好を崩し、わざとらしい猫なで声になった。

「先生、そんなに怒らなくたっていいじゃないですか。冗談ですよ。実を言いますとね、芝山先生とは随分、親しくさせてもらっているんです。ですから、『銚子クレイドル』に対する浦野の恐喝をお知らせしたんですよ。私は正直言って、例の殺人事件の裁判にはたいして興味がありません。私の担当でもありませんしね。ただね、先生が西岡さんに会ってから四日後に彼女は自殺しているんです。従って、自殺ということをはっきりさせるために、そのときの彼女と先生の間の会話内容をある程度把握しないと、私も上司に対して、申しわけが立たないんです。上のほうは、こういうことにもこまごまとした報告を求めてくるんですよ」

今度は泣き落としのような口調だった。やはり、山下は二回目の加奈子と森本の会話内容を知りたがっているのだ。それは森本にとって、かなり意味があることのように思えた。

加奈子が自殺でない可能性に、警察がそれなりの不安を抱いているとしか思えなかった。

「でも、山下さん、私は西岡さんが自殺ではなく、誰かに殺された可能性さえあると思っているんですよ」

森本の発言に、山下は不意を衝かれたような表情だった。ここまで森本がはっきりと言うとは、山下も予想していなかったのだろう。

「まさか先生、口封じのための殺人だとでも言うんじゃないでしょうね。そして、その犯人が野島さんを殺した犯人と同一人物だと。なるほど、そうなると、現在収監されている坂井被告は犯人ではあり得ず、野島さんを殺していないということにもなりますよね。弁護側はそういう方向性の立証を狙っているということでしょうか？」

野島の殺人事件には興味がないと言いながら、随分、踏み込んだ発言だった。若い、口の減らない生意気な女弁護士が、興奮のあまり弾みで何かを口走るのを、期待して待っているようにも見えた。森本は思わず苦笑しながら、引導を渡すように告げた。

「ですから、そういうことは申し上げられないんです。これは私個人の意見ではなく、弁護団全体の総意です。ぜひ、ご理解願います」

山下は上目遣いに森本を見つめた。危険な相手であることを改めて認識したような表情だった。

だが、その実、森本自身にも、加奈子の死が、本当に口封じのための殺人なのか、確信が持てなかった。森本は、住谷の潔癖そうな表情を思い浮かべた。それから、加奈子の言葉が耳奥で鳴り響くのを感じた。

「あのゴリゴリの信念のことを考えると、殺人さえしかねないと思うんです」

この言葉の少し前に加奈子は「私、何だか怖いんです」とも言ったのだ。そして、その懸念通りに、加奈子は死んでしまった。

森本がもっとも気になるのは、山下たちが加奈子の貸金庫の存在を知り、そこに捜索を掛け、保管されている書類をすでに手中に収めているかどうかだった。しかし、それを山下に訊くとなれば、加奈子の証言内容を、やはりある程度山下に話さざるを得なくなるのだ。

その判断は、きわめて難しい。事件捜査に決定的に影響するものである場合は、一市民としてはそのことを警察に話すべきだろう。ただ、野島の裁判にも影響があるとすれば、まずは弁護団の中で話し合い、後日、検察を通して警察に伝えることも考えられるのだ。

9

森本が銚子電鉄犬吠駅に到着したのは午後二時過ぎだった。銚子駅から二十分ほどの乗車時間だったが、犬吠埼灯台はそこから徒歩十分くらいの距離にある。

犬吠は、以前に森本が上原の活魚料理店を訪問したときに降りた終点の外川の一つ手前の駅だ。外川に比べれば、無人駅ではなく、売店の類いもある分、観光地としてのたたずまいをかろうじて維持しているように見えた。

小さな駅の外に出ると、バスなどの公共の交通機関もタクシーも見当たらない。観光案内所もない。通常、観光地と呼ばれる地域が備えている基本的な条件が欠如しているのは明らかだった。犬吠埼灯台へは、スマホの地図を頼りに歩くしかなかった。

ただ、歩きながら見える、海と空の風景はこの上なく美しく、海の白波《しらなみ》が、落ち込んでいる森本の心の疲れを少しは洗い流してくれるように感じられた。実際、あまり観光地ずれしていない、こういう雰囲気のほうが森本の好みとも言えたが、観光目的ではない森本がこれから行おうとしていることを考えると、自ずと気持ちが沈んだ。

銚子半島最東端の犬吠埼は、三方を太平洋の荒波に囲まれ、特に元旦には、日本一早い初日の出を見るために多くの観光客が押し寄せるという。

森本は灯台の入り口に到着すると、まずはゆっくりと視線を上げ、その灯台の全体像を見上げた。高さ約三十メートルの白亜の灯台で、展望台まで九十九段の螺旋階段を登らなければならない。

今、森本が見上げている展望台から、加奈子が落下して死亡したのは九月二十九日、日曜日のことだった。山下が言った通り、天候にはあまり恵まれず、朝から曇り空と断続的な小雨の空模様が続いていたらしい。だが今日はたまたま快晴で、ほとんど雲のない秋空が広がっていた。

九月の開館時間は八時半から十七時までで、観光客は入り口の左手にある「受付」で料金を払うシステムだった。案内の自立看板に「のぼれる犬吠埼灯台」と書かれていることが、森本の心を一層重くさせた。

森本は、灯台や展示室の建物から三十メートルほど手前にある受付ボックスの、四十過ぎくらいに見える女性に話しかけた。幸い観光客は少なく、その女性は所在なさそうに座っているだけだった。

森本はこのとき、自分の強運に少々驚いていた。この受付係の女性との会話から、彼女がある理由から、警察の要請で遺体の顔を確認していたことが判明したからである。

「まったくひどい目に遭いましたよ」

森本から名刺を受け取った受付係は、二日前の興奮がまだ覚めやらぬように緊張した口調で話し始めた。

警察は、閉館間近のタイミングで料金を払って入場した二人の女性についてかなり執拗に質問したらしい。入場は午後五時までとなっているのだが、実際には、見学時間を三十分ほど見込んで、午後四時半を受付終了時刻にしているという。

そして、その二人の女性が姿を現したのが、まさにちょうどそれくらいの時刻だったのだ。そのため、「あと三十分ほどで灯台も展示室も閉館になりますが、よろしいですか？」と念を押すと、一人が「大丈夫です」とだけ答え、二人分の料金を支払ったという。

ただ、それだけのやり取りで、受付係は二人の顔もろくに見ておらず、二人の服装や容姿などほとんど記憶になかった。二人はそのまま、螺旋階段に通じる灯台の入り口まで歩いて行った。

森本が読んだ地元新聞の記事によると、翌日の午前八時過ぎ、灯台と旧霧笛舎《むてきしゃ》の間の敷地内に、顔から激しく出血し、うつ伏せに倒れている女性を通りかかった男性職員が発見し、警察に通報している。パトカーと救急車が駆けつけたとき、女性はすでに絶命しており、救急車で搬送されることもなかった。

女性は二十代後半から三十代半ばの年齢に見え、黒のジーンズに薄ピンクのTシャツというごく平凡な服装で、紺のリュックを背負っていた。警察によって、リュックの中の遺留品が調べられ、スマホが発見されている。そこから、女性が西岡加奈子であることが判明したのだ。

加奈子の倒れていた位置から、灯台の展望台の東側の柵を越えて落下したものと推定された。しかし、そこには特に争った形跡もなかった。

地面に叩きつけられたことによって生じたと思われる顔面の損傷以外は、人為的な打撲痕もなく、携帯も残されていたことから、自殺、もしくは事故の可能性が高いというのが、千葉県銚子署の刑事課から臨場した刑事たちの見立てだった。

念のため、嫌がる受付係を何とか説得して、遺体の確認が行われたが、それによって事態が変わるわけでもなかった。

「もちろん、私は嫌だったから何度もお断りしたんですよ。死んだ人には悪いけど、そんなもの、誰だって見たくないでしょ。でも、警察の人がどうしてもって言うんで、私も断り切れなかったんです」

「それは本当に大変でしたね。それでどうだったんです。そのご遺体は最後に入場した二人の女性のうちの一人だったんですか？」

森本は、赤の他人の遺体確認という途方もない不運に見舞われた受付係に同情しながらも、訊くべきことはきちんと質問した。

「刑事さんたちからも同じことを訊かれたんですが、そんなの分かりっこありませんよ。覚えているのは、『大丈夫です』と答えた声が比較的若かったというくらいで、顔なんかろくに見ていなかったんですから。刑事さんたちには、それだけじゃなく、閉館時間の午後五時の直前に退場したお客さんの中に、その二人がいたかどうかも訊かれたんですけど、それもそもそも無理な質問なんですよ。午後五時に閉館と言っても、アナウンスが流れるわけでもなく、みんなバラバラに帰って行くんです。ご覧のようにこの受付は建物の中にあるんじゃなくて、外にあるわけですから、帰りのお客さんがこの前を通るとは限らず、この裏を回って出て行っちゃう人もいるんですよ。だから、警察の方には申し訳ないけど、私は二つの質問に、はっきりと『まったく分かりません』とお答えしたんです。警察の人たちはがっかりした顔をしてましたけど、分からないものは分からないんで、仕方ないですよね」

森本は、まだ話したそうにしている受付係に丁重に礼を述べ、入場料の三百円を払うと、灯台入り口横の展示室などには目もくれず、まっすぐに展望台に通じる螺旋階段の入り口に向かった。

森本はかなり驚いていた。その螺旋階段は勾配がきつい上、幅も狭いのだ。降りてくる人間がいたら、すれ違うのも困難と思われるほどだった。ただ、幸い他に人がいなかったので、この螺旋階段を登りながら、森本は冷静に頭の中を整理することができた。

受付係は、遺体がその二人の客のうちの一人であることを確認できず、かといって、閉館時間に二人とも外に出て行ったかどうかも確認できていないのだ。そうであれば、その二人の客は事件とはまったく無関係である可能性も依然として残る。

つまり、閉館間際のタイミングでやってきた客にこだわることは、かえって事件の真相を歪める可能性さえあるのだ。しかし、警察ならずとも、それが気になる情報であることは否定できなかった。

森本は九十九段の螺旋階段を展望台まで登り切ったとき、かなり呼吸が乱れているのを感じた。そして、ここでもまた、デッキの幅がおそろしく狭いことにも、驚かされた。

円形の展望台は、横に並べば二十人程度は入れるかも知れなかったが、ステンレス製の安全柵と灯台の胴体との間隔は一メートル程度で、その狭いスペースに人が立てば、通り抜けるのもやっとという印象だった。白いチョークの、現場検証の痕跡も残っていたため、加奈子の落下推定位置も確認できた。しかし、その部分が特に他の空間と異なっているわけではなかった。

展望台から見える海と空の景色は実に美しく、沖を行く船や空を舞うカモメさえまるで静止しているようで、緻密な点描画のように見えた。その風景から、犯罪を連想するのは難しかった。

柵の高さは、平均的な身長の男性の少なくとも胸元近くまであり、そこに摑まって跳び上がり、鉄棒の前回りのように上半身を乗り出す姿勢を取らない限り、そこから誤って落下するとも考えにくい。しかし、この思った以上に狭い空間で、誰にも気づかれず、故意に突き落とすことは、もっと難しいように思われた。

だからこそ、刑事たちは最後に駆け込みで入場した二人の女性客に注目したのだろう。閉館間際であったため、ここにいた人は少なかったはずだ。あるいは他に誰もいなかった可能性もあり、そういう状況でなら、殺害行為も不可能ではないように思われたのである。実際、閉館間際でもない午後の時間帯でも、森本が円形の展望台を一巡してみたところ、他に客はたった二名しかいなかった。

そうであれば、天候が悪く、しかも閉館間際だったことを考えると、そのときこの狭い空間にいたのは、その二人の女性客だけだった可能性もあるのだ。しかしその推測も、被害者が最後に入館した二人のどちらでもないということになれば、まったく無意味だった。

全国紙の地方版、あるいは一部の地元紙がこの事件を報じていたが、どの記事も断定はしていないものの自殺か事故を前提とした書き方で、殺人の可能性を示唆するものは皆無だった。そして、この事件の続報は今のところ、出ていなかった。

10

由起との五回目の接見。森本にとって、もはや回数の問題ではなかった。森本自身が敗北宣言をしてもいいので、本当のことを教えて欲しいと由起に頼みたい心境だった。

しかし、いざアクリル板越しに由起の顔を見ると、森本の強気が顔を出してしまい、奇妙にギクシャクとした会話に引き込まれてしまうのだ。

そもそも、森本自身が由起から何を聞き出したいのか分からなくなり始めていた。加奈子の死が森本に与えた心理的影響は、やはり小さくはなかったのだろう。殺人の可能性を疑っているのは、自分自身の罪の意識から逃れるためだとさえ思われた。

殺人であれば、森本にとって加奈子の死は不可抗力であり、自分の責任の比重が大きくなる自殺に比べて、罪の意識が少なくとも軽減されるのは確かだった。ただ、その場合、別の心理的負荷が掛かってくるのは否定できなかった。

先日の、銚子署の刑事課での事情聴取は、最終的には四時間を超えた。会話のほとんどが、不毛な押し問答だった。ただ、一つだけ、双方にとって、きわめて重要な情報が開示された。

まず、山下のほうから加奈子の貸金庫の話を持ち出してきたのだ。実は警察が加奈子の銀行口座をチェックしたところ、預金口座以外に貸金庫を借りていることが判明した。そのため、信金に確認すると、加奈子が死亡する前日に、すでにその貸金庫は加奈子自身によって開けられていたことが分かった。捜索差押《さしおさえ》許可状を取ってその貸金庫を開いたが、ボックスの中には何も入っていなかったのだ。

警察がここまでやっているということは、やはり加奈子の死については、最初から事件性を見ており、山下が当初、それを隠していたとしか思えなかった。

この情報を山下から教えられ、さすがに森本も、そこに入っていた重要書類なるものが、加奈子が浦野から預かったものであることを山下に伝えていた。警察はさらに加奈子の自宅アパートにも家宅捜索を掛け、この書類を探したが、今のところ発見されていない。

加奈子の死が確認されたあと、もう一度住谷に会うべきなのは分かっていた。実際、森本は、由起と住谷のどちらにも会わなければならないと思いつつ、順番的にはどちらを優先させるべきか迷った。

結局、先に由起に会うことに決めた。それは、合理的な判断というよりは、心理的負担の問題だった。

由起に会うのは、今やルーティーンそのものであり、それによって確実に生じるイライラ感も、そのルーティーンの一部になりつつあった。それに比べて、住谷ともう一度会うことは、眼前にそびえる絶壁に挑むような過剰な負担に感じられたのだ。

その日の由起の服装は、黒のデニムに白いTシャツという地味なものだった。その服装と同様、由起はいつもの様子とは少し異なり、どこか沈んだ雰囲気だった。アクリル板の向こうに見える由起の顔も、寝不足のようにむくんでいて、体調が良さそうには見えない。

「体調はいかがですか?」

「別に、悪くありませんけど」

「詐欺事件の裁判はどうですか? 二回目の公判が終わったばかりですね」

「別に」

「別に、って?」

「あんな裁判、どうなったって関係ないし」

ここでようやくいつもの由起らしさが出た。ただ、それはそうだろうと森本も思った。

「ところで、坂井さん、以前にあなたにもお話しした、『銚子クレイドル』の元職員の西岡加奈子さんが、犬吠埼灯台の上から落ちて亡くなりました」

「亡くなった? 殺されたんですか?」

表情に変化はなかったが、口調にはそれなりの驚きが表れていた。

それにしても、あまりにも直截《ちょくせつ》な質問に、森本はたじろいでいた。自殺かどうかを訊くほうが普通に思えたのだ。

「どうして殺されたと思うの? 事故か自殺か、あるいは他殺かも分かっていないんですよ」

「だって、先生の動きが分かっていれば、社長を殺した真犯人が彼女を口封じで殺すんじゃない? まさかそこまでやるとは思わなかったけど」

由起の口ぶりからは、この事態をある程度予測していたようにも思えた。

森本は、口封じというありきたりの言葉よりも、先生の動きという言葉のほうに注意を引かれた。確かに、野島を殺したのが由起ではなく、別に真犯人がいるとしたら、その人物が森本の調査活動を脅威に感じるのは当然だろう。

しかし、調査活動という言葉を広く解釈し、三船弁護士や上原まで含めれば、森本の動きを知っている者は相当数に上る。ただ、弁護団の他のメンバーを除けば、何と言っても、森本の調査活動を一番仔細《しさい》に、しかもタイムリーに知っているのは、他ならぬ由起自身なのだ。

「私の動きが一番よく分かっている人は誰だと思います?」

森本はあえて意地悪な質問をした。心の内部に眠る、由起に対する潜在的悪意を、森本自身、けっして否定する気はなかった。

「それは私ですよ。でも私、弁護士の先生方を除けば、外の誰とも連絡を取れないんですよ。まだ、接見禁止は続いているし」

由起の言葉に森本は思わずうなずいていた。実を言うと、漠然とではあるものの、由起と通じている者が加奈子を消した可能性が頭の片隅にはあったのだ。

だが、疲労のせいか、森本の思考にも多くの穴が存在していたようだ。接見禁止という言葉が完全に抜け落ちていた。

由起が弁護人以外の誰にも会えない以上、第三者に森本の動きを伝え、その情報を受けた外の誰かが加奈子を殺害することは、ほぼあり得ないように思われたのである。

「あなたのことは、まったく疑っていませんよ。弁護人が依頼人を信頼できなくて、どうするんです?」

森本は明らかな嘘を吐いた。どう考えても、森本は由起を未だに疑っているのだ。

「本当に疑ってない?　怪しいな」

「本当ですよ。それにこれは他殺ではなく、自殺の可能性もあるんです」

わざと心にもないことを言ったのは、分かっていた。加奈子の死と共に、貸金庫の重要書類が消えたことを知ったとき、森本はほぼ他殺であることを確信した。銚子署の刑事課も、明確に殺人を視野に入れて、捜査を開始しているらしい。

「いえ、絶対他殺だと思います」

由起の表情は、恐ろしく真剣に見えた。それは森本には意外だった。だが、森本はあくまでも中立的な立場を装って訊いた。

「絶対？　どうしてそんなことが言えるの？」

「警察は、自殺にしたいだけですよ。他殺だったら、社長を殺した真犯人の犯行の可能性が出てくるし。それじゃあ、警察としては、私の裁判のことがあるから困るからじゃない」

「でも、あなたの言うように、土倉真希絵さんが野島さんの事件に関与しているとは、私にはどうしても思えないの」

「先生、まだ真希絵にこだわってるんですか？」

「何言ってるの！　彼女の疑惑を言い立てたのはあなたのほうでしょ」

森本は啞然としていた。こんな自己矛盾を平気で自らに許しているこの女の頭の中は、いったいどうなっているんだ。森本は、心の中で絶叫していた。

「でも、先生は真希絵のことを調べても、証拠を摑めなかったんでしょ。それならそれでよくないですか？」

「それ、どういう意味？　あなたが彼女に対する疑惑を取り消すってこと？」

いつもの切り口上が丸出しになっているどころか、まるで教師が生徒を叱りつけるような口調だった。だが、今回は、由起の反応はいつもとは違っていた。例の薄気味の悪い笑みを浮かべることともなく、真剣な表情を崩さず、まっすぐに森本の目を見つめてきたのだ。

「というか、真希絵の闇なんて、先生が調べてすぐ分かるような底の浅いものだったということなんじゃないですか。その先に、先生にとって、死角になっているもう一つの別の闇があるかも知れないし」

「言ってることが分からないんだけど。その先にある別の闇って何ですか？」

今度は皮肉な口調に切り替えた。自分の苛立ちを表現するために、あらゆる修辞法を総動員している気分だった。由起が一瞬、黙り込んだ。だが、その真剣な表情に変化はない。

「言葉ではうまく説明できないんだけど、先生の調査では、真希絵の足は『銚子クレイドル』で止まっているわけでしょ。でも、住谷って人は、中学生が昔、そこで泊まったことがあることは認めているわけですよね。だったら、その先をさらに調べることも大切じゃないですか。例えば、児童相談所に訊いてみるとか。私も中学の頃、けっこうヤンキーだったから、何回か児童相談所のお世話になったことがあるし。もちろん、それは福岡の児童相談所のことで、銚子の児童相談所のことではないですけど」

森本は、由起の口から児童相談所などという言葉が出たことを意外だと感じていた。

しかし、考えてみれば、森本は加奈子からも、現在、「銚子クレイドル」を訪ねてくる未成年者には、職員が児童相談所に行くように勧めていると聞いたのだ。二人の人間の口から、児童相談所という言葉が出たことは、無視できなかった。

ジソウ。そういう短縮形で呼ばれることが多いこの機関名は、特に、少年事件を扱う弁護士たちが日常的に口にするものだった。森本自身は、少年事件を扱うことはあまりなかったが、周囲の女性弁護士には少年事件を主として扱う弁護士もかなりいて、ジソウは普段から聞き慣れている言葉だった。

しかし、確かに由起が中学の頃、非行歴のある少女だったのであれば、由起の目線でも児童相談所はそれほど遠い存在ではないことは十分に考えられるのだ。

「ジソウねえ。分かった。調べてみます」

森本は妙に歯切れの良い口調で言った。実際、ジソウという言葉が、何かの希望の光のようにも感じられていたのだ。だが、由起のほうは、逆に、ジソウという短縮形が理解できなかったのか、一瞬、虚を突かれたような表情を作っていた。

「ねえ、それと先生、浦野さんの運転履歴の件、まだですか？」

「ああ、その件なら、人に頼んで、今、調べてもらっているの。もうすぐ返事が来るはずです」

さりげなく答えたものの、心の中では、深いため息をついていた。嘘を吐いたわけではない。三日前、森本はかつての恋人で、現在、東京地検の検事をしている長谷川忠之に電話して、浦野の運転履歴を調べて欲しいと依頼していたのだ。

正直、気が進まない依頼だったため、かつての長谷川の携帯番号が変更されて、通じなくなっていることを願ったほどだ。

だが、電話は森本の意に反してあっさりと通じ、すぐに長谷川の声が出た。森本が電話してきたことを意外に思っているようだったが、優しい性格の長谷川は、その依頼にもすぐに応じてくれた。ただ、そういう調査はいったん警視庁の所轄の刑事に頼み、そこから千葉県警交通部運転免許本部に問い合わせが行くので、その分、少しだけ時間が掛かるという。

しかし、森本はかつての恋人にそんな依頼をしたことにより、大きな借りを作ったような気分に駆られていた。昔の男女関係のコネまで使って由起の要求に応じたことに、やはり何とも言えぬ自己嫌悪を感じていたのだ。用のあるときだけ連絡してくる森本を、長谷川はさぞかし冷たい女だと感じているだろうと思って、森本はますます落ち込んでいた。

そもそも、そういう労力を使ってまで調査する価値がある情報とも思えなかった。それによって得られる情報は、せいぜい、交通違反や交通事故の記録であり、その結果、浦野が免許を取り消されていようが、免停になっていようが、状況はたいして変わらないはずである。

従って、由起が浦野の運転履歴に、それほどこだわることが不思議でならないのだ。

「でも、それが分かったとしても、状況にそれほど重要な影響が出るとも思えないんだけど。だから、どうして、あなたがそのことにそんな風にこだわるのか、私はその理由が知りたいの」

「記録そのものに意味があるんじゃありません。でも、先生にある状況を分かって欲しいんです。そしたら、先生はまた思いもよらない別の疑惑にたどり着くかも知れないでしょ」

由起の言葉からため口的な語尾が消え、その口調はいつになく真摯な響きを帯びていた。いささか予言的にも聞こえる発言だった。森本は、由起は浦野の運転履歴の内容を知っていると感じていた。

しかし、何故それを森本に直接告げず、森本自身を誘導して調べさせようとするのか、その意図は相変わらず不明のままだった。

第五章　怒り

1

水沼薫《みずぬまかおる》はかなり太り加減の体型で、丸顔の人の良さそうな雰囲気の女性だった。森本にしてみれば、話しやすいタイプの相手だ。薫の携帯番号は、どうやら芝山が山下刑事から聞き出したらしく、その情報を利用して薫に接触するのは、多少の抵抗があった。だが、時間的余裕がなく、結局、森本はその番号に連絡して、面会の約束を取り付けていた。薫は加奈子の短大時代の同級生というのだから、おそらく加奈子と同い年だろうが、眼鏡を掛けない童顔は、実際の歳よりだいぶ若く見える。

二人が話していたのは、初めて路上で声を掛けた加奈子を誘ったのと同じファミレスだった。午後三時過ぎで、食事の時間帯ではないので、店内は空いている。薫は「お好きなものをどうぞ」という森本の勧めに従って、クリームパフェを注文した。

その豪華で派手な外観と、深刻な話とのミスマッチは否めないが、それはそれで双方の緊張を解きほぐす役割を果たしているように思われた。

森本はドリンクバーを注文したが、ドリンクコーナーからコーヒー一杯しか持って来ていない。二人がこの店で会ってから三十分近くが経過し、薫はあらかたクリームパフェを食べ終わっていた。彼女がそれを食べている間に、森本は大雑把に面会趣旨を話していた。

「加奈子が悩んでいたのは、弁護士さんのことではないと思います」

薫はずばり断言した。森本はすでに、加奈子が浦野の恐喝事件について森本にしつこく訊かれて精神的に参ってしまったという話を、銚子署の山下から聞いたことは伝えてあった。

「そうですか？　では、何を一番、悩んでいたんですか？」

森本は、できるだけ誘導的な質問は控えるつもりだった。

「『銚子クレイドル』の代表から、毎日、脅しのような電話が掛かってくると言ってました」

「脅しのような電話？　具体的にはどんな内容だったんですか？」

「最初は私にもあんまりはっきりとは言わなかったんだけど、亡くなる前日の夜、加奈子と電話で話したときには、その恐喝を行っていた浦野さんからどんな話を聞いたのかと、代表にしつこく尋ねられて、もしそれを他の人に話したら大変な神の罰を受けると言われたって」

「神の罰って言うと？」

「加奈子の解釈では、殺すって意味だろうと言っていました」

森本は、まず時系列的に整理する必要を感じた。

「加奈子さんが亡くなったのは九月二十九日ですよね。その前日というと二十八日の夜ということですか？」

「ええ、土曜日の夜です。その翌日、加奈子は犬吠埼灯台から転落死したんです。死体が発見されたのはさらに次の日ですが」

森本は薫の記憶力が、かなり確かだと判断していた。細かい質問でも、それなりの答えが返ってきそうな予感があった。

「加奈子さんは、浦野さんからどんな話を聞いたのかと、住谷代表に詰問されたと言ったのですね。浦野さんにどんな話をしたか、ではなくて」

ここは大事な点だったから、森本は一語一語を区切るように、ゆっくりと丁寧に話した。

「ええ、そうです。浦野さんからどんな話を聞いたのかをしつこく尋ねられたって、言ってました。だから、それを加奈子も不思議がっていたことが、印象に残っているんです。『銚子クレイドル』のどんな情報を外部に漏らしたかを訊かれるなら分かるけど、浦野さんからどんな話を聞いたのかと尋ねられるのは、意味分からないって言って、彼女はかえって不安がっていました」

森本の質問の趣旨をきちんと理解した明瞭な回答だった。

「そういう内容の話は、それ以前の電話ではしていなかったのですか？」

「ええ、住谷って人から電話が掛かって嫌だとは言ってましたが、具体的な内容は言ってませんでした」

「実は、私も九月二十五日に加奈子さんにお会いしてるんですよ。そのことについては、彼女、何か言ってませんでしたか？」

「ええ、知ってます。その日の夜も、加奈子から電話が掛かってきて、弁護士さんに会ったけど、思ったよりいい人だったと言っていました。だから、私は絶対、弁護士さんのせいで彼女が自殺を決意したんじゃないと思っていたんです」

森本は苦笑しながらも、若干安堵していた。私はいい、いい人なんかじゃない。心の中でいつものように独白していた。それにしても、まさかクリームパフェの効果でもあるまいと自虐的に考えつつ、これだけしっかりとした受け答えができる薫の話が嘘とも思えなかった。

「今の話は、全部、警察に話したんですよね。加奈子さんからの最後の電話のことも含めて」

「ええ、もちろんです」

「警察があなたの所に連絡してきたのは、いつですか？」

「加奈子の死体が発見された日、つまり三十日の夜、私の家にやって来て、二時間くらいいろいろと訊かれました」

ということは、森本が山下から事情聴取を受ける前だから、山下はあの時点で十分な情報を持っていたことになる。それにも拘わらず山下が、森本のしつこい質問で加奈子がうつ状態にあり、それがきっかけになって自殺したような説明をしたのは、森本に心理的な揺さぶりを掛けるために、明らかな嘘を言ったとしか思えなかった。

「でも、私、加奈子が自殺することを親友として止められなかったことが、悔しくて仕方がないんです」

不意に感情が激したように、薫が脇に置いてあったブルーのバッグからハンカチを取り出して、目頭を押さえた。森本も、うなずきながら、優しく話しかけた。

「その気持ち、本当によく分かります。私も二十五日にお会いしたときに、もっときちんと話しておけばと思うと――」

薫は加奈子が自殺したと信じ込んでいるようだった。おそらく、薫に接した銚子署の刑事がとりあえずはそう説明したのだろう。

貸金庫の話は、薫の口からはまったく出なかった。加奈子も、その話を薫にはしていないのだろう。森本の立場からしても、警察の捜査状況にも関わるそんな重要情報を、薫に話すわけにはいかなかった。

神の罰。森本はその言葉を反芻しながら、住谷の顔を思い浮かべていた。

2

森本が羽田空港第二ターミナルの出発ロビーに到着したのは、午後三時過ぎだった。旅行に行くわけでもないのに羽田空港に来たのは、初めての経験だった。

十月二日、住谷から「芝山法律事務所」に電話があり、森本に連絡を取ってきたのだ。森本が渡した名刺には携帯番号は書かれておらず、「芝山法律事務所」の固定電話の番号だけが書かれていたため、住谷のほうから連絡を取るとしたら、その方法しかなかったのだろう。

森本から「銚子クレイドル」に頻繁に電話が掛かっていて、森本が住谷に連絡したがっているのは、職員から聞いて知っていたようだった。

そして、森本の面会要求に対して、翌日の午後二時過ぎであれば、羽田空港で一時間程度なら話すことができるという返事が返ってきたのだ。

その日、北海道の旭川から羽田に戻ってきて、さらに熊本まで飛ぶのだが、乗り継ぎ時間が二時間ほどあるので、その間に、立ち話でもよければ、会うことが可能だという。森本にしてみれば、きわめて深刻な話になる可能性があるのに、立ち話ということには、多少とも抵抗があった。

しかし、住谷が指定した、第六時計台前の全日空チェックイン・カウンター前に来てみると、周辺は想像以上の雑踏と人々の話し声で殷賑《いんしん》を極め、むしろ、どこかの店に入って話すよりも安全にさえ思われた。誰も周りの会話内容など気にしていないような環境なのだ。

「森本先生」

森本がチェックイン・カウンターの人々の列に目を凝らしていると、背中から声を掛けられた。振り返ると、住谷が立っていた。黒い中型のリュックを背負い、ジーンズに白いパーカーという服装だ。

「もうチェックインは？」

「ええ、済ませました」

二人はまるであらかじめどこで話すか決めていたかのように、それ以上の言葉を交わすことなく、自然に歩き出した。
一、二分ほど移動し、国際線到着ロビーとの境目くらいの位置で、二人は立ち止まった。おあつらえ向きの環境に思えた。若干、減ったものの、まだ相当数の人々がいる。

しかも、到着ロビーから出てくる人々が圧倒的に多くなっており、そのほとんどが外国人で、英語、中国語、韓国語などが飛び交っている。

「あまり時間がないので、早速、本題に入らせてもらいます。西岡さんが、亡くなられたことはご存じですよね」

森本は立ち止まるとすぐに、声を落として言った。

「ええ、警察からの電話で知りました」

住谷は冷静そのものだった。

「では、もう警察の事情聴取は受けられたのですか?」

「いいえ、警察からは事情聴取を要請されましたが、お断りしました。電話で一応、西岡さんを解雇した理由を説明しましたし、警察署に出向いたとしても、それ以上、話すことはありませんから」

「解雇した理由って、あの外国人の――」

「いいえ、もちろん、そんな具体的なことは私のほうからは一切言いません。法人内の機密情報を外に漏らしたので解雇したと説明しただけで、詳しいことは申し上げられないとはっきり言っておきました」

「それで、警察は納得したんですか?」

「さあ、それは私には分かりません。でも、西岡さんが解雇された理由なんて、彼らは私から聞かなくても、すでに知っていたと思いますよ」

住谷はそう言うと、じっと森本を見つめた。森本が話したと疑われても仕方がない状況なのは、分かっていた。ここははっきりと言ったほうがいいと、森本は判断した。

「いいえ、私は警察から事情聴取を受けましたが、そんなことは警察には話していませんよ」

「もちろん、先生が話したなんて、思っていません」

そう言うと、住谷は微笑んだ。それから、どこか抑揚のない声で言葉を繋いだ。

「ただ、そんなことはこれまでの経緯から言って、警察には推測可能だろうという意味です。それに、警察も自殺ということがはっきりしているので、それほど熱心でもないんです。私が事情聴取をお断りしたあとも、特に何も言ってきませんから」

「自殺ということがはっきりしている？」

森本は思わずその言葉を繰り返した。森本にとっては、むしろ、他殺ということがはっきりしているのだ。

住谷の言っていることは、警察が貸金庫情報を手に入れる前の状況に思われた。だとすれば、警察の最新情報を捉えているとは言えないのだ。一方で、住谷がそのさらに先を行っていて、貸金庫の件に関しても、すでに十分な対応を済ませているようにも思われた。

「とても聞きにくいことなんですが、住谷さんは、西岡さんを解雇したあとも、電話で彼女と話し、問い詰めることもあったようですね」

実際に薫が用いた「脅しのような電話」という強い言葉を避け、「問い詰める」という言葉に置き換えたつもりだった。しかし、その言葉でさえも十分な棘を持っていることは、森本もはっきりと意識していた。予想通り、住谷はその言葉に過敏に反応した。

「問い詰める？　電話で何度か話しましたが、問い詰めたつもりはありません」

「では、神の罰というのはどういう意味で仰ったのでしょうか？」

ひっきりなしに各航空会社の地上職員のアナウンスが流れているため、慌ただしく落ち着かない雰囲気が続いていた。

「その話、どなたからお訊きになったのでしょうか？」

森本はこの瞬間、住谷の刺すような視線を感じた。ただ、その表情は特段に変化したわけではなく、一定の冷静さを保っているように見える。

「それは申し上げられません。ただ、西岡さんご自身から聞いたわけではないことは申し上げておきます」

「そうですか。彼女ならおそらく、他の人にもそんな話をしたのでしょうね。私はその言葉で彼女の考え方が間違っていることを教えたかっただけです。外国人の不法滞在者は、別にそうしたくてそうしているわけではないのです。そういう他人の心の痛みの分からない人は、神の罰を受ける。きっとそんな文脈で申し上げたんだと思います」

「しかし、西岡さんはもう少し、具体的な脅迫めいた意味合いで受け取ったんじゃないでしょうか」

ここでついに脅迫という言葉が飛び出した。抑えていたものが抑えきれず、半ば無意識に発せられた言葉だった。

「脅迫めいた？　まさか私が殺すと脅したとでも？　だとしたら、それは彼女の国語力の問題です」

住谷が毅然として言い放った。その言葉には、明らかな怒気が含まれていた。

それにしても、国語力の問題か。それは死んだ加奈子に対する批判でありながら、もちろん、その言葉の鋭い切っ先が森本にも向けられた強烈な皮肉であることは分かっていた。いつになく、住谷が好戦的であるのを森本は感じ取っていた。

森本がその言葉にどう対応しようか考えて、一瞬躊躇した間隙を捉えるように、住谷が言葉を繋いだ。

「でも、だとしたら、確かに、それは殺人かも知れませんね」

「えっ？」

そう言ったきり、森本は絶句した。すぐには意味が理解できなかった。だが、とにかくその住谷の発言は異様に響いたのだ。森本は住谷の顔を窺うように見た。その無表情の向こうに、得体の知れない気味の悪さが、蜃気楼のように浮かんでいた。

「私の言葉が彼女を殺したのです。でも、私は後悔なんかしていません」

この瞬間、森本の体内を悪寒が走り抜けた。言葉が人間を殺す。そんなことがあり得るだろうか。森本は心の中でつぶやいていた。

「私には、その言葉は住谷さんらしくないように聞こえるんですが。恵まれない人々や被災された方々のために、こんなに体を張って、ボランティア活動をされている方が、一人の人間の死について後悔しないなんてことがあり得るでしょうか」

森本としては、できるだけ感情の高ぶりを抑えて言ったつもりだった。住谷が、本当は後悔していると思いたかったのかも知れない。

「一人の人間の死を後悔しないのではありません。私は自分の言動を後悔しないと言ったのです。私は西岡さんのような考え方の人間が一人でも減ることを願っています。ああいう考え方の人間が、無自覚に間接的に、多くの人々の命を奪っているんです。人を救わない者に、存在する意味はありません」

住谷の話し方はあくまでも冷静だった。しかし、その冷静さがその発言の過酷さを一層際立たせているように感じられた。

「それは違いますよ。西岡さんは、率直な意見を述べる人でしたけど、人権意識はきちんと持っていたと思います」

さすがに、森本も気色《けしき》ばんだ口調で言い返さざるを得なかった。もちろん、あの程度の加奈子との会話では、彼女が何を言いたかったのか、正確に分かったわけではない。森本はむしろ、加奈子の言葉の中に、利己的な響きも感じ取っていた。

従って、煎じ詰めて言えば、それは加奈子の主張というよりは、森本自身の意見だったのかも知れない。

森本は、以前の面会の際に見せた住谷の涙は何だったのか、分からなくなり始めていた。今日の住谷は、無慈悲で狂気じみてさえいる。

「神はバランスなどお求めになりません。神がお求めになるのは、絶対的な確信だけです。西岡さんだけじゃありません。道を間違えれば、神の罰は私にも、そして、あなたにも下るんです」

不意に周囲の音声が途絶えた。住谷の目が異様に濁った光を発し、その瞳の奥に毒蛾《どくが》の陰影が映ったように思えた。森本の心臓が強い鼓動を刻み始めた。

果たして、これは脅迫なのか。住谷がこれまでに一度も見せたことがない表情だ。住谷ではなく、別の人間がそこに立っているような錯覚が生じそうだった。

「でも、私はあなたと議論するつもりはありません。私の信念をお話ししたまでです」

そう言うと、住谷はにっこりと笑い、腕時計を見た。いつもの住谷の表情が復活していた。同時に、森本の耳にも周囲の喧噪が再び聞こえ始めた。

森本は、骨の中まで染みこんだ恐怖を必死で振り払い、訊くべきことを最後まで訊くしかないと決意していた。

「これも情報源は申し上げられないんですが、西岡さんがあなたと電話で話したとき、浦野さんにどんな情報を漏らしたかではなく、浦野さんからどんな話を聞いたのかをしつこく尋ねられたことを、ひどく気にしていたらしいんです。西岡さんが浦野さんに、『銚子クレイドル』に関わるどんな情報を漏らしたのかをあなたが心配するなら分かるのですが、西岡さんが浦野さんから何を聞いたのかをあなたが心配するのは、私にもいささか違和感があるんです。いや、違和感というより、不思議だと言ったほうがいいのかも知れません」

「そんなこと、私は西岡さんに訊いていませんよ。それもきっと、西岡さんが私の言うことを誤解して、誰かに話したのだと思います。浦野さんが『エステート野島』の中のどんな情報を西岡さんに漏らしても、私には何の関係もありませんから」

厳しい口調でそう言うと、住谷は森本に背を向けてゆっくりと来た方向に戻り始めた。それが会話の終わりを告げる意思表示なのは、明らかだった。

「住谷さん、最後にもう一つだけ質問させてください」

森本は追いすがると、住谷の背後から執拗に声を掛けた。住谷が振り返った。

「九月二十九日はどこにいらしたか教えていただけないでしょうか？」

どう考えても、森本が住谷のアリバイを尋ねているのは、露骨に分かるはずだ。だが、この無礼極まる質問に対しても、住谷は取り乱すことがなかった。

「その質問、電話で警察にも訊かれました。その日、私は墨田区が主催する日曜講演会で、『ベルモンド東京錦糸町』というイベント会場にいて、午後一時から一時間ほどボランティアについての講演を行っていました。よくお調べになってください」

住谷の顔には余裕さえ浮かんでいる。森本は打ちのめされた気分になった。調べればすぐに分かる、そんな嘘を住谷が吐くとは思えないから、それはおそらく事実なのだろう。

ただ森本は、住谷がその日その時刻にそこで講演をしたのは本当だと思いつつも、錦糸町という位置を考えると、絶対に午後四時半頃、住谷が犬吠埼灯台の受付に現れることが不可能だったのか、車と電車の両面から、検証してみる必要はあるだろうと感じていた。しかし、森本はこの場ではそれ以上の質問は控えざるを得ないと判断していた。

「分かりました。住谷さん、本日はお忙しい中、お時間を割いていただきありがとうございました。ボランティア活動、頑張ってください」

　森本はできるだけ自然な口調で言った。住谷に対する疑念はまったく消えていなかったが、住谷のボランティア活動を応援する気持ちがあるのも嘘ではなかった。

「すみません。時間がなくて。森本先生もいつか、私どもと一緒にボランティア活動に参加していただけることを期待しています」

　単純な皮肉とも思えなかった。もちろん、本気で言ったはずもないだろう。

　住谷の顔には、一見おだやかな笑みが浮かんでいる。だが、森本は情性欠如という言葉を思い浮かべた。その表情から、感情の起伏が完全に消えているように思えたのだ。森本は何かを言おうとしたが、結局、適切な言葉が思いつかず、曖昧に微笑みながら、頭を下げただけだった。

　住谷は踵を返して、足早に歩き出した。森本は、異様な緊張から解き放たれて、半ばほっとしたような気分で、遠ざかっていく白いパーカーの背中を見送った。

　森本は、モノレールを使って浜松町に戻り、そこから東京駅経由で四ツ谷駅に行き、実家で一泊するつもりだった。今日はこの一件だけで東京に出てきており、それ以上の仕事はなかった。

　モノレールのプラットフォームに立ったところで、森本のスマホが鳴った。提げていた黒いバッグのサイドポケットから、スマホを取り出して応答した。

「ああ、長谷川さん」

　森本の元恋人の、というか、その日の電話の趣旨からすれば東京地検の長谷川検事からの電話だった。例の調査結果を知らせてくれたのだ。

「浦野俊介という人物に関する運転履歴ですが、免許を取得したのが二〇一一年の三月です。ただ、二〇一八年の一月から六月までの間、免停になっていますね。酒気帯び運転など違反点数がやたらに多くて、これは百八十日という最大の免停日数の適用です。その後は、ちょくちょく違反をしているものの、まあ、免停にはなっていません」

随分よそ行きの言葉遣いだったので、長谷川が検察庁から電話していて、そばに検察事務官がいるのだろうと推測していた。だとしたら、森本もそれに合わせて話す必要があった。

「ご連絡ありがとうございます。二〇一八年の一月から六月まで免停になっているんですね」

生真面目な長谷川は、その後の浦野の違反歴まで細かく話したが、森本は正直、上の空で聞いていた。森本にとって問題なのは、この一定の免停期間のことだけなのだ。

森本は由起が免許を取った日が二〇一八年の四月二十二日だということも正確に覚えていた。そして、野島が死亡した日が同じ年の五月二十四日だから、この期間は明らかに、浦野の免停期間に含まれている。水脈の話では、野島が由起の運転技術を心配して浦野に運転させていたというのは、おそらくこの期間のことを言っているのだろう。

それにしても、由起が免許を取ってから、野島が死亡するまでわずかに一ヶ月程度なのだ。この短い期間に、浦野と由起の関係が一気に深まるというのも、若干、不自然な気がしていた。浦野の遊び人ぶりが目立つために、そういう方向で解釈されがちだが、浦野が由起の車を運転していたのは、案外、別の目的だったような気がしてきたのだ。

森本は消えた二億円のことを考えた。浦野と由起は二人で、その金をどこかに運んでいたのではないか。野島が由起の運転を心配して、浦野を由起の運転手にしていたというのは、あくまでも表向きの理由で、目的は金の運搬にあったのではないか。その場合、運搬先が問題となるのは当然だが、それが「銚子クレイドル」であったと考えるのは、いくら何でも飛躍が過ぎるだろう。

しかし、そんな途方もない想像でもしない限り、浦野の免停の話は、あまりたいしたことには思えなかった。ある程度予想されたことであり、浦野が問題の多い人物であることを考えると、免停期間中であっても平気で運転していたことはあり得る。

　従って、由起が繰り返し、浦野の運転履歴を調べるようにと言ったのが、この免停のことだったとしたら、やはり森本にはたいしたことには思えず、その意味の理解に苦しむのだ。

「里奈、今度、また食事でもしない？」

　森本は、長谷川の声にふっと我に返った。長谷川が自分を名前で呼ぶ声が懐かしかった。

「長谷川さん、今、そんなこと言っていいの？　検察事務官が近くにいるんじゃない？」

「いや、今、トイレに立って、いなくなったよ」

　長谷川の笑い声が聞こえた。森本は、どことなく癒やされた気分になって、笑い返した。

「はい、また、是非連絡してね。今回は本当にありがとう。私、長谷川さんと本当に会いたくなることが、この頃、よくあるの」

　自分でも予想していなかった言葉だった。しかし、あらゆる事柄がせっぱ詰まっている森本にとって、その言葉はけっして嘘ではなかった。時間が空いているという意味では、ふと今晩会ってもいいと思ったのだが、さすがに森本のほうからは言い出せなかった。

「ああ、きっと連絡するよ」

　長谷川の明るい声が聞こえた。

　森本は長谷川の反応に十分に満足した。何もズブズブの関係になる必要はないのだ。少しずつ人間的な距離を詰めることができれば、それでいい。しかし、今日、長谷川に会うのはやはり性急に過ぎるだろう。

　それに、その調査報告の内容が、長谷川のせいではないとは言え、ある意味では期待外れだったため、このあとの時間を利用して、東京に住む文代に二度目の面会を申し込み、浦野のことを訊いてみたいと思いついたのだ。

3

「シャトー23」は小田急線経堂《きょうどう》駅から徒歩五分ほどの位置にある。定員三十名の比較的こぢんまりとした有料老人ホームで、小宮山文代がこの施設で働いているのだ。

文代は五年前に介護福祉士の資格を取得していた。その後、いくつかの老人ホームで介護職員として働き、今年からこの老人ホームのケアマネージャーに就任していた。かつて文代が銀座のクラブに勤めていた頃、常連だった警備保障会社の経営者が十年ほど前から有料老人ホームの経営に乗り出し、その人物が経営する老人ホームの一つだった。

それほど高級感があるわけではない、比較的カジュアルな雰囲気の施設で、玄関の自動ドアから中に入ると、自動検温器や消毒液、訪問記録ノートなどが置いてあるテーブルがあり、その上の壁にインターホンが設置されている。

森本は検温と手の消毒を済ませ、訪問記録ノートに記入すると、インターホンのボタンを押した。若い女性の声が応答し、森本が文代の氏名を告げると、しばらくして、文代の姿が内扉のガラス越しに見え、施錠が解除された。

文代が指定した面会時間は、午後七時だった。文代と共に中に入ると、すぐにフローリングのホールが見え、十名を超える入居者がテーブルに座り、テレビを見ながら食事を摂っていた。大半は自力で食事をしていたが、中には介護職員の付き添いが必要な者もいるようだ。

森本は文代に案内されて、左奥の、中央にあるテレビの位置からかなり離れたテーブルで文代と対座した。食事は午後六時から始まるが、文代の勤務時間は午後七時までで、既に勤務時間を過ぎているらしい。

「勤務時間が過ぎているのに、申しわけありません」

　森本はスマホに表示された時刻の数字を見つめながら、恐縮するように小声で言った。やはり、高齢者の施設らしく、かなり離れた位置のテーブルに座っている入居者の話し声はあまり聞こえず、テレビの音声が際立っている。二人の会話内容が、そのホールにいる他の人々にも聞こえるとは思えなかった。

「いいんですよ。退勤時刻にきっちり帰れる日なんて、ほとんどないんですから。こういうところって、入居者の方が転んだり、ベッドから落ちたり、いろんなことがしょっちゅう起こるんです。まあ、常駐のナースはいますが、ナースと介護職員だけに任せておくわけにはいかないことも多いんですよ」

　文代はサバサバした口調で言った。特に、声のボリュームを抑えているという感じでもない。その日の文代は、臙脂《えんじ》のTシャツにジーンズというラフな格好だった。それはそれでまた似合っていて、ずいぶん若々しく見える。

「あの小宮山さん、そうは言ってもそんなに長いお時間をいただくわけには参りませんので、早速本題に入らせてもらいます。今日、特にお訊きしたいのは、二〇一九年の六月に交通事故で亡くなられた浦野さんのことなんです」

「ああ、浦野さんね。あの方が亡くなったのは、社長が亡くなってから一年くらい経った頃だったので、私はもう銚子には住んでいませんでした。ですから、彼が交通事故に遭って亡くなったという話を人づてに聞いただけで、当時の詳しいことはあまり分からないわね」

「ええ、それはそうだと思いますが、私が知りたいのは、むしろ、野島さんが生きておられた頃のことで、二〇一八年の一月から、野島さんが亡くなる五月までのことなんです。特に彼の女性関係を知りたいんです」

「彼の女性関係？」

文代は森本の言葉を復唱したあと、甲高い笑い声を立てた。文代がどういう意味で笑ったのか、にわかには判断できなかったが、浦野の女癖の悪さを前提とした笑いのようにも聞こえた。森本も思わず苦笑した。

「まあ、彼は社長も顔負けのドン・ファンでしたからね。好みも似ていましたよ。浦野さんもやっぱり、ボン・キュッ・ボンの美人が好きなクチでしたから」

「すると、野島さんの周辺にいた女性で言うと、やはり、坂井さんか土倉さんですか？」

「そうでしょうね。他に誰がいます？　あとは若い女性と言えば、超がつくほど堅い水脈ちゃんだけだし、『エステート野島』の女性社員は他にもいましたが、みんな年齢的にはオバさんばかりでしたからね」

「正直に言いますと、坂井さんは浦野さんとの一時的な男女関係を認めているんです。どう思われます？」

「ああ、そうなの。知らなかった。でも、それって、社長が亡くなったあとのことじゃないですか？」

文代は特に驚いた様子もなく、ごく普通の口調で言った。水商売の世界をよく知っている文代から見れば、そんな男女関係には、何が起こってもおかしくないのだろう。

「はい、時期的にははっきりしないんですが、たぶん、そうだと思います」

「まあ、浦野さんとくっつく可能性があったのは、真希絵さんと由起ちゃんのどっちかと訊かれると、確かに由起ちゃんのほうでしょうね」

「やっぱり、そう思われますか。土倉さんは真面目過ぎて――」

「真面目？　とんでもない！」

文代が遮るように強い口調で言った。森本は若干、驚いていた。不必要なほど強い口調に思われたのだ。だが、森本は黙ったまま、文代の話を聞き続けた。

「水脈ちゃんみたいな子を真面目だと言うんだったら、真希絵さんはぜんぜん真面目じゃないですよ。ただ、プライドが異常に高いだけ。浦野さんなんかは、彼女の眼中には入らないんです。まあ、社長の場合は、学歴や社会的地位がなくてもお金をしこたま持っていて、『銚子のドン・ファン』と呼ばれて、テレビなんかでも持てはやされ、一時は有名人でしたからね。それなりに彼女のプライドを満足させたんじゃないですか。社長が由起ちゃんと結婚したあとも、真希絵さんが社長との関係を続けていたのは、お金の問題だけじゃなくて、プライドの問題でもあったんだと思いますよ。でも、私はああいう気位の高い子は苦手。逆に、由起ちゃんはまったく躾《しつけ》のできていない子だったけど、あれはあれで気楽でいいとこもあるんですよ。私も由起ちゃんにはむっとさせられることも多かったけど、なんやかんや言っても、それなりに付き合っていたから、別に嫌いではなかったんでしょうね」

　文代の話はやはり一定の客観性が担保されていて、信用できると森本は感じていた。由起や真希絵との付き合いから、森本が肌感覚で感じ取ったものを、実に的確に言い当てているように思われたのだ。

　森本は、文代がもっと多くの情報の引き出しを持っていることを期待していた。

「仰ることはよく分かります。それで、浦野さんと野島さんとの関係についても教えていただきたいんです。例の二億円が消えた話はご存じですよね」

「ええ、もちろん。あの話は『エステート野島』の社員の中で知らない人がいないくらい有名ですよ。でも、そのお金がなくなった時期や経緯については、正確なことは誰にも分からないんです。私も警察やマスコミからその話をしつこく訊かれましたけど、分からないとしか答えようがなかったんです。中には、私が取ったんじゃないかと蔭で言っている人もいるらしいから、まったく頭にきちゃいますよ。私にその二億というお金が入っていたら、今頃、こんなところでケアマネなんかしていませんよ」

文代が笑いながらこう言ったので、森本はひやりとした。「こんなところで」という表現は明らかに不適切で、その言葉がそのホールにいる入居者に聞こえたら、いかにもまずいと思ったのである。森本は思わず、周囲にせわしない視線を走らせた。だが、誰も森本たちの会話に耳を傾けているようには見えなかった。

「まあ、その二億円の件はともかく、私がお訊きしたいのは、野島社長が浦野さんをどの程度信用していたかということなんです」

森本は改めて仕切り直しをするように言った。

「まあ、信用していたか、していなかったかって言えば、まったく信用していなかったでしょうね」

いかにも文代らしい直截な断定だった。迷いの森に踏み込んだような心境に陥っている森本からすれば、こういう身も蓋もない言い方はむしろ痛快だった。文代の発言を聞いていると、どこかで踏ん切りが付けられそうな気がしてくるのだ。

「しかし野島さんはいつも、かなり高額なお金が入っているトランクを、会社から浦野さんのお母さんが経営していた雑貨店の倉庫に社員に運び込ませていて、その運搬者の一人が浦野さんだったと言われていますね。だから、野島さんがある程度は浦野さんを信用していたとも考えられるじゃないですか」

「社長が浦野さんのお母さんの雑貨店を利用していたのは、信用とかの問題じゃなくて、ただ便利だったからです。それにその問題のトランクを運搬していたのは、浦野さんに限ったことではありません」

文代の答えは、非情なまでに客観的だった。森本は出鼻をくじかれたような気分になっていた。

「ということは、浦野さんに限らず、他の社員も同じことをやらされていたというのですか？」

森本はいささか力の籠もらない声で訊いた。

「ええ、ほとんどの男性社員がやらされていたと思いますよ。社長には妙にフェミニストみたいなところがあって、そういう力仕事には女性を使わなかったんです」

森本は思わず「フェミニスト」という言葉に微笑んだ。文代くらいの世代の女性はその言葉を単に女性に優しいという意味で使うのは、何となく知っていた。

ただ、その言葉の正確な意味が分かっていれば、野島がフェミニストからほど遠いのはあまりにも自明だったが、そんなことを言って、文代の話の腰を折る気はなかった。

「それが税金的にヤバイ金だということも、みんな分かっていたはずです。だいたい、どこの御曹司でもない社長みたいな人が、あれだけの富を築くには、やっぱり税金的にも相当きわどいことをしなくちゃいけないんですよ。私は関わりたくなかったから、税金関係が絡むことは、名義貸しも含めて一切お断りしていました。ですから、あのトランクの中の二億円のお金がなくなったのも、ヘンな言い方ですが、ある程度予想されたことで、誰が取ってても私はおかしくないと思っています。取られたからと言って、警察に届けを出すことができないお金であることは、みんな分かっていたんですから。あの二億円を盗んだ人物が、社長を殺した真犯人なんだと一部のマスコミがデタラメを書いていますが、あの二億円を盗んだ人は社長の殺害なんかとは関係がなく、ただその場にあった大金に目がくらんだだけだと思いますよ。しかも、盗んでも比較的安全なお金という認識はあったんじゃないかしら」

森本は文代の言うことに、特に矛盾を感じなかった。二億円の消失と野島殺害との関連については、おそらく文代の言う通りだろうと思っていたからだ。

しかし森本は、本当にそれが盗まれたのかさえ、分からないと思った。漠然とではあるが、その消失事件と貸金庫の中の重要書類とを結びつける意識が働いていた。金庫の中にある物が「銚子クレイドル」に野島が貸し付けた金の借用証書だとすれば、その原資がこの消失した二億円なのかも知れないとふと考えたのだ。そうだとすれば、それは必ずしも窃盗事件ではなく、野島が承知の上で使われた金ということになるが、もちろん、根拠はなかった。

森本はこの際、洗いざらい、文代の意見を聞いてみようという心境になっていた。特に浦野と由起の関係に絡んで、浦野が野島に指示されて由起の運転手役を果たしていたことについて、文代がどんなことを言うのか、訊いてみたくなっていた。文代なら、浦野の免停についても、何か特別な事情を知っているかも知れないと思ったのだ。

食事を終えた何人かの入居者が、エレベータのほうに歩き始めていた。それぞれの居室は、上階にあるようだった。中には、職員に車椅子を押されている者もいる。

森本はスマホをタップして、時刻を見た。すでに七時四十分を過ぎている。

これが最後の質問になるだろうと思いつつ、森本は話を切り出す呼吸を計るように、相変わらず悠然と目の前に腰を下ろしている文代の落ち着いた顔を見つめた。

4

翌日、森本は銚子市内にある児童相談所を訪ねた。千葉県の設置する児童相談所は全部で十ヵ所に及ぶが、銚子には一つしかないため、森本の判断に迷いが生じることはなかった。住谷が「銚子クレイドル」に泊めたことを認めている女子中学生が、由起が示唆した通り、何らかの形で児童相談所の相談案件となっているとしたら、ここしか考えられなかった。最初は若い女性職員が応対していたが、森本の依頼内容がかなり深刻と判断されたのか、所長室に通され、稲葉《いなば》という所長と名刺交換した上で、直接面談することになった。

稲葉は四十代後半に見える、銀縁の眼鏡を掛けた神経質そうな男だった。その顔を見た途端、森本は不吉な予感に見舞われていた。

こういう顔つきと雰囲気の男が、何事にも過剰に慎重で、なかなか行政的な決断を下さないことを、これまでの弁護士生活で何度か見たからである。

その上、森本が親しくしている少年事件専門の女性弁護士が「ジソウって、決断が遅いのよ。だから、親の暴力で子供の命が危険にさらされているときなんか、こっちも焦って、本当にいらついちゃうの」としょっちゅう愚痴るのを聞かされていたのだ。

だが、所長の外見だけで、そんな先入観を持つべきではない。まずは自分の要求を正確に伝え、あくまでもオーソドックスに過去の記録の開示を求めるべきだろう。

「実は、私が担当している刑事裁判との関連で、今から十二年から十五年くらい前に、こちらがある女子中学生に関連する案件を扱った記録が残っているかどうか教えていただきたいんです」

森本は枝葉を取り払って、できるだけざっくりと話した。ただ、この簡略さはどう考えても、森本側の都合だった。そもそも正確な意味では、その女子中学生の名前も特定されていなければ、その案件の中身も不明なのだ。

今のところ、この案件は森本の推測だけで成り立っているに過ぎず、根拠と呼べるものは、曖昧な、あるいは真偽の判定が難しい証言に過ぎなかった。

「それくらいの過去のものなら、データとして残っていると思いますが、その案件のもう少し詳しい内容を教えていただけないでしょうか？」

稲葉は丁寧に、遠慮がちに訊いた。誠実な印象がすぐに伝わってきた。だが、誠実さは慎重さにも繋がりかねない。森本は、意を決したように不確定要素の多い話を始めた。

「その女子学生は義理の父親から虐待を受けていて、『銚子クレイドル』という施設で一週間ほど過ごしたあと、行方が分からなくなっています。でも、その頃、本人あるいは保護者や学校関係者や警察がこちらの児童相談所に相談した可能性もあり、その記録を確認したいんです」

「『銚子クレイドル』ですか？」

稲葉はその言葉を反復した。それはまったく知らない固有名詞を聞いたときの反応ではないのは、森本にもすぐに分かった。

「ご存じですか？」

「ええ、存じ上げています。直接的な交流はないのですが、こちらで話を聞いた児童や保護者の中に、たまにあそこで世話になったと言う者がいるものですから」

森本は、この点について加奈子が、過去のことは知らないと言いながら、今でも「銚子クレイドル」を訪ねてくる未成年者がいて、職員が話を聞いた上で、児童相談所に行くように勧めていると話したことを思い出していた。

そして、稲葉の発言によって、その信憑性が裏書きされた印象だった。だとしたら、かなり期待の持てる話に思えた。やはり、住谷が「銚子クレイドル」に一週間宿泊させたという女子中学生が、この児童相談所に来たのは間違いないように思われた。

「銚子クレイドル」が野島の遺産問題で有名になった福祉施設であることを、稲葉が知っている可能性はあった。しかし、こちらから言わない限り、稲葉のほうからそれに言及することはないだろうと森本は踏んでいた。

「それでその女子中学生の名前は分かっているのでしょうか？」

あまりにも当たり前の質問だったが、森本にとってはこれが一番やっかいな質問なのだ。

「ツチクラ・マキエさんというのですが、絶対そうだという確証もないんです。それで申し訳ないのですが、二〇〇九年から二〇一二年までの親による虐待案件で、そういう名前が含まれている案件の一覧表のようなものがあれば、見せていただきたいんです」

「そうですか。少々お待ちください」

稲葉は立ち上がり、奥の自分のデスクに戻り、そこに置かれたノートパソコンを操作し始めた。それほど優柔不断な人間ではないように思えた。この所長に対する評価は、森本の心の中で若干上向き掛かっていた。

そのまま、十分ほど待たされた。その間、森本は東側の窓から差し込んでくる淡い秋の日差しにぼんやりとした視線を投げていた。外では銀杏《いちょう》の木が微風に揺れているのが見える。午前十一時過ぎ、何事も起こりそうにない平穏な一日に思われた。

「その時期、親との問題を抱えていた児童で、この相談所が何らかの関わり合いを持った児童は五十名程度ですね。ただ、その中にツチクラ・マキエさんという氏名はありません」

不意に稲葉の声が聞こえ、森本はまるで条件反射のように立ち上がった。だが、稲葉が手で制しているのが見えた。

「すみません。この記録を直接お見せすることはできないんです。私たちがそうすることができるのは、警察や裁判所から直接の公式な要請があった場合だけです。ですから、弁護士さんといえども、他の児童のことも書かれているこの一覧表をプリントアウトしてお渡しすることができないのはもちろんのこと、ディスプレイを直接お見せすることも、ご遠慮願っているんです」

森本は愕然として、ソファに座り直した。ただ、稲葉の説明を聞いて、納得する部分も多々あった。確かに、森本自身が稲葉の立場に立たされれば、同じことを言ったかも知れないのだ。児童相談所の所長という公的立場であれば、情報の運用が厳格なのは当然だろう。

しかし、森本はもう少し粘るつもりだった。稲葉は少なくとも、ツチクラ・マキエという氏名がその一覧表にないことは認めたのだ。であれば、もう一人の候補者氏名がその一覧表にあるかどうかを訊いてみるべきだろう。

　いや、むしろ、その一覧表に森本の想定する人物の氏名があるかないかが一番重要なのであって、そこに何が書かれているかは二の次なのだ。

「お立場はよく理解できます。では、もう一人の人物の名前もチェックしていただけないでしょうか？」

　森本と稲葉の間に、微妙な沈黙が流れた。森本は再び、東の窓の方向にゆっくりと視線を移した。相変わらず微風に揺れる銀杏の木が逆光の中で、白く浮き立って見える。やはり、揺るぎのない日常がそこには存在しているように思えた。

「それで、そのもう一人の方のお名前は？」

　稲葉の声に、森本は急に正気に戻ったように慌てて、視線をデスクに座る稲葉のほうに戻した。それから、若干、緊張した声でその氏名を言った。

　稲葉が再び、マウスでパソコンのディスプレイをスクロールし始めるのが分かった。森本は、自分の心臓が強い鼓動を刻んでいるのを意識した。

5

　銚子児童相談所から引き返す道すがら、森本はすっかり高くなった太陽の日差しを正面から受けながら、依然として動揺からまったく回復していないことを意識していた。道ですれ違う人々の無機質な表情や周囲の何の変哲もない街並が、写真のネガのように白く浮き立ち、白昼夢の中にいるような気分だ。

　稲葉の言葉が、森本の頭の中で、執拗に反復されている。

「カワシマ・ミオさんというお名前はありますね。二〇一二年の三月十二日に、この案件は報告されています」

　このあと、稲葉は「報告内容自体はほんの数行のもので、義父からの性的な虐待があったことが記されているだけですから、この報告書をあなたにお見せしても、お見せしなくても、大差はないと思います」と若干言い訳がましく付け加えた。あくまでもそれを見せることなく、実質的に森本の便宜を図ったという印象だった。

　実際、その一覧表は、各職員が担当した案件の報告を集め、データファイル化して、所長の稲葉が一括管理しているものらしい。それほど詳しい内容は書かれておらず、むしろ統計的な資料という意味のほうが大きいのかも知れない。

　いずれにしても、この事態は少なくとも昨夜の段階から予想できたことではあった。しかし、理論的な秩序立った予測が外れることは、日常的に起こることだった。森本自身、そうなることを何となく期待しているところがあったのは間違いない。

　森本は、自分の判断に好悪の感情が大きく関わっていることを認めないわけにはいかなかった。だからこそ、予想通りのことが予想通りに起こったことに、森本はかくも混乱しているのだ。

　森本の頭の中で、昨晩の「シャトー23」での光景が蘇ってきた。目の前に座る文代の目をまっすぐに見つめながら森本は、浦野が由起の運転手役を務めていたという水脈の証言が、野島が案外、浦野を信用していたことを示す状況証拠になるかも知れない、と考えていたのだ。

「しかし、小宮山さん、坂井さんが免許を取ったばかりの頃、彼女の運転が危ういことを心配した野島社長が、浦野さんを彼女の運転手みたいな形で付けていたというじゃありませんか。これは社長が、浦野さんをある程度信用していた証拠とも言えませんか？」

　そのあとに起こったことは、森本にとって不思議という他はなかった。文代はまるで時間が止まったようにぽかんとした表情で、しばらくの間、何の言葉も発しなかった。

「それ、誰から聞いたんですか？　そんな話、私、知りませんよ」

しばらくして、文代がぽつりと言った。怒ったような口調にも聞こえる。森本は何か言おうとしたが、文代のあまりにも奇妙な反応に適当な言葉を見つけることができなかった。

そのうちに、文代のほうが先に話し出した。

「だいいち、思い切り嫉妬深い野島さんが、悪いけど女たらしで有名な浦野さんにそんなことを頼むはずないじゃないですか。そういう役割は、嫌だったけど、私がやらされていたんです。由起ちゃんの運転が危ないからと言って、私が運転手を務めて、彼女の車に乗って、買い物によく出かけていましたよ。最初は、彼女も自分が運転できないことをぶつぶつ言っていましたけど、そのうちに横着になって、あそこへ行って欲しいとか、ここへ行って欲しいと言い始めて、私がむっとしてしまうこともよくあったんです」

文代の話を訊きながら、森本自身、何とも説明しがたい不思議な感覚に晒されていた。呆然としていたと言うのとも、唖然としていたと言うのとも違う。客観的な状況は摑んでいるのに、その意味が十分に理解できないとでも言ったらいいのか。

「では、その目的はともかく、浦野さんが坂井さんの車に乗って、二人で一緒に何かを運ぶようなこともなかったのでしょうか？」

森本はほとんど意味のない質問と知りつつ、半ば上ずった声で訊いていた。

「ですから、私はそもそも浦野さんが由起ちゃんの車に乗っているところなど、一度も見たことがないんです」

森本は文代の言葉に決定的に打ちのめされたような気分だった。その話はほとんどの人々に周知されていると思い込んでいたのだ。

だが、考えてみると、森本はその話を複数の人間から聞いたわけでもなく、浦野の死亡事故について調査した弁護団の報告書の中にも、そんなことは一行も書かれていない。要するに、その話を森本にしたのは水脈だけなのだ。

「先生、その話、本当に誰から聞いたんですか？」

文代が再度、念を押すように訊いた。文代の表情は怪訝そのものだった。

「川島さんです」

森本は抑揚のない声で答えた。隠しても意味がないことのように思えた。

「川島さんって、水脈ちゃんね。何でそんなこと言ったのかしら。あの子、あそこに来てまだ二年しか経っていなかったですからね。あまり事情が分かっていなかったので、何か勘違いしたんですかね」

文代は相変わらず不審な表情だったが、森本が思っているほどには、重大な話とは考えていないようだった。だが森本にとって、それは水脈の勘違いで済む話ではなかった。森本の頭の中では、免停の件は浦野の信用性の問題とだけ結びついていて、水脈の証言の信用性の問題はまったく度外視されていたことに、ようやく気づいたのだ。

ただ、文代の視点から見たら、分からなくもない。森本のあまりにもピントの外れた発言に初めは驚いたとは言え、その理由が、事情に通じていない水脈の勘違い発言にあると文代は考え、むしろ、ある程度納得しているような表情に見えたのだ。

しかし、森本のほうは突然のように、不穏な黒い暗雲が垂れこめてきたのを感じていた。秩序立てて規則的に行われていた積み木崩しが、まったく予期せぬ方向から、一気に崩されたような印象だった。

由起が掛けた謎が解け始めていた。確かに、浦野の免停自体にはたいした意味がなかったのだろう。だが、おそらく浦野とはある程度親しい関係にあって、その時期、浦野が免停になっていたことを知る由起にしてみれば、浦野の免停が判明すれば、水脈の発言が虚偽であることに森本が気づくきっかけにはなるだろうと踏んでいたのではないか。

いや、由起はその先まで読んでいて、浦野が免停にも拘わらず、実際には運転していたのだろうと森本が解釈するとしても、少なくとも誰かに、恐らくは当時の事情に一番通じている文代に確かめるぐらいはするだろうと予想したのかも知れない。森本は遅まきながら実際にそうして、水脈の虚偽の証言が発覚することになったのだ。

問題は、接見した森本がその話をしたとき、何故由起が直接に反論せず、こんなに手の込んだプロセスを踏んだのかということだった。

森本の脳裏に信用の偏差値という造語が浮かんだ。森本が水脈に対して極めて高い信頼を置いていて、由起に対してはその真逆であることを、由起は百も承知だったはずだ。だからこそ、このような手の込んだことをして、森本が客観的にその証言を虚偽と判定せざるを得ない状況に気づくように仕組んだのではないか。

それだけではなく、この客観的な事実の暴露のされ方が、最終的に児童相談所に対する森本の調査に繋がることとさえ、由起は読み切っていたように思えてくるのだ。真希絵は水脈のダミーに過ぎず、言わば仮想空間における真希絵の動きを追うことが、そのまま現実空間における水脈の動きを追うことに繋がっていたのだ。

水脈の発言内容を、今、思い返してみても、水脈は浦野が由起のために運転手代わりをしていたことに軽く触れたというレベルではなく、水脈なりの言い訳を交えながらも、それなりに詳細にしゃべっているのだ。決定的な影響を与えることは話したくないという言い訳の装いさえ、計算ずくだったのかも知れない。

また、由起のほうも、浦野が野島の指示で由起の運転手役を務めていたという途方もない虚偽の話を森本から聞かされたとき、その話の出所《でどころ》が水脈であることはすぐに分かったのだろう。最初の接見のとき、由起は森本に訊かれて、「エステート野島」の中で比較的よく話をしていたのは水脈だったと由起自身が答えているのだから、森本が水脈に会いに行くことは容易に想像ができたはずだ。

いや、むしろ、森本に水脈に会いに行かせる目的で、由起はわざわざ水脈の名前を挙げたのかも知れないのだ。実際に、森本が水脈からその話を聞いたのは、二回目に会ったときだったが、森本と水脈の接点ができたことを由起が分かっていれば、それをいつ水脈が話したかは大きな問題ではない。

これだけのことが森本の頭の中で渦のように旋回していた。一時間も考え込んだような気分だったが、実際はほんの数秒の思考の流れだったのかも知れない。

正面に見える文代の顔が不意に意識の枠の中に入ってきた。森本は突然立ち上がり、恐ろしい早口で辞去の礼を述べた。

「あら、先生、もういいんですか。私はまだ大丈夫なんですよ」

文代が気遣うように言ったが、森本の様子を取り立てて異変とは解釈していない表情だった。事実に反する水脈の証言も、嘘というより、知識不足による、単なる勘違いということで納得しているように見えた。それなら、文代に特別な情報を与えるべきではないのだ。

森本はどうやってその老人ホームを出て、路上に出たのか、ほとんど覚えていなかった。気が付くと、小田急線経堂駅に向かって、雑踏の中を歩いていた。その道すがら、森本は水脈がその話をしたときの状況を思い出していた。

森本が、由起と真希絵のどちらが浦野と男女の関係になり得るかを暗に訊いたときのことだ。

もちろん、互いにあからさまな言葉は避けていたが、二人ともそういう認識で話していたのは間違いない。

そして水脈が、真希絵にはその可能性がなく、由起にはあることを仄めかしたとき、まさに浦野が野島の指示で由起のために運転していたという話を持ち出してきたのだ。

今から考えると、水脈の目的が、真希絵よりは由起に、森本の疑惑を向けさせることにあったのは明らかだった。そして、水脈にはそうしなければならない決定的な理由があったはずなのだ。

森本の頭は混乱の極致にあった。気がつくと、改札口の前に立ち、溢れかえる人々の出入りを虚ろなまなざしで見つめていたのだ。


森本はふと額に直射日光を感じ、我に返った。視界から夜の小田急線の改札口の幻影が消え、閑散とした住宅街の景色が復活していた。森本は、通りかかったタクシーを拾って銚子駅に戻り、千葉駅まで特急電車に乗った。今日のうちに千葉刑務所拘置区で由起と接見するつもりだった。

銚子児童相談所長の稲葉の思いがけぬ協力もあって、水脈の相談案件については、比較的効率よく情報収集ができた。当時、その報告書を書いたのは沢村《さわむら》という女性職員で、現在、千葉県の他の児童相談所の所長になっていた。森本は沢村と何とか話せないかと、ダメ元で稲葉に頼んでみた。

そして、稲葉が沢村の勤務する児童相談所に電話を掛け、森本が沢村と電話で直接話す便宜を図ってくれたのだ。沢村の話を総合的に判断すると、川島水脈は一人で銚子児童相談所に現れたらしい。

しかし、すでに十二年前のことで、沢村の記憶もかなり薄れており、川島水脈という中学生が児童相談所を訪ねた経緯について、本人がどういう発言をしていたかは具体的には覚えていなかった。

いずれにせよ、水脈が児童相談所を訪ねたことを、住谷は少なくとも予測できたはずだ。だが、単に「そのうちに、その子は私たちに何も言わず、私どもの施設からいなくなってしまいました」としか、住谷は言わなかった。

水脈も継父との問題を抱えていたことは、これではっきりしていた。しかも、沢村の記憶では、実父は借金苦から自殺したと水脈自身から聞いたというから、その家庭事情は真希絵より一層深刻に思われた。

残念ながら、当時、水脈の案件を担当した沢村もそれがどういう形で決着したのか、明瞭には覚えていなかった。一度、水脈の母親と面談して、母親が問題の夫とは別れると言っていたのは覚えているのだが、そのあとは、水脈も母親も児童相談所に訪ねて来なくなり、曖昧な形で立ち消えになった記憶があるという。

森本は、結局、水脈と継父の関係がその後どうなったかは、水脈自身に訊いてみるしかないと考えていた。ただ、それが事件の解明にどのように関わってくるのか、森本には依然として分かっていなかった。

6

第六回目の接見。森本はこれが最後の接見になるかも知れないという予感があった。小さな穴の開いたアクリル板越しの、こんな面会の仕方が非人間的なのは言うまでもない。この視野狭窄《きょうさく》のような光景から逃れるためには、何としても決着を付けるしかないのだ。

黒いジャージ姿の由起は、森本の不意の訪問にそれほど驚いているようには見えなかった。普通は接見終了前に、次回の面会予定の日程を告げるのだが、前回はそうしていなかった。森本自身が、いつ接見が必要になるのか、判断できなかったからだ。

「銚子市の児童相談所に行ってきました。そこで、二〇一二年に、おそらく『銚子クレイドル』で世話になったあと、その児童相談所に相談に行った中学生の名前を教えてもらいました。私もあなたもよく知っている人です。それは土倉真希絵さんではありませんでした。もちろん、あなたでもなかったけど」

「水脈ちゃんでしょ」

由起はほとんど事務的にさえ聞こえる口調でさらりと言った。しかし、その表情は複雑だった。

「分かっていたのね。川島水脈さんが『銚子クレイドル』と関係があることを」

森本も非難がましい口調は抑えて、できるだけ冷静に言ったつもりだった。由起も真剣な表情を崩さず、話し始めた。

「社長にあの施設のことを教えたのは、たぶん、水脈ちゃんだと思っていた。でも、証拠はなかったし、先生から見ればすごく意外な話だから、信じてくれないと思った。だから、真希絵が『銚子クレイドル』と関係があったことを匂わせて、先生にそっちを調べてもらったの。先生がまともな調査をすれば、結局、水脈ちゃんに行き着くと信じていたし」

「きっと浦野さんの免停のこともそうだったんでしょ。そのことができるだけ客観的に私に知れるようにしたかったんでしょ。私が絶対にあなたに反論できない形で、川島さんの嘘がばれるようにしたかったってことなの？」

この質問に対しては、由起は特に返事はしなかった。ただ、そのことはやはり森本には自明に思われた。

「あなた、前に『死ぬ前の老人は、何もかもが変わるんです』と私に言ったでしょ。あれってひょっとしたら、川島さんのことを仄めかしていたんじゃない？」

この質問にも、由起はすぐには答えなかった。やがて、ポツリポツリと話し始めた。

「社長が死ぬ最後のほうは、水脈ちゃんみたいな女の子に惹かれていたんじゃないかしらっていう意味です。経理担当者って、意外に社長と一対一になって、社長室で話すことも多いけど、水脈ちゃんの堅い性格と見かけがカムフラージュになって、誰もヘンな想像はしないし。でも、あるとき、偶然、会社の中で水脈ちゃんが眼鏡を外して目薬を差しているのを見たとき、不思議な胸騒ぎがしたんです。意外なほど輪郭の整った、キレイな顔をしていたから」

「野島さんが川島さんとまで男女の関係があったということですか？」

　この直截な質問に対しては、由起は即座に首を横に振った。

「それはあり得ないし。水脈ちゃんの真面目な性格は、真希絵なんかと違って本物です。社長がちょっかいを出そうとしても、絶対に応じるはずはないですよ。また、社長はそういうことについては、とても勘のいい人で、水脈ちゃんをお金の力で落とせるとも考えていなかったでしょ。でも、特に死ぬ前の社長は水脈ちゃんに優しくして欲しいと思ってたのは間違いないし。そして、水脈ちゃんも優しくしているふりをしていたんじゃないかしら」

「じゃあ、遺言状を野島さんに書かせたのは？」

「おそらく、水脈ちゃんね。そもそも、二〇一六年から『銚子クレイドル』に五百万円の寄付をするように勧めたのも、きっと彼女だから。もっとも、最初は経理の立場を利用して、節税効果があると言って、勧めたんでしょ。社長は、節税ということには、とてもこだわる人だったし」

　由起の話を聞きながら、森本はこれまで曖昧な輪郭でしかなかった一つ一つの事象が、ようやくくっきりとした連鎖を描き始めたのを感じた。

「要するに、川島さんは野島さんのお金ができるだけ、『銚子クレイドル』に行くように、病気で判断力が衰えていた野島さんを誘導してたってこと？　それは川島さんと住谷代表が共謀してたってことかしら？」

「それは私には分からない。案外、水脈ちゃんが一人で思い込んで、『銚子クレイドル』のためにやっていたってこともあるし。彼女はきっとそういう子なのよ」

しばらくの間、森本と由起の間を、奇妙な沈黙が流れていた。森本は言葉の接ぎ穂を見つけようとして、次の言葉を必死で探し求めた。ただ、話し出したのは、由起のほうだった。

「社長にあの遺言状を書くように誘導したのが真希絵じゃないとすれば、水脈ちゃんかも知れないという気持ちは、最初から心の奥底にずっとあった。水脈ちゃんが、どういうつもりで、社長の遺産すべてが『銚子クレイドル』に行くように社長に遺言状を書かせたのか、その正確な動機は私にも分からない。でも、ああいう子は社長や私の贅沢な暮らしを、絶対に許せないと心の中で思っていた気がするの。それよりも、世の中のためになっている『銚子クレイドル』を経済的に助けるべきだと思ったんじゃない？」

「あなたこの前、西岡加奈子さんが亡くなったことを伝えたとき、すぐに『殺されたんですか？』って、私に訊いたでしょ。あれも川島さんのことを想定していたの？」

「そんなこと関係ないし。でも、現場が犬吠埼灯台だっていうし、彼女が『銚子クレイドル』の元職員なら、何か秘密を握っていたんじゃないかと思っただけ」

「まさか、あなた、川島さんが野島さんの殺害にも関与していると思ってるんじゃないの。そうだとしたら、何か具体的な根拠でもあるの？」

森本は自分自身が異常な緊張感に耐えられなくなったように、ついにもっとも危険な言葉を口にしていた。森本にとってそれは、これまでの事件の流れから言って、結局の所、逃れることのできない理詰めの推理に思われた。

「それは言いたくないし」

「どうして？　やっぱり、何か知ってるのね。事件の夜、あなたが野島さんと二人だけになったとき、野島さんとの間に何があったの？」

「私、人間なんて一度も好きになったことはないけど、水脈ちゃんのことはけっして嫌いじゃなかった。結局、今から思うと、私って、社長の親族を始め、社長の周辺にいるほとんどの人たちからイジメを受けていたと思うけど、そういう気持ちを私に抱かせないのは水脈ちゃんだけだった。私、水脈ちゃんと話しているときだけ、何となく安心な気持ちになっていたし。彼女、私を傷つけることは絶対に言わなかったから」

　それが、森本の問いにはまったく答えていないことは分かっていた。「そんなこと関係ないでしょ」といつもなら切り口上に迫るところだったが、このときばかりは由起の答えが、必ずしも文脈外れには思えなかった。言おうとしていることは、何となく肌感覚で理解できたのだ。

　森本と由起の関係が、この悪意に満ちた障害物であるアクリル板を挟んでいてさえも、それだけ親密なものになっていることを、森本は痛感していた。

「ねえ、お願い。野島さんが死んだ夜、一階で野島さんと二人だけになったとき、どんな話をしたのか教えて。そのとき、野島さんが川島さんのことを何か言ったんじゃないの？　私はあなたの弁護人よ。あなたに不利になるようなことをするわけないでしょ」

　森本はすべてのプライドをかなぐり捨て、懇願するように言った。どうしても、この日に決着を付けたかった。そして、それが可能なのは森本自身ではなく、由起であることも分かっていた。

　由起は無言のまま、アクリル板越しに映る森本の視線を逃れるように、顔をやや逸らし、ぼんやりと虚空を見つめた。由起が何かを告白する予感を、森本は感じていた。

7

うどんを啜る、眉の薄い野島の顔は、由起には蠟人形のようにしか見えなかった。部屋全体が薄暗かった。それはその夜に限ったことではなく、由起がこの家に初めて来たときから、一貫して感じていることだった。

「銚子のドン・ファン」の豪邸として知られるこの邸宅が、豪華であるとも、きらびやかであるとも、由起は一度も感じたことがなかった。

野島の表情と同じように、その豪華な内装も美術品も装飾品もすべてくすんで見えるのだ。富の力で得た物は、本物さえ偽物の濁った光を発することがあるというのが、由起の実感だった。それらのけばけばしい戦利品の光景は、心に張られた薄い暗幕のように、いつも由起の気持ちを沈ませた。

野島を愛したことなど一度もなかった。ただ、それについては、絶対的な言い訳がある。由起はそもそも人間というものを一度も愛したことがなく、それは野島に限らないのだ。本当の意味で、人に愛された記憶もほとんどない。

知力も経済力もなく、とりわけ出自に優れているわけでもない由起が、とりあえずの人間らしい立場を確保するためには、唯一恵まれている容姿の優位性を利用するのは、当然だろう。

私は賢くはないが、世間が考えているほど馬鹿ではない。由起はいつも心の中で、自分自身にそう言い聞かせてきた。今、なすべきことは、できるだけ野島のそばにいることを避けつつも、ひたすら時間の経過を待つことなのだ。

気が遠くなるほど長い時間というわけではないだろう。自分のほうから積極的に何かを仕掛ける気など、さらさらなかった。

「今晩は、食事が済んだら、二階のベッドに行きましょう」

野島の声が近くで聞こえた。それでも由起は、スマホのゲームアプリから目を離さなかった。そんな提案は意味のない儀式に過ぎないのだ。夜、由起がそばにいれば、野島は必ずそんなことを口にし、由起が無視するのが普通になっていた。

結婚して、由起が銚子に来てから、妻として野島とベッドを共にしたのはたった一度きりだった。しかも、そのとき、野島は目的を果たせず、いかにも中途半端な結果に終っていた。

野島の衰えは目に見えてひどくなっていた。性的な衰えという意味だけではなく、認知能力にも相当な齟齬《そご》が生じているのは、明らかだった。

そもそも、由起がこれほど野島とのセックスを拒否し続けても何とかなっているのは、野島の著しく衰えた記憶力のおかげだった。どうも前日のことさえ、正確には覚えていないようなのだ。由起がほぼ毎日のように野島とのセックスを拒否していることも、一瞬のうちに記憶から消えているように感じられた。

しかし、怖いのは、野島の認知能力はまさにまだらの状態であり、不意に正気に戻ることがあるところだった。そして、その夜も、その恐れていたことが起こったのだ。

「由起さん、いつもそんなにゲームばかりしていて、私の言うことを上の空で聞いているんですね。私の言うことが分かりましたか。はっきりと答えてください」

野島の口調には、明らかな怒気が含まれていた。野島は通常、人と話すときは穏やかな丁寧語で話し、それは妻である由起と話すときも変わらなかった。しかし、いったんその怒りに火が点くと、言葉遣いも急変して、一気に反社風のドスの利いたダミ声になるのだ。

それは、野島自身が認めているところによれば、若い頃、貸金業で借金の取り立てをしていた頃の習性が、不意に顔を出すせいらしい。

「今日は、体調が悪いから、ダメです」

その言葉で、野島の怒りが増幅されるのは、当然、予想されるべきことだった。

「おい、いいかげんにせえよ。毎日毎日、いつもセックスはダメ。何のための結婚なんだ！　百万円はもう払わんからな。お前なんかいなくても、ワシの相手をしてくれる若い女はいくらでもおる。お前みたいなパパ活女子に用はない。この馬鹿たれが！」

興奮すると、野島の一人称は「私」から「ワシ」に変化する。それにしても、また、百万円の話か。由起は、そんな恫喝には心からうんざりしていた。

まるで妻の体も金で買ったような言い草だった。そのパパ活女子にのめり込んでいたのは、ど、こ、の、どなたなのか。

由起は無視した。嵐のような罵詈雑言が頭上を通り過ぎるのをやり過ごすと、やがて、捨て台詞を残して、野島が二階に上がるだろうと由起は踏んでいた。それがいつものパターンなのだ。

しかし、その夜の野島は違っていた。妙にしつこく絡みつくような口調で、ゲームに没頭しているふりをする由起を責め続けたのだ。

「お前とは離婚するつもりだ。遺産はもちろん、慰謝料も一銭もやらん。明日、荷物をまとめてさっさと出て行け。離婚届けはあとで郵送するから、判子を押して、返送しろ」

いつになく激しい剣幕だった。顔だけが、怒りと反比例するように、相変わらず青ざめているのがかえって不気味だ。

だが、由起はなおも沈黙を続けた。うざいやつ。早くくたばれ、このエロ爺。心の中で、つぶやいてみた。

「おい、何とか言えよ。お前は俺の寄生虫なんだろ。寄生虫が宿主を失ってどうするんだ。それとも謝って、俺にセックスをお願いするか？　そうしたら、考え直さなくもないぞ」

「分かりました。文代さんが帰ってきたら、二階に上がりますから、社長は食事が終ったら、二階に行って、待っててください。もうすぐ彼女は帰ってきますから」

もちろん、あとで二階に行く気などなかった。その場限りの言い逃れだった。野島の脅しに屈したというより、これ以上、言い合うのが面倒だったからに過ぎない。由起にとって、野島はもはや、充電切れで室内の真ん中で動かなくなった自動掃除機のような存在だった。躱すのは難しくないが、ひたすら目障りなのだ。

ビールを飲んだあとで、二階に上がった野島がそのまま眠ってしまい、三、四時間は起きないこともよくあった。そうなれば、結局、この口約束のことなど忘れてしまうだろうと高をくくっていた。

「今からじゃ、ダメなんですか？」

野島が急に言葉を丁寧語に戻した。由起は、そのセックスに飢えた哀れな老いた顔に、同情どころか、著しい嫌悪感を覚えていた。だが、野島は、由起が表面上は態度を変えたように見えたことにまんざらでもない表情だった。そんな単純な詐術がすぐに通じるほど、野島の判断力が低下しているとも言えた。

「すぐに文代さんが帰ってきますよ」

由起は左腕に嵌めていたグッチの腕時計を見ながら言った。その八十万円ほどの腕時計も、結婚前の交際中に野島が買い与えたものだった。

すでに午後七時二十分を過ぎていた。文代は帰ってきて、野島が一階にいなければ、すぐに二階に上がり、野島に帰宅の報告をするのが常だった。そうすれば、二人のセックスは中断されるということを仄めかしたつもりだった。

「分かりました。じゃあ、彼女が帰ってきたら、三十分くらいしてから必ず二階に上がってきてください。その際、小宮山さんには二階には来ないように言ってください」

そう言うと、野島はにっこりと微笑み、それから着ていた白いガウンの胸ポケットから、いきなり白と水色のカプセルを三個取り出した。由起はその行動に意表を衝かれた。

「これが何だか分かりますか？」

野島がごく普通の口調で訊いた。由起にとっても、見覚えのあるカプセルだった。野島がよく飲んでいる風邪薬のカプセルだ。

「社長、風邪引いているんですか？」

そう訊いたのは、野島の風邪を口実に、セックスを控えさせる方向に話を向けようという意図がなかったわけではない。だが、野島の返事はまったく予想外なものだった。

「風邪なんか引いていませんよ。中身はあなたにもらった白い粉かも知れませんよ。こういう親切なものを作ってくれる子もいるんです。その子が調べてくれたんだけど、飲んでから三十分くらいが一番効き目があるそうです」

そう言うと、驚くほど無造作に目の前のコップの中に半分ほど残っていたビールで、一気にそのカプセルすべてを飲んでしまった。止める間もなかった。

野島は呆けたような薄笑いを浮かべ、どこか自慢げに由起を見ている。野島としては、三十分後の由起とのセックスの下準備のつもりなのだろう。

由起は、その一瞬、何故か異様な胸騒ぎを覚えた。胸の鼓動が急速に高鳴りだした。

「社長、そのカプセルを作った人って、誰ですか？」

由起は訊かずにはいられなかった。まったく想像がつかなかったわけではない。むしろ、自分の考えている人物であることを確かめるような気持ちだった。

「それは答えられません。その子を巻き込んだら、かわいそうです。でも、由起さんのライバルじゃないから、安心してくださいｏその子は本当に私利私欲のない優しい子で、私のためだけを考えてくれますので、遺言状を書くときも、意見を求めたんです。その子にも何か残してやりたいと思ったのですが、その子は何も要らないと言うんですよ」

馬鹿じゃないの。由起は心の中でつぶやいたが、例の笑みを浮かべるに留めた。しかし、野島はとうてい、その笑みに込められた皮肉を理解しているようには見えなかった。

由起のライバルとは、真希絵のことなのは明らかだった。もちろん、由起も真希絵などとは考えていなかった。最近では、真希絵も野島のそばにあまり寄りついてはいないようだった。そうなれば、仕事のことにかこつけて、社長室や自宅まで野島が呼びつけている人物はただ一人しかいない。

それにしても、その人物が野島の遺言書の作成に関わっているとしたら、容易ならざる事態だった。ただ、彼女が、野島と肉体関係を持っているとは思わなかった。おそらく、そういう関係を疑う者は、あらゆる人間関係の事情に精通している文代を含めても、誰一人いないだろう。それだけ、そのイメージの刷り込みは完璧だった。

しかし由起だけは、前々から、その人物が、心身共に弱ってしまった野島に対して、持ち味の内気な誠実さで接すれば、野島の心が動くのではないかという不安を感じていた。もちろん、それは由起や真希絵が使っていた性的な力とは、根本的に種類の異なる力だった。

同じ領域の人間には五分以上に張り合えても、まったく種類の違う人間に対しては、由起は手も足も出なくなることがあるのだ。

それからあとのことは、まさに由起にとって、悪夢のような展開だった。野島が二階に上がったあと、すぐに文代が戻り、二人は一階のテーブルに並んで座り、テレビのバラエティ番組を一緒に見ていた。

文代はそれまで出かけていた知人の家で夕食を摂っていたようで、あとはその部屋を片付け、流しで食器を洗う仕事が残っているだけだった。文代は一階にある十五畳のゲストルームを自室として使うことを認められていたから、そういう仕事がすべて終ったあとは、その部屋に入るはずだった。

野島の邸宅が、客観的に見れば、贅沢で豪華な作りであるのは間違いなかったが、ベッドのある寝室と呼べる部屋は、二階の野島の部屋とこのゲストルームしかなかった。従って、野島が文代にゲストルームをあてがったのは、野島らしい作戦とも言える。

ゲストルームを文代が使っている以上、ベッドは二階の野島の部屋にしかなく、そこで由起が眠ることが前提になっているのだ。実際、ベッドは巨大なキングサイズだったから、二人で寝てもさらに一人分の余裕があるくらいだった。

しかし、結婚して以来、野島との肉体的接触を毛嫌いするようになっていた由起は、この野島の作戦さえも、巧妙にくぐり抜けていたと言えないことはない。テレビのあるリビングは二十畳ほどもあったから、そこのソファで寝ることもできた。また、適当な口実を付けて、文代と一緒にゲストルームで眠ることもある。

さすがに野島の部屋ではまったく眠らないというわけにはいかなかったが、そうする場合は、野島が完全に寝てしまったあとで、こっそりとベッドに潜り込むか、逆に早くからそこで布団を被って眠り、野島が声を掛けても、一切聞こえないふりをするかのどちらかだった。

野島はそういう由起のタヌキ寝入りに気づいていないふりをして、「由起さんも困ったもんだ。一度寝てしまうとどんなに起こそうとしても起きないんです」と周囲にぼやいてみせていた。だが、野島はそれほど鈍い人間ではない。由起が抱いていた生理的嫌悪感はすでに十分に伝わっていたはずである。

結婚前、野島が一部のマスコミに、「由起さんには、横で添い寝してくれるだけでいいと、言ってあるんです」と話したことが、由起の耳にも入っていたが、それはもちろん、野島の本音ではない。ただ、野島がセックスを拒否される場合に備えて、こういう防御線を張ることもよくあり、それは本来気の小さい野島の性格を表しているとも言えた。

いずれにしても、結婚して、パパ活という支《つっか》え棒が外れたことにより、高齢者と肌を接することに対する若い女性の通常の嫌悪感が復活したのは、いかにも皮肉だった。

食事に関しては、由起は四六時中、スナック菓子などの間食を摂っていて、そもそも決まった時間に食事をする習慣がない。空腹になれば、自分でそばやラーメンを作って食べるくらいで、野島の食事などほとんど作ったことがなかった。

野島はそういう由起のだらしのない食習慣を嫌い、「あの子は子供の頃から、ちゃんとしたものを食べさせてもらっていなかったのでしょうか」と周囲に愚痴る声も、由起の耳には届いていた。

特にそのときは、自分の食事のことなどまったく考えていなかった。もちろん、二階に来いと野島に指示されていたことをそれほど気にしていたわけではない。そんなことはとりあえず実行せず、あとで野島に詰問された場合に限って、適当な言い訳を考えればいいのだ。

由起が気にしていたのは、やはり、あのカプセルのことだった。水脈が野島にそのカプセルを渡したことは、ほぼ確信していた。ただ、分からないのは、その意図なのだ。

それは誰が考えてもきわめて危険な行為で、聡明な渡し主が、その危険に気づいていないわけがない。しかし、それは由起自身にとっても、自分の行為ではないにも拘わらず、同程度にきわめて危険な行為なのだ。

そのカプセルの中に、風邪薬の成分ではなく、例の白い粉が入っているとしたら、その白い粉が最初に野島の手に渡った経緯から言って、カプセルに詰めたのは自分ではないという言い訳は、ほとんど無意味に思われたのである。

午後八時頃、野島が足を引きずって歩くために生じる、例のドンドンという男が聞こえてきた。由起はそれを野島の催促と受け取っていた。野島はイライラして由起が二階に上がってくるのを待っているのだ。文代にもそれは分かっていただろう。

同時に、夜になると徹底的に野島に近付かないようにしていた由起が、その足音を無視することも、文代は知っていたはずである。だから、本来なら、文代も同じように無視していればよかったのだ。

それにも拘わらず、文代がその夜に限って「一応、上に行って見てきたほうがいいんじゃない」と由起に勧めたのは、今にして思えば、文代もまるで由起と同じ胸騒ぎを共有していたようにさえ思われるのだ。だが、野島がカプセルを飲むのを文代は見ていない。

由起が文代の勧めに従って、夜の十時頃、二階に行ったのは、もちろん、野島の様子が実際に気になっていたからでもあるのだが、もし野島に何かあった場合、何としても自分が疑われない状況を作る必要があると感じてもいたからだ。そういう工作が可能だとしても、文代と一緒に二階に上がったのでは、そんなことはとうてい不可能だろう。

二階に上がるとき、階段のきしる音がいかにも不気味だった。二階の足音自体は止んでいた。それもいつもと違う。いつまで経っても、二階に上がってこない由起に苛立って、野島がその足音を何度も繰り返すのが普通だった。

二階の寝室に入った途端、天井の蛍光灯の鈍い光が映し出す、野島の薄い眉と吊り上がった目がすぐに由起の目に飛び込んできた。全裸であることが、どこか喜劇的装いを喚起し、恐怖と滑稽さが互いに折り合いを付けられず、そのまま居座っているような印象だった。赤いカーペットの上に、脱ぎ捨てられた白いガウンが、どこか無残に見えた。

由起はこれまでに一度も覚えたことがないような戦慄が全身を走り抜けるのを感じていた。野島の目が由起をにらみ据えているように見えた。「ついに私を殺しましたね。私に抱かれるのがそんなに嫌だったんですか」と、その目が告げているように思われたのだ。

その一瞬、由起は罠に嵌められたのを意識した。この状況では、身の潔白を証明する方法はないように思えたのだ。野島が何者かから渡されたカプセルのことを話しても、誰が信じてくれるだろう。であれば、疑いが掛からないように、野島がその日、カプセルを飲んだことを見なかったことにするしかない。

仮に、それが真犯人を見逃すことになるとしても、である。そういう咄嗟の判断が、まるで何かの啓示のように由起の脳裏に浮かんだ。

それを見たことを認めてしまった場合、カプセルを野島に渡した人物と、由起の置かれた物理的距離の有利・不利は歴然としていた。由起はまさに事件現場のど真ん中にいて、もう一方の人物は、その影さえ、そこに見せていないのだ。

しかも、世間からの信用が、天と地ほど異なっていることを考えると、この罠を安全かつ有効に取り外すには、よほどの胆力と忍耐が必要に思われた。

由起は野島が本当に死んでいるのかどうかをもう一度確かめるために、勇気を振り絞って、野島の顔を凝視した。その一瞬、口から紫色のよだれが垂れ、手がくの字に曲がっているのに気づいた。それが死神の刻印であることを、由起は直感した。

だが、死後硬直という言葉を、由起はまったく知らなかった。

森本はチャイムのボタンを押した。芝山も一緒だった。芝山は今回、森本が単独で水脈に面会することを許さなかった。森本の状況説明を一通り受けていたから、さすがに芝山もことの重大さは認識していたのだろう。森本が水脈に単独で会い、不測の事態を引き起こすことは避けたかったに違いない。

水脈は銚子市内の二階建てアパートの、一番東寄りの角部屋に住んでいた。扉の上に二〇一号室という表示があり、ネームプレートには川島と書かれているだけだ。

午後八時過ぎだった。アポイントメントなしに訪問するには、いささか非礼な時間帯であるが、これ以外に方法はなかった。森本が水脈の勤める会社に電話したところ、九月三十日から十日間ほど休暇を取っていると言われたのだ。これは社員が通常取っている有給休暇の制度を活用したもので、特別珍しいことでもないらしい。

夏休みの盆の期間中にまとまった有給休暇を取る社員が多いから、会社側はこの期間に集中して従業員が減るのを懸念して、九月に取ることも推奨していた。従って、水脈のような社員もかなりいるのだ。

森本は、以前会ったときに聞きだしていた水脈の携帯番号に何度か電話してみたが、応答はなかった。

森本はアパートの部屋の明かりが消えていることを恐れていた。しかし、窓の磨りガラスにいかにも微弱な光が映っていて、誰かが中にいる気配があった。だが、チャイムを鳴らしてから五分経っても応答はなかった。近隣も静まりかえっていて、人声も聞こえない。森本は、説明しがたいような心理的恐怖を感じていた。

森本の右横に立っていた芝山が、手を伸ばし、もう一度チャイムを鳴らす。その音が妙にけたたましく室内で鳴り響くのが分かった。森本はふと隣室に視線を向けたが、明かりは消えていて、留守のようだった。

再び、数分間が経過した。中で人が動くような音が一度だけしたが、応答はなかった。ただ森本は、中のドアスコープから誰かが外を窺っているような気配を感じていた。

「携帯に掛けてみます」

森本は提げていたバッグのサイドポケットからスマホを取り出して、履歴から水脈の番号をタップした。おそらく、今度も応答がないだろうと予想していたので、半ば、諦め気味だった。水脈が森本の電話に出ないのは、偶然ではなく、明らかな故意が働いているように思われた。

だが、意表を衝かれた。「はい」というかすれた声が、突然、応答したのだ。

「あっ、川島さんですか？　森本です。夜分にすみません」

森本は冷静な口調で言った。

「あの——今、うちのアパートの外にヘンな男の人が来て、チャイムを鳴らし続けているんです。警察を呼ぼうかどうか迷っているんですが、どうしたらいいのでしょうか？」

森本はあっけにとられた。ただ、すぐにピンと来た。森本と芝山の立っている位置を確認した。森本から見れば、右横に立っている芝山は、実は扉の正面に立っていて、ドアスコープの視野の中心にいるはずなのだ。確かに、ほんの少し前にドアスコープを覗く気配があった。

芝山の顔のみが水脈の視野に入ったのかも知れない。あるいは、水脈がドアスコープから森本の顔も確認していたにも拘わらず、そう言いつくろっている可能性も排除できなかった。

「いえ、川島さん、実はそうではないんです。今ドアの外に立っている男の人は、私の所属している弁護士事務所の所長で、私もその横にいるんです。本当に突然で申し訳ないんですが、至急、川島さんにお訊きしたいことが起こったんです。とにかく、扉を開けていただけないでしょうか？」

しばらく、沈黙が続いた。だが、やがてはっきりと中から足音が聞こえ、ドアチェーンを外す音がした。それから、一瞬間を置いて、施錠を解くカチッという音と共に扉が開いた。黒縁の眼鏡を掛けた水脈の不安そうな顔が覗く。紺のジーンズに黒い長袖のTシャツ姿だった。

「ああ、川島さん、本当に夜分にすみません。少しだけでいいので、お話を聞かせていただけないでしょうか」

水脈がおずおずと何かを言い出そうとした瞬間、芝山が口を開いた。

「弁護士の芝山と申します。森本が、日頃、大変お世話になっております」

芝山はそう言うと、着ていた背広のサイドポケットから名刺を取り出した。水脈はそれを受け取ると、曖昧にうなずいたように見えた。

「あの川島さん、ちょっと外でできる話でもありませんので、中でお話しさせていただくか、それが無理であれば、どこかのお店に行ってもいいんですが」

森本の言葉に、水脈は当惑の表情を浮かべた。ただ、それほど躊躇する様子もなく、小さな声で言った。

「では、中にお入りください」

「あの、お母様は？」

森本が気遣うように訊いた。

「いえ、大丈夫です」

その意味は判然としなかった。母親は留守であるという意味に取れるし、在宅しているが気にしないでいいと言っているようにも取れるのだ。

森本と芝山は玄関の狭い三和土《たたき》で靴を脱ぎ、四畳半程度の部屋に通された。流しのある部屋で、中央には細長い白いテーブルが置かれている。けっして豪華ではなかったが、驚くほど整理整頓が行き届いた部屋でもあった。

流しのカウンターの上には、ステンレスの食器入れが置かれているが、茶碗やカップ、あるいは包丁などの台所用品が実に整然と並べられている。フローリングの床は、今、掃除機を掛け終わったばかりのようにキレイで、塵一つ落ちていない。

森本たちが突然やって来ることをさすがに予想できたわけがないのだから、日常的にこの程度の清潔と整頓が維持されているのは間違いなく、水脈のいかにも几帳面な性格を窺わせた。

この部屋以外に、隣にもう一部屋、和室があるようだった。だが、襖で仕切られていて、広さも、そこに誰かがいるかも分からなかった。ただ、森本は人の気配を感じなかった。

テーブルを挟んで、芝山と共に水脈と対座する。水脈は芝山からもらった名刺を、そのままテーブルの上に置いていた。森本がすぐに話し出した。

「本当にいきなり押しかけてきて、申しわけありません。でも、ぜひともお訊きしなければならないことが起きたものですから、ご協力願いたいんです」

森本はあえて「ご協力」という言葉を使ったが、すでに水脈が客観的な第三者とは考えていなかった。

「まずあなたからお聞きしたことですが、浦野さんが由起さんの運転手役をなさっていたというのは、野島さんが亡くなった二〇一八年の四月頃から五月くらいの話ですよね」

こう言うと、森本は水脈の目をじっとのぞき込むようにした。やはり、この話から入らざるを得なかった。

水脈は、おどおどとした挙措《きょそ》だったが、それはいつも通りとも言えた。特にこのような押しかけ面会のために動揺しているのは、むしろ、当然だった。

水脈は無言のまま、うなずいた。

「でもね、川島さん、浦野さんは、その頃、交通違反の減点が多くて、免許停止になっているんですよ」

森本はできるだけさりげなく言った。ここは、まだ水脈を決定的に追い込む場面ではないと考えていた。

「そうだったんですか。では、浦野さんは無免許で運転していたんですね。知りませんでした」

水脈は普通の口調で答えた。著しい表情の変化もない。

「いいえ、というか、浦野さんがその頃、本当にそういうことをしていたのを見たと言っている人は、あなた以外にいないんです。だから、まず、あなたがいつどこで何回くらい見たのか、正確に教えていただきたいんです」

森本は、そうならないように注意していても、自分の口調が自然にとがり始めているのを感じていた。黒縁の眼鏡の奥に見える水脈の目が、細かい瞬《まばた》きを繰り返しているように見える。

「見たのは一回だけですが、四月の末から五月に掛けてくらいだったということしか覚えていません。もう時間が経ち過ぎていますから、正確に日にちまで思い出すのは無理なんです」

森本は水脈の頭の良さを感じていた。複数回見たと言うよりは、一回だけにした方が、他の目撃者がいないことに説得力が生じると、水脈が咄嗟に判断したような気がしていた。それに日にちを特定しなければ、調査のしようがないのだ。

実は、森本はすでに水脈の商業高校時代の担任教師にも面会し、当時の水脈のことも訊きだしていた。その男性教師によれば、水脈は家庭が経済的に恵まれないため、高卒で就職することを考えて公立の商業高校に入ったのであり、その高校の中では断トツの成績だったという。機会に恵まれれば、相当に水準の高い大学にも合格できるくらいの能力だったらしい。

　おとなしくて礼儀正しく、教師に対して絶対に口答えしないタイプだった。だが、信念は持っていたと、その教師は話した。

「しかし、あなた以外に、浦野さんが由起さんのために運転手役をやっていたと言う人はいないんですよ」

「それなら、それは私の勘違いだったかも知れません。きっと浦野さんと由起さんがどこかに出かけるのを目撃して、そのとき浦野さんが運転するのだろうなと勝手に思ってしまったのかも。結局、浦野さんと由起さんはそんなに親しくなかったんですか？」

　引き際も早い。あっさりと自分の勘違いを認めて、それ以上、詰問の波が浸入するのを防いだ印象だった。

　それに、痛いところを突いてくると森本は思った。由起自身が浦野との一時的な男女関係を認めているのだから、その視点から言うと、水脈の発言はけっしてデタラメとは言い切れないのだ。

「いえ、坂井さんも浦野さんと親しかったことは認めています。ただ、私が本日、知りたいのは、あなたが浦野さんとどれくらい親しかったか、ということなんです」

　森本は、水脈の目をまっすぐに見つめて言った。森本にとって、それなりの覚悟の要る発言だった。だが、水脈は特に視線を逸らすこともせず、森本の目を見つめ返すだけだ。その表情から感情の起伏を判断するのは難しかった。

　芝山はこの部屋に入ってからは、一言も話していない。無言のプレッシャーを掛けるつもりなのか、水脈との会話はすべて森本に委ねるつもりなのか、森本にもその意図は分からなかった。

「どういう意味か分からないんですが」

　水脈がぽつりと言った。しかし、水脈が森本の示唆していることを分からないはずはない。森本は心理戦の様相を呈してきたのを自覚していた。

そうであれば、決定打となる客観的な証拠はないのだから、逆に遠回しに周縁から話して、こちらが何かの重要な証拠を握っているかのように装ったほうがいいと森本は判断した。

「実は、浦野さんは、亡くなった日の夜、若い女性と銚子市内の『レパード』というバーでお酒を飲んでいるんです」

言いながら、森本は水脈の表情の変化を注視していた。だが、黒縁の眼鏡の奥に見える水脈の目は、相変わらず気弱に見えるものの、いつもと格段に変わっているわけではなかった。森本は話し続けた。

「私はそのバーに直接行って、その二人を目撃したというマスターから、そのとき浦野さんと一緒にいた女性の容姿について、話を聞いたのです。その女性は長い黒髪で、派手な化粧をして、首筋の所に、黒いタトゥーをしていたそうです」

「だから、先生は前に、私に真希絵ちゃんのタトゥーのことを訊いたんですね」

水脈が案外自然な口調で訊いた。だが、森本の疑惑に気づいていないとも思えなかった。

「ええ、そうです。土倉さんはそのマスターが証言した女性と、見た目もとても似ていますしね。でも、今思い返してみると、そのマスターの話には、とても気になることがあります。その女性が、ナポリタンを食べていたというんです。いかにもバーという感じのその店で、ナポリタンみたいなパスタを食べる人はあんまりいないと思います。だから、その女性はまったくお酒が飲めず、仕方なくそんなものを食べて、時間を繋いだんじゃないかという気がするんです。それに午後九時になると、浦野さんより二時間も前に引き上げていったそうなので、何だかすごくチグハグな感じです。見た目はヤンキーっぽくしてるけど、浦野さんのお酒の相手をするのはとても無理で、最後は我慢できずに引き上げていった真面目な女性の姿が、何故か私には浮かび上がって体のどこにもしていません」

「その女性が私であることを疑っているんですか？　でも、私、タトゥーなんか大嫌いですから、きてしまうんです」

水脈が蚊の鳴くような弱々しい声で反論した。

「ええ、それはその通りだと思います。でも、タトゥーって、すぐに消せるペインティングの場合もあるでしょ。まあ、首筋だから、自分で描《か》くのは難しいですから、シールを使った可能性のほうが高いと思うんですけど」

「私が何のために、そんなことをしなければならないんです？　それにいかにもヤンキーっぽい女性が、アルコールに弱いことなんて、いくらでもあるじゃないですか」

さすがに水脈の言葉には、怒気が含まれているように思われた。ただ、その怒気の度合いがどの程度のものか、想像するのは難しいほどの小声だった。

「そうだよ。アルコールの強さが、見かけとはまったく比例しないことなんかよくあることだよ。逆に、いかにもおとなしそうな若い女の子がグビグビと日本酒を飲むのを、俺は見たことがあるしね」

森本と水脈の間に、一瞬成立した沈黙を埋めるように、ここで初めて、芝山が口を開いた。森本は芝山の発言に若干、驚いたものの、同時に一種の戦略だろうとも感じていた。実際、芝山がどちらかと言うと、水脈寄りの話し方をしたほうが、公正性が担保されている印象を与えるという意味で、好ましいとも言えるのだ。

「私が真希絵ちゃんのふりをして、そのとき、浦野さんと会っていたと先生は仰るんですか？　だとしたら、どうして私がそんなことをする必要があったのか、理由を教えてください」

水脈が気を取り直したように、改めて質問した。若干、声のトーンは上がっていたが、一定の冷静さは未だに保っているような印象だった。

森本は一瞬、たじろいだ。ここが一番説明の難しいところだった。これまでの水脈の証言から普通に考えると、水脈は真希絵よりも由起のほうに疑惑を持っているような話し方をしてきたのだから、むしろ、その時も、由起のふりをするほうが自然に思われるのだ。

「これがとても失礼な推測であるのは、自分でも分かっています。ですから、間違っていたら、遠慮なく訂正してください。あくまでも私の想像という前提で申し上げます。あなたの髪の毛は長くはありませんから、ウイッグを使って長髪に見えるようにした。そして、いつもより濃い化粧をして、首筋にはタトゥーのシールを貼り、確かにあなたは土倉さんのふりをした。でも、あなたの巧みさは、そうすれば、坂井さんが土倉さんのふりをして浦野さんに会ったという印象が生まれるのを、計算に入れていたことではないでしょうか。実際、私も坂井さんが土倉さんのふりをして、浦野さんに会ったのだろうと推測していた時期もあったのです」

森本はここで言葉を止め、うつむき続ける水脈の表情を、下から舐め上げるように見つめた。

「ひどいことを言いますね。何故私がそんなことをしなければならないんですか？　だいいち、大学にも行っていない頭の悪い私が、先生が仰るような複雑な話を思いつくはずはありません」

水脈はうつむいたまま、震える声で言った。顕著な変化だった。泣き出す寸前の声にも聞こえる。だからこそ、森本は手応えを感じていた。

同時に、言葉で水脈を苛めているような、後ろめたい気持ちになり始めていた。それでも、森本は思わず水脈に同情したくなる自分を奮い立たせるように話し続けた。

「いいえ、あなたはけっして頭が悪くありません。それどころか、高校時代のあなたの成績は、飛び抜けて一番だったというじゃありませんか。申し訳ないのですが、あなたの高校時代の担任だった先生にもお会いしてお話を伺ってきたんです」

しかし、森本が水脈の高校時代の担任教師に会ったという事実が、水脈をひどく傷つけたことは明らかだった。これまでとは違う、誰の目にも分かるような怒気が、水脈の表情に浮かんでいた。

「先生は私の高校の偏差値がどの程度なのか、知っているんですか？」

水脈が激しい口調で反論した。まるで何かの地雷を踏んだような反応だった。森本は不意を衝かれた気分になった。その水脈らしくないとがった口調もさることながら、高校の偏差値という言葉が、あまりにも文脈からズレているように思われたのだ。

「そんな高校で少し成績が良かったことを、先生のように頭のいい人から褒められても、からかわれて、苛められているとしか思えません。私、これまでもいろいろなことで世間から十分に苛められて生きてきたのですから、これ以上、苛めるのは許してください」

水脈の眼鏡のレンズ越しに、大粒の涙がこぼれ落ちるのが見えた。その反応は、本当に森本にからかわれたことを悔しがって、泣いているようにしか見えなかった。

「ちょっと待ってください！　私、そんなつもりで言ったんじゃありません！」

森本は自分でも滑稽に思われるほど、慌てふためき、動揺していた。反撃の弾が飛んでくる方向があまりにも予想外だったからだ。しかし、心の片隅では、これは頭の良い水脈が仕掛けた争点ずらしの罠のようにも感じていた。こういうとき、涙を見せられるのが、責める側としてはもっともやりにくい戦術なのは否定できなかった。

水脈はついに声を上げて泣き始めた。森本もますます混乱して、助けを請うように芝山の顔を見た。同時に芝山ほど、こんな場面で応援を求めるのにふさわしくない人物もいないと考えていた。だが、芝山は悠然と話し出した。

「いや、そうじゃないんです。森本君は、常々、あなたのことを頭がいい人だと言っていましたから、本当にそう思っているんです。けっしてあなたをからかっているのではありません。ただ、あなたが浦野さんから脅されていて、やむを得ず、そのとき浦野さんに会ったと考えているんです」

ただ会った、のではない。それどころか、そのとき、水脈は眼鏡も外し、首筋にはおそらくタトゥーのシールを貼り、いかにも真希絵に見えるようにいつになく派手な化粧をしていたのだ。

やはり、その周到な準備を考えれば、由起が真希絵のふりをしているように、水脈が装ったというのが森本には正解に思えた。そして、それと合わせて、そのあとに起こった交通事故のことを考えると、浦野に対する水脈の殺意が自然に伝わってくるのだ。

もちろん、芝山も森本の考えは分かっているはずである。しかし、あえてそこまでは言わず、「あなたが浦野さんから脅されていて、やむを得ず、そのとき浦野さんに会った」という一段ハードルの低い表現を使ったのだろう。森本自身、これならひょっとしたら、水脈がそのとき浦野に会っていたという事実を認めるかも知れないと思った。

芝山がいつの間にか、ポケットからハンカチを取り出し、水脈に差し出していた。水脈も頭を下げて素直に受け取り、眼鏡を外し、涙を拭い始めた。いい格好をするな、このタヌキ親爺。森本は心の中でつぶやいた。

眼鏡を外した水脈の素顔を初めて見た。確かに、由起の言う通りだった。清楚な印象ははっきりと残しつつ、顔の輪郭は思いのほか整っていた。この時点では、「意外なほど輪郭の整った、キレイな顔をしていた」という由起の証言も芝山に伝えてあったので、芝山がここでハンカチを渡したのは、それを確認するための芝山なりの演技かも知れない。

だが、考え過ぎだろう。森本の目には、芝山がそこまで計算の利く男には見えなかった。

水脈は芝山から渡されたハンカチをきちんと折りたたんで返すと、若干落ち着きを取り戻した口調で話し始めた。

「先生の質問をもう一度整理させてください。そのとき、浦野さんと一緒にいた女性は、真希絵ちゃんと同じように、首筋に黒いトカゲのタトゥーをしていたというんですね。そして、私が真希絵ちゃんのふりをして——」

「ちょっと待ってください」

森本は今度は微笑を浮かべながら、水脈の言葉を遮った。それから、むしろ冗談を言うときのような明るい声色《こわいろ》で、話しかけた。

「私、そのタトゥーがトカゲの形だったなんて、言ってないと思うんですけど。前に土倉さんのタトゥーについてあなたにお訊きしたときも、あなたは形は分からないと答え、私もトカゲであることは教えなかったはずです。実際に、そのとき浦野さんと話していた女性も、土倉さんもトカゲのタトゥーをしていたのは間違いないんですけど」

水脈は恥ずかしそうに苦笑して、力なく首を横に振ったように見えた。森本は、凡ミスをしたときのテニス・プレイヤーの仕草を思い浮かべた。単なる口のスリップと言い逃れるには、トカゲという言葉があまりにも具体的に過ぎることは水脈も分かっているのだろう。

「すみません。やっぱり、嘘を吐くのはダメですね。そのとき、浦野さんに会っていたのは、確かに私です」

水脈がか細い声ながら、意を決したように言った。それこそまさに森本が待ち望んでいた言葉だった。しかし、このあとの展開はまだまだ不透明だった。少なくとも、これを水脈の降伏と受け取るのは早計だろう。もっと大きなものを守るために、聡明な水脈がここは一応認めたほうがいいと判断した可能性もあるのだ。

「やっぱり、浦野さんに脅されていたんですか？」

森本は、優しく包み込むような口調で訊いた。とにかく、水脈にはすべて本当のことを話してもらいたかった。

「ええ、ある日、会社で残業をしていると、社長室から社長が出てきて、経理のことで私に指示をしたんです。ほとんどの社員は帰っていて、部屋の中には私と社長しかいませんでした。すると社長が突然、私に抱きついてきたので、その手を振りほどこうとしていたとき、倉庫からトランクを運び出す仕事をしていた浦野さんが、外の通路を通りかかり、少し開いていた扉の隙間から、その光景を目撃したらしいんです。浦野さんは私と社長が男女の関係だと思い込んだのか、その後私に会うたびに、小声で『社長とできてるだろ。そのことを黙っていて欲しかったら、社長から聞いたことを他の人に話すな』って言ったんです」

森本は、その言葉を思わず繰り返した。その意味は判然としなかった。

「社長から聞いたことを他の人に話すな？」

「ええ、社長は、浦野さんが二億円のお金を着服していたことを知っていたんです。社長は経理である私にそのことを話し、浦野さんのお母さんも、それを認めて謝り、息子には必ず返させると約束したと言っていました。でも、社長は、税金上、問題のあるお金だから、今すぐに、この事件を表沙汰にするわけにはいかないと言ったんです」

思わぬところで、二億円の紛失事件が登場した印象だった。だが、この情報に森本は少なからぬショックを受けていた。これが本当だとしたら、二億円は盗まれたのではなく、「銚子クレイドル」に貸し付けるための原資として使われたという森本の仮説も、当然、怪しくなってくるだろう。それは言うまでもなく、加奈子が貸金庫に入れていた重要書類が借用証書であるという判断自体を根底から覆すものになるかも知れないのだ。

では、加奈子が貸金庫に預け、今や、加奈子を殺害した犯人の手に落ちたと思われる、その重要書類はいったい何なのか。森本は、心の中でうめくようにつぶやいていた。

「ということは、社長との関係は黙っていてやるから、二億円について、社長から聞いたことはしゃべるなと、浦野さんは脅してきたのですね」

森本は焦る気持ちをぐっと抑えて、水脈の話を整理するように、もう一度念を押した。

「ええ、そうですけど、私、本当に社長とは何の関係もないんです。抱きつかれてしまって困っていたところを、たまたま浦野さんに見られただけなんです」

水脈は語気を強めていた。この潔癖さは本物だと森本は感じていた。

「それはそうでしょ。相手が、勝手に抱きついてくるのは、なかなか防ぎようがないですよね」

森本の同情的な言葉に、水脈は大きくうなずいた。

「浦野さんは、野島さんが毎年、『銚子クレイドル』に五百万円寄付していたことについて知っていたようなのですが、それを教えたのは？」

「私じゃありません。由起さんから聞いたと言って、私にそれを確かめてきたことはありましたが、私は経理に関することはお答えできないと言ったんです」

この点については、森本は水脈の言うことを信じていいと思った。由起は否定とも取れる言い方をしたが、やはり、それは由起が教えたと考えるのが正解だろう。

「それで、浦野さんに、その夜、どんな目的で会ったんですか？」

森本は落ち着いた口調で、改めて訊いた。

「だから、そのとき、私が浦野さんの誘いに応じたのは、私は社長とは何の関係もないことをはっきり伝えた上で、社長から聞いた二億円の紛失の話を誰にも話す気はないと言うつもりだったんです。私、そんなキタない話に巻き込まれたくありませんでしたから、浦野さんに頼まれなくても、元々、その話を誰にもする気はありませんでした」

「でも、あなたはそのとき、さっき言ったようにいろいろと工夫して、土倉さんに見えるように装っていたんですね」

　森本は、ここでも強い口調を避け、できるだけ普通に言ったつもりだった。

「ええ、確かに眼鏡を外し、普段はほとんどしない化粧もしっかりし、ウイッグもタトゥーシールも利用しました。それは、私が浦野さんに会っていることを誰にも知られたくなかったからです。浦野さんは女性関係が派手で、誰かれ構わず声を掛けているという噂がありましたので、私もそんな女性の一人だとは思われたくなかったんです。それで、前にも先生に申し上げたように、浦野さんが真希絵ちゃんを誘っているのを見たことがありましたので、真希絵ちゃんのふりをすることを思いついたんです。でも、先生が仰るように、由起さんが真希絵ちゃんのふりをしたように装ったなんてことはまったくありません」

　やはり、水脈は頭がいい。話の重要なポイントをはっきりと認識していると森本は改めて思った。そのとき、浦野と一緒に「レパード」にいたのが自分であることを認める以上、マスターの客観的な証言があるほとんどの事実を認めたほうがいいと判断しているのだ。

　そして、由起が真希絵のふりをしているように、水脈が装ったという、ある意味では検証しようのない推測の部分だけを明確に否定していた。そこだけは絶対に認めてはいけないことを、水脈は分かっているのだろう。森本はまだ降伏する気はないという水脈の強い意思を感じ取っていた。

　だからこそ、森本はやはり、自分の推測のほうが正しいと思った。森本の脳裏に、道路上でもつれるようにしている二人の男女の黒い影が浮かぶ。

「そんなところで寝たら、車に轢かれちゃいますよ」

　女の叫び声が、深夜の闇の路上に響き渡る。だが、泥酔状態の男は意味不明な言葉を繰り返し、路上に蹲《うずくま》るように倒れ込む。女のほうは、その肩をゆすって起こそうとするくらいはしたかも知れない。そんなことでは男が起きないと知っていたにも拘わらず、である。

こういう状況が起こるためには、午後九時頃、店を出て行くとき、水脈が浦野と、その後の待ち合わせを口約束していたと考えるしかない。用心深い水脈が、待ち伏せした、あるいは携帯を使って呼び出したとは思えない。

待ち伏せの場合、予想外の目撃者を完璧に防ぐのはほぼ不可能だし、携帯の場合は履歴が残る。口約束のほうが遥かに安全なのは明らかなのだ。

午後九時に水脈が帰るとき、二人が揉めていたことはまったくなかったというマスターの証言を考えると、森本の想像もまんざら的外れではないように思えた。

水脈が適当な口実を作って外に出れば、店のマスターや従業員には、連れの女性客は途中で帰ったという印象を与えることは計算していた。その一方では、浦野に対してはどこかのホテル、もしくは浦野の自宅に行くことを約束して、待ち合わせ場所を指定していたとも考えられるのだ。酒癖の悪いことで有名な浦野だから、二時間後には泥酔していると確信していたのだろう。

だが、森本の想像がピタリと当たっていたとしても、検察的な言い方をすれば、これはいかにも筋の悪い事件だった。浦野がトラックに轢かれる瞬間に、水脈が現場にいたとは思えない。

水脈にしてみれば、それはある種の神頼みだったのかも知れない。通りかかった何かの車両が浦野を轢いても構わない、いや、むしろ、轢いて欲しいと願っていたとしても、それを立証することは実質的に不可能だろう。

ここでも未必の故意という言葉が、厳然として、森本の前に立ちはだかっていた。轢かれる直前まで、浦野の体を路上で抱き留めて離さなかったという前提でもない限り、泥酔状態の浦野を路上に放置して立ち去ったというだけでは、刑法的に問えるのはせいぜい遺棄罪くらいだろう。

その遺棄罪でさえも、よほどきちんと事実を積み重ねていかない限り、立証するのはそう簡単ではないように思われるのだ。

すべてが仕組まれている。森本は心の中で、つぶやいていた。ただ、いくら頭がいいとは言え、これをすべて水脈が一人で考えたのか、疑問は残る。森本は、浦野が「銚子クレイドル」を脅していたことを改めて思い出していた。

ただ、この状況をここで問いただそうとしても、将棋で言う千日手《せんにちて》のようなもので、永遠の堂々巡りになるのは、森本には分かっていた。しかも、これは本筋の事件ではない。森本は、この部分についてはこれ以上深入りをすることは避け、そろそろ本筋の事件に言及するべきときが来たのを自覚していた。

9

すでに午前零時が近づいていた。少しだけどころか、三人が話し始めてから、四時間ほどが経過していた。深夜近くになって降り出したのか、外では微かな雨音が聞こえている。

水脈はすっかり冷静さを取り戻し、中学時代に「銚子クレイドル」で世話になったことも認め、五百万円の寄付についても話し始めていた。もはや、野島と「銚子クレイドル」の橋渡し役が水脈であるのは明らかになっていた。

「確かに、最初は税金対策になると言って、私が勧めたんです。『銚子クレイドル』の名前を出したのも私です。社長は『銚子クレイドル』の活動なんかにまったく関心はなかったと思います。でも、社長にとっては、経理的に節税になれば、どこへ寄付しても同じことで、どうして私が『銚子クレイドル』を寄付先として推薦するのか、特に質問することもありませんでした」

「じゃあ、『銚子クレイドル』とあなたの関係は、中学時代から続いていたということですか？」

森本の質問に水脈は大きく首を横に振った。

「いいえ、そうではありません。私はあんなにお世話になったのに、黙って施設を出てしまい、お礼も言わなかったことを本当に後悔していたんです。それで高校を出て『エステート野島』に就職が決まったとき、こっそりと住谷代表に挨拶に行ったんです。そうしたら、住谷さん、『あなたのこと心配してたけど、無事でよかった』と言って、涙まで流して喜んでくれたんです。私も泣いて、住谷さんに思わず抱きついてしまいました。それから、たまに住谷さんに会い、『銚子クレイドル』の様々な活動のことを教えてもらうようになりました。ですから、こういう所にこそ、お金が還元され、そのお金は、本当に必要としている人々のために使われなければならないと考えるようになったんです」

「では、例の遺言状についても、川島さんのほうから、そういう風にするように誘導したということでしょうか？」

森本は、誘導という言葉を使うことには自分でも抵抗があった。その言葉は自ずと野島に対する水脈の悪意を内包しているように思われたからだ。しかしそれは、真実を明らかにするためには避けられない質問だった。

「そうです。当時、社長は由起さんにも、真希絵ちゃんにも愛想を尽かしていました。二人とも、お金目当てで、社長に対する愛情なんてまったくないことを、死ぬ間際になってようやく分かったみたいでした」

「浦野さんは、ある重要書類を、亡くなった『銚子クレイドル』の職員だった西岡加奈子さんに預けているんです。西岡さんはそれを信用金庫の貸金庫に保管していたんですが、その書類は亡くなる前日に西岡さん自身によって取り出されています。それでお訊きしたいんですが、その書類について、あなたは浦野さんから何か聞いていなかったでしょうか？」

微妙な沈黙が流れた。水脈は何かを考え込むように、しばらくの間、うつむき続けた。森本は、水脈が決定的な証言をしてくれることを期待していた。だが、水脈は不意に顔を上げて言った。

「何も聞いていません。だいいち、私、西岡さんという方を知らないんです」

この発言の真偽の判定は難しかった。虚偽だとしても、その書類の中身が分からない以上、そういう嘘を吐く動機が見えてこないのだ。再び、緊張感に満ちた沈黙が流れた。

「あなた自身が野島社長のような人間をどう評価しているのか、私は知りたいんですがね」

ここで大きな話題の転換を図ったのは、それまでしばらく黙っていた芝山だった。森本には、ここでは加奈子のことを深追いするなという芝山の合図のように聞こえた。

「大嫌いです！　同じ空気を吸いたくないです」

水脈は毅然として言い放った。森本が息を飲むほど、その口調には迫力があった。ただ、それは評価というよりは、あまりにも感情的な表現に思えた。森本が言葉を挟む間もなく、水脈は普段の水脈からは想像できないような饒舌さで、話し続けた。

「社長のお金の稼ぎ方は、他人の不幸に基づいているんです。法律違反ギリギリの商売と脱税で儲けたお金を、不幸な人々に高金利で貸し付け、過酷な方法でその借金を取り立ててきたんです。そして、社長とその取り巻きの人たちは意味のない贅沢にたくさんのお金を使っています。そんな無駄なお金を使うくらいなら、『銚子クレイドル』のようなまともな社会福祉活動を行っているところに、社長の遺産を移動させてしまったほうがどんなに世の中の役に立つだろうと、私はずっと思っていました」

「あの、これはとてもお尋ねしにくいことなのですが――」

森本が恐る恐るお伺いを立てるように話し出した。

「ある筋から、お父様が負債を苦にされて自殺されたということをお聞きしたのですが、そのお父様がまさか野島さんからお金を借りていたということはありませんか？」

　野島はかつて貸金業もやっていて、不動産業以上に、それによって金を稼いだとも言われていた。その後、表向きは貸金業はやめていたが、個人的なレベルでは未だに高利で金を貸すこともあったらしい。しかし、森本の質問に、水脈は苦笑しながら、首を横に振った。

「それは違います。父がお金を借りていたのは、別の金融業者です。しかし、同じことなのです。ああいう人たちは、野島さんも含めて絶対に許されるべきではありません。自己破産が認められたにも拘わらず、父はその金融業者から返済しろと責め立てられました。自己破産をするのに、お金を払って依頼した弁護士も、そのあとのことは、何も面倒を見てくれませんでした。父は、ついに耐えられなくなって自殺したのです」

「しかし、自己破産したあと、債権者がなおも相手の借金を脅迫的にしかも執拗に取り立てようとするのは違法行為に当たる可能性がありますから、警察に通報すれば、厳正に対処してくれると思うのですが」

　森本はなるべく水脈を刺激しないように、小声でつぶやくように言った。ただ、責任を最後まで引き受けない弁護士がいることも事実で、こういう法律論が無意味な状況が起こり得ることは重々承知だった。

「自己破産している人間の言うことなんか、警察が相手にしてくれるわけがありません。警察はいつだって、弱い人間の味方ではなく、強い人間の味方なんです」

　森本は重いため息を吐いた。確かに水脈の言うことを、「そんなことはありませんよ」と一蹴する気にはなれなかった。野島のような富裕層の奢侈《しゃし》に対する批判も警察批判も、百パーセント正しいとは言えないにしても、どちらもある程度当たっていることは確かなのだ。ただ、自分の置かれている不幸の度合いに応じて、その感じ方の強弱が違うに過ぎないのかも知れない。

森本は再び、緊張し始めていた。いつまでもこのような周縁的な議論に留まっているわけにはいかなかった。森本がどうしてもはっきりとさせたいのは、やはりあのことなのだ。森本の脳裏に、白と水色のカプセルが浮かんでいる。

森本は意を決したように話し始めた。

「実は被告人の坂井由起さんが最近になって、事件の根幹に関わるような重要な証言をしているんです。野島さんが亡くなった夜、坂井さんと二人きりだったときに夫婦喧嘩をして、そのあと、野島さんが風邪薬みたいなカプセルを飲んだというんです。中に入っていたのは、覚醒剤でしょう。その覚醒剤は、野島さんに頼まれて、由起さんが売人から買ったものだと私は推測しています。ただ問題は、覚醒剤をカプセルに入れて野島さんに渡した人物があなただと野島さん自身が仄めかしたと坂井さんが証言していることなんです。覚醒剤はそのまま服用すると非常に苦いので、あなたがそういう工夫をして、飲み易くしてくれたという意味で、野島さんはそう言ったらしいんです。つまり、野島さんとしては、あなたの親切さを坂井さんに対する当てつけとして言ったとも解釈できるんです」

「そんな話、先生は信じるんですか?」

水脈の眼鏡の奥の瞳がギラリと光ったように思えた。それが根も葉もないことだとすれば、確かに水脈にとって聞き捨てならない話だろう。しかし、森本には由起がそのことを話した状況から考えて、どうしてもそれが嘘とは思えなかった。

「いいえ、そうではなくて、本当かどうか分からないので、あなたに確かめているわけです」

「先生は坂井さんの刑事弁護人だから、坂井さんの立場に立って、いろいろと考えるのは分かりますが、私は普通の人間で、坂井さんは少なくとも殺人罪で起訴されている刑事被告人なんですよ。だったら、私に聞くまでもなく、坂井さんが嘘を言っていると考えるのが普通じゃないでしようか」

「ですから、私の質問に対して、最初にイエスかノーかをまず聞かせていただきたいんです。あなたはまだその回答を仰っていない」

森本もここは毅然として言い返した。そのあと、異様な沈黙が始まった。水脈は、しばらくの間、話さなかった。森本は不意に、「銚子クレイドル」の壁に貼られていた「隣人に関して偽証してはならない」という短冊の言葉を思い浮かべた。

森本は積極的に、自分から話し出すほうを選んだ。

「お答えがないようですから、まず、私の推測を申し上げます。私が坂井さんの発言に信憑性を感じている理由は、すでに述べたことと密接に関連していますが、ここでは繰り返しません。ただ、カプセルについてだけ言わせてください。坂井さんと野島さんが、決定的に不仲になっていたのは、周囲のほとんどの人が証言しており、野島さんが坂井さんに対して、かなりの警戒心を持っていたのは間違いありません。実際、彼は周囲の人間に『俺はあいつに殺されるかも知れない』と漏らすことさえあったようです。あいつというのは、もちろん、坂井さんのことです。だから、もし坂井さんがそういうカプセルを渡したとしたら、覚醒剤ではなく、青酸カリのような毒物が中に入っていることを警戒して、飲まなかった可能性もあると思います。そして、最晩年の野島さんと社長室で二人だけになることが多く、そういうカプセルを渡すチャンスがあり、しかも渡してもまったく警戒されなかった人物は、あなたしか考えられないんです。あなたはパパ活などまったくしないことを野島さんも分かっていて、その分、坂井さんや土倉さんと比べて、あなたに対する信頼は絶対的だったと思うんです。それに、あなた個人は遺産問題には何の関係もない。そのあなたが、覚醒剤を飲みやすくするという口実で、野島さんから受け取った白い粉をカプセルに詰めて渡せば、野島さんは疑うはずがありません。いや、それはあなたのほうから持ちかけたというより、覚醒剤には精力剤としての効果があると元々信じていた野島さんが、前からそういう工夫をあなたに頼んでいたと、私は考えています。そして、そのとき、あなたはそれを飲む時間まで指定していたかも知れないんです。野島さんの日常の行動をあなたは知り尽くしていたでしょうから、例えば、午後六時頃の夕食の時間に、坂井さんと二人だけになるときに、飲むように言うことができたはずです。そして、あなたはそうなれば、必然的に疑いは坂井さんに向くことも分かっていた――」

「先生、いい加減にしてください！　みんな根拠なんか一つもない推測ばかりじゃないですか！」

水脈の絶叫が室内に響き渡った。森本はぎょっとしながらも、襖で閉ざされた隣室のほうに思わず視線を向けた。やはり、その部屋の中に母親がいて、耳をそばだてて三人の会話を聞いているような気がしたのだ。しかし、相変わらず、隣室からは物音一つ聞こえてこない。

「私が風邪薬のカプセルに、覚醒剤を詰めて、社長に渡したと言うんだったら、その証拠を見せてください」

「落ち着いてください、川島さん。これはあくまでも私の推測ですから、証拠はありません。カプセルのことはひとまず置くとしても、私は西岡さんが浦野さんから預かったという重要書類は、住谷さんが野島さんからお金を借りたことを示す借用証書ではないかと思っているんです。西岡さんも、それが何であるかは分からないけど、『銚子クレイドル』の運命を左右するものだと浦野さんが言ったと証言していたんです」

「住谷代表が野島さんからお金を借りるなんてあり得ません！　それに、西岡さんに何が分かるっていうんですか？　あの人は、これまでずっと、クレイドルに批判的だった人なんですよ」

水脈は森本の言葉を激しく遮って、もう一度叫ぶように言った。その直後に、奇妙な静寂《せいじゃく》が行き渡ったように思われた。森本は、一瞬、文脈を失ったように考え込んだ。それから、水脈の目を正面から凝視して、静かに言った。

「おかしくありません？　あなたはさっき、『西岡さんという方を知らないんです』と仰ったはずですよ。それなのに、どうして彼女が『これまでずっと、クレイドルに批判的だった』なんて言えるんですか？」

「知らないというのは、よく知らないという意味で、まったく知らないという意味ではありません。それに、彼女のことは住谷さんから、いろいろとよくないことを聞いていましたから」

今度は、水脈は毅然として言い返してきた。その反撃の言葉に淀みがなかった。

「そうですか。では、川島さん、あなたはその書類について西岡さんからも本当に何も聞いていないんですか？」

水脈の顔に、若干、躊躇の影が浮かんだように見えた。だが、無言だった。森本はさらに畳みかけた。

「あなたが野島さんを嫌いなのは仕方がありませんが、野島さんはあなたのことを私利私欲のない優しい子だと言っていたらしいですよ。ですから――」

ここまで言って、森本はふとしゃべるのを止めた。由起の口から森本に伝わった、野島の言葉を不意に思い出したのだ。その子にも何か残してやりたいと思ったのですが、何も要らないと言うんですよ。

その言葉がヒントになって、あることが突然、閃《ひらめ》いたのだ。その直感が当たっているかどうか、森本には確信が持てなかった。だが、とりあえず言葉にして、水脈の反応を見極めようとした。

「ひょっとして、西岡さんが信用金庫の貸金庫の中に保管していた物は、野島社長があなたのために書いた遺言状ではないんですか？」

水脈の表情に顕著な変化があった。それは危険な錯乱の前触れのようにさえ思われた。水脈は再び強い口調で話し始めた。

「私が貧乏だから、先生はそんなことを仰るんですか。私が野島さんの遺産の一部をもらおうとしていたとでも。私、野島さんなんかから、一円も欲しくないです。実際、その遺言状には私のことなんか――」

水脈はそう言い掛けて、思い直したように不意に口をつぐんだ。森本には、水脈の動揺が手に取るように分かった。やはり、そういうことか。森本はこみ上げてくる興奮を抑えて、できるだけ普通の口調で、念を押すように言った。

「それはやっぱり公になっていない新しい遺言状だったんでしょ」

水脈はしばらく黙り続けた。それから、覚悟を決めたように言った。

「それは確かに新しい遺言状でした。でも、これだけは絶対に言っておきたいです。野島さんが私のために書いたものではありません」

一部の関係者にしか知られていない、二〇一三年に書かれた最初の遺言書のことを、水脈が知っているとも思えない。従って、水脈の言う新しい遺言状とは、すべての財産を「銚子クレイドル」に寄付するという内容の、二通目の遺言書に続く、三通目の遺言書のことなのだろう。

「その遺言書には、どんなことが書かれていたんですか?」

森本は身を乗り出すようにして訊いた。隣に座る芝山にも森本の緊張が伝わったようで、森本の顔に、ちらちらとせわしない視線を投げている。

「言いたくありません」

水脈が蚊の鳴くような小声で答えた。

再び、水脈の長い沈黙が始まった。森本はその沈黙を暗黙の自白と受け止めることも不可能ではないと考えていた。しかし、やはり、水脈の口からはっきりと述べられる真実を聞きたかった。森本は、水脈の誠実さに賭けたい気分に駆られた。

「川島さん、私はあなたがこれまで経験してきたつらい人生はよく理解できます。でも、こんなことを言うのは生意気かも知れませんが、だからといって、何をしてもいいことにはならないんです。ただ、もし私が想像していることが本当だとしたら、これだけ大仕掛けな計画をさすがにあなたが一人で考え、実行できたとは思えないんです。他に協力者、いや、むしろ計画の立案者がいたと考えるのが自然でしょう。浦野さんが亡くなって一番ほっとしているのは誰なのか。また、私は西岡さんの死も自殺ではないと考えています。私は犬吠埼灯台の現場まで行ってきました。見学終了間際ならば誰もいない時間帯があって、人に見られずに犯行に及ぶことは不可能ではないと思いました。そして、西岡さんの死によって、一番、恩恵を受ける人物は誰なのか。それは浦野さんの死で一番ほっとしている人物と同じではないでしょうか」

「違います！」

　語気鋭く沈黙を破った水脈が、森本の顔をにらみ据えた。

「住谷代表は事件とはまったく関係がありません！　すべて、私一人が考え、一人で実行したんです！　社長みたいに無駄な贅沢でお金を使う人がずるずると長生きしている間に、何万という貧しい人々が死んで行くんです。その人たちを救済することを優先するのは当然じゃありませんか？」

　水脈の全身が震えていた。森本はついにこの自供にまで追い込んだと思う一方で、水脈のような人間を追及する自分自身が、真の悪人のように思えた。ただ森本は、冷静にと自分自身に言い聞かせた。

「では、覚醒剤入りのカプセルを野島さんに故意に渡し、死んでもいいと思っていたことをお認めになるんですね」

「それも違います！　死んでもいいじゃなくて、はっきりと死んで欲しいと思っていたんです。あの人が長生きすればするほど、世界の不幸な人々が一人ずつ、死んで行くんです。あの人が早く死んでくれなければ、『銚子クレイドル』は破産してしまいます。そうなれば、ますます多くの貧しい人々が救われなくなるんです」

　それが水脈なりの動機なのかと、森本は思わず心の中でつぶやいていた。「銚子クレイドル」が財政的にきわめて厳しい状況にあるとすれば、野島の遺産が突然転がり込んでくるような僥倖がどうしても必要だったのは、理解できた。

「というと、そういう社会正義の気持ちだけで、野島さんを殺害したというんですか？」

　訊きながら、それはあり得ないと森本は考えていた。殺人の動機には常に私的なものが絡んでいるはずなのだ。

「いいえ、そうではありません。社長が自慢げに、債権者としていかに残酷な取り立てをしてきたかを、周囲の人々に面白おかしく話すのを一緒に聞いているとき、私はいつも父の悲しそうな顔を思い出し、涙を堪《こら》えていました。だから、これが私なりの復讐だったんです。社長は父の債権者とは別人でしたが、私の父を葬り去った人間と同類なんです。いえ、父だけではありません。先生、隣の部屋に何があるか分かりますか？」

　水脈が不意に立ち上がり、つかつかと襖の前まで歩き、それを開け放った。森本の全身が、一瞬、硬直した。そこに水脈の母親の死骸が転がっているような恐怖を感じたのだ。

　だが、そんなものはどこにもなかった。室内は明かりが点けられたままになっていて、微かに線香の匂いが流れている。右手の壁際に、みすぼらしい畳部屋にしては立派な黒い仏壇があり、香炉の灰にはすでに火の消えた三本の線香が立てられていた。

森本の目はそこに置かれている黒い額縁の写真に引き寄せられた。穏やかな表情の若い夫婦が、中に小学校の低学年くらいの少女を挟んで、仲睦まじそうに微笑んでいる。少女はきょとんとした表情で、特に笑ってはいない。

「実父と母と私です。母も八年前に亡くなりました。私が継父から性的虐待を受けていたことに責任を感じて、自殺しました。今日は母の命日なのです。もちろん、継父も絶対に許せませんが、私が性的虐待を受けていた事実を警察に訴えることを恐れて、私から逃げ回っていました。でも、その継父も一年前に病死したことを人づてに聞きました。でしたら、私は誰に復讐すればいいんですか？　私たち家族の幸福を奪った根本的な原因を作ったのは、父を追い込んだ債権者であり、富の偏りを許している社会の不公正な仕組みなんです。父が債権者に追い込まれて自殺することがなければ、私はその継父に出会うこともなかったのです。ただ、その債権者に近づく方法はなく、復讐は実質的に不可能でした。ですから、その債権者の象徴である野島社長を、私が殺すのは必然であり、それは私の個人的な復讐でもあったんです。このことは住谷代表とは何の関係もありません。森本先生、お願いですから、私の言うことを信じてください」

再び、大粒の涙が、眼鏡越しに水脈の頰を伝い始めた。その涙声も最後の部分はかすれ、ほとんど聞き取れないくらいだった。

「川島さん、よく聞いてください。私は何も住谷代表が共謀していたと決めつけているわけではないんです。しかし――」

言いながら、森本は立ち上がっていた。何かの異変が起こることに備えた本能的な動作だった。森本の隣に座っていた芝山も、やはり立ち上がっている。実際、水脈の言動にはただならぬ不吉な気配が漂っていた。

「分かりました。先生がどうしても信じてくれないなら、今、証《あかし》を見せます」

森本の言葉を遮るように言うと、水脈は突然、小走りに流しのほうに向かった。森本が声を掛ける間もなかった。水脈の手が食器入れから包丁を取り出し、喉元に当てるのが見えた。

「やめろ！」

芝山が大声を上げ、その太った体型からは想像できない猛烈なスピードで、水脈に突進した。室内全体が大きく振動したように思えた。

だが、そのあとの光景は、森本の目にはまるで無声映画の一コマにしか見えなかった。芝山と水脈が一本の包丁を巡って激しくもみ合い、水脈の喉元から流れ出る鮮血が鈍い蛍光灯の光に映し出された。

その血を見た瞬間、一気に正気を取り戻したように、森本も二人のほうに走った。芝山を押しのけて水脈の包丁を奪い取り、できるだけ遠い位置まで放り投げた。

包丁を奪い取るとき、包丁の刃先に触れたのだろう。森本の右手の人差し指からもかなりの血が流れ出た。だが、痛みなどまったく感じなかった。

鈍い振動音と共に、水脈の体はフローリングの床の上に仰向けに倒れた。冷静に！　冷静に！森本は自分自身に言い聞かせながら、ズボンのポケットからハンカチを取り出し、水脈の喉元に当てた。白いハンカチを、一気に鮮血が染める。

だが、水脈の喉元から流れ出る血は、致命的な量ではない。助かるはずだ。いや、助けなければならない。

「何でこんなことするの？　死んじゃだめ！　私はあなたには絶対に生きて欲しいの」

森本は不意に激してきた感情を抑えきれず、思わず水脈の上半身を抱き起こしながら、うめくように言った。自分の目からも、涙がはらはらとこぼれ落ちるのを感じていた。だが、その涙の意味は、森本自身にも分からなかった。

水脈の顔は蒼白だった。だが、意識はしっかりしているようで、森本の顔を見上げ、悲しそうに微笑んだように見えた。それからかすれた声で話し始めた。

「先生、ごめんなさい。早くお父さんとお母さんのところに行きたかったから。それに私が死ねば、先生が私の言うことは本当だと信じてくれると思ったんです。住谷代表は本当に関係がないんです」

「もういいの。信じるから。お願いだからしゃべらないで」

森本は涙声で、水脈の言葉を鋭く遮った。

「ありがとうございます。でも、私ってやっぱり馬鹿ですよね。タトゥーの形も自分でしゃべっちゃった上に、先生の誘導に乗って、遺言状のことも認めちゃったんですから」

呼吸は苦しそうで、声も消えかかりそうだった。それも違うと森本は心の中でつぶやいていた。私は誘導などしていない。水脈の良心がその言葉を吐き出させただけなのだ。

だが、口には出さず、水脈を静かに寝かせると、喉元をハンカチで押さえ続けた。水脈も目を閉じたまま、身動きすることはなかった。そのあと、森本は時間の感覚を失ったように、しばらくの間、どこか空虚な闇の世界をたゆたっていた。

やがて、遠くで、芝山が呼んだはずのパトカーと救急車のサイレンが聞こえ始めた。

10

すでに師走に入っていたが、五月から始まった急激な変化と多忙は、季節に対する森本の感覚を鈍麻させてしまったようだ。

人並みに夏は暑いと感じ、冬になれば寒いと感じる。それにも拘わらず、そう感じている自分が存在していないような希薄な感覚に、森本はときおり襲われた。森本は依然として普段の正常な感覚を取り戻していなかったのだ。

実際、七ヶ月の間に、森本はあまりに多くのことを経験し過ぎていた。最初はどちらかと言うと、弁護団の補助的な調査というつもりで始めた自分の行動が、これほど決定的な逆転劇を生み出すとはまったく予想していなかった。

森本には誇らしい気持ちは一切なかった。それどころか、いくら考えまいとしても纏わり付いてくる罪の意識をどうしても拭い去ることができなかった。

右手の人差し指の傷は、思ったより深く、外科に行って、三針ほど縫っていた。水脈から包丁を奪い取った直後は痛みなどほとんど感じなかったが、時間が経つとかなり痛み始めたのだ。

しかし、その痛みによって、森本は常に水脈のことを忘れないでいられることに、むしろ感謝したい気持ちだった。

芝山らの弁護団から詳細な説明を受けた検察は、坂井由起に対する殺人罪での起訴を取り下げていた。由起は覚醒剤取締法違反では起訴されたが、初犯であるため、「懲役一年六ヶ月、執行猶予三年」の判決を受けていた。

パパ活による詐欺罪のほうも、検察が起訴を取り下げていた。本来は殺人罪とは無関係なはずなのだが、被害者の男性が取り下げを望み、公判の維持が難しくなったと検察は発表した。その結果、由起は釈放された。

一方、千葉県警は、川島水脈を野島耕三に対する殺人罪で逮捕した。いきなり本丸から攻め込んだ印象だった。浦野や加奈子の死亡事件に比べて、客観的な物証があり、水脈の自白にも整合性があるため、まずはこの本筋の事件から固めていくのがもっとも賢明な捜査手順であると、千葉県警は判断したようだ。

病院のベッドで行われた水脈に対する任意の事情聴取において、水脈は自宅アパートの仏壇の引き出しに、野島に渡したのと同じ、風邪薬のカプセルに覚醒剤を詰めたものが二個残されていると自白し、家宅捜索の結果、水脈の供述通り、そのカプセルが発見された。

その横には、まだ半分以上の本物のカプセルが入った風邪薬の箱が置かれていた。その二個のカプセルの成分を分析したところ、やはり覚醒剤であることが判明した。

これが決定的な物証となった。水脈の喉の怪我は全治三週間程度のものだったので、水脈は退院直後に逮捕された。その後の取り調べで、水脈は一度そのカプセルを渡して結果が得られなかった場合は、二度、三度と飲ませるつもりだったと明確な殺意を肯定していた。

野島殺害に関する水脈の計画性も明らかになっていた。効果を試すために、野島の愛犬であるリンに覚醒剤を与えたことを認めたのだ。ただ、リンがほとんど吐き出したため、また時間の経過もあって、リンの体内から覚醒剤反応は出なかったようなのだ。

水脈も、殺すというより効果を試すつもりで飲ませたのであり、死亡までは予想していなかった。ところが、かなりの老犬であったため、あっさりと死んでしまい、水脈はひどくショックを受けたと供述していた。

捜査員の中には、水脈が仏壇の引き出しに決定的な物証となる覚醒剤入りのカプセルを隠していたことをいぶかる者もいた。野島を殺すことに成功した以上、そんなものはどこかの海にでも投棄したほうがよほど安全だろうという理屈だった。

だが、いざとなったら、すべて自分の犯行であることを示す物証が水脈には必要だったのではないかと森本は考えていた。それは、住谷に共犯の疑いが向けられないようにするための、水脈なりの工夫だったのかも知れない。

そして、両親の遺影が飾られた仏壇の引き出しにそういう物証を隠しておくことによって、この殺人に、両親の死に対する鎮魂という意味合いを持たせるのが、水脈の狙いだったとも推測できた。

そう考えると、その遺影の中に、小学生の頃の水脈自身も含まれていることが、何やら両親だけでなく、水脈も死んでいるという印象を与えているように思われてきた。実際、香炉の中にあった、火の消えた線香は二本ではなく、三本だったのだ。

「早くお父さんとお母さんのところに行きたかったから」という水脈の言葉が、森本の耳から消えることはなかった。しかし、考えてみれば、理由は何であれ多額の負債を抱えていた父親も、再婚した夫の、娘に対する性的虐待を阻止することができなかった母親も、水脈にとって、そんなに素晴らしい両親であったかははなはだ疑問だった。

確かにその三人の写ったあの遺影は、幸福な家族のスナップショットにも見えるが、必ずしも笑っているわけではない、幼い水脈の表情は、うわべだけの幸福の偽装に対する幼いなりの諦念を象徴しているような気がしてくるのだ。

水脈はけっして現実の世界では得られなかった両親との幸福な生活という幻影を、あのような遺影として表現したのではないか。そう思うと、「早くお父さんとお母さんのところに行きたかったから」という言葉を発したときの水脈の心境が胸に迫り、森本の目には自然と涙が滲んできた。

不思議なのは、水脈は単に森本に対して母親と二人で暮らしているという、その場限りの嘘を吐いたわけではなく、会社でも同じ説明をしていたらしいことだ。ただ、その嘘で何かの実害があったわけではないので、母親が生きているかのように振る舞うことで、水脈は何とか孤独に耐え、精神のバランスを維持していたのではないかと森本は想像した。

そんな切ない水脈の寂寥感を思うと、森本はますます自分自身の気持ちが沈んでいくのを感じていた。

水脈が搬送された救急病院の明かりの半分消えた待合室で、芝山や警察関係者と共に、水脈の傷口の縫合手術が終るのを待っていたときに芝山と交わした会話を森本はこの数日、何度も思い出していた。

「私、何をしているのだろうと思っちゃいますよ。法律を離れて言えば、本当に罰すべきではない人を捕まえるのに一生懸命貢献して、道徳的な意味も含めて、真の犯人を見逃しているような気がするんです」

森本はため息まじりに、小声で話していた。パトカーで駆けつけた警察官には事件の概略を芝山が話し、森本と芝山が水脈から訊き出したことは、重要な殺人事件の裁判に関連する証言なので、後日、千葉県警と千葉地検に報告するという説明で、了解を取った。

銚子署の当直の刑事二名も同じ部屋で待機していたが、初めから芝山と森本が誰なのか分かっているようで、通り一遍のことしか質問しなかった。事件そのものは、ただの自殺未遂事件なのだから、それほど詳細な質問が必要だと考えなかったのだろう。

「そんなに自分を責めることはない。君は訊くべきことをしっかり訊いただけなんだ。それに、君が言うところの『真の犯人』というのが、不公平な社会だということなら、我々一介の弁護士の力ではどうしようもないことさ」

「そうでしょうか。不公平というのは、彼女が触れていた富の偏在というお金のことだけではありません。恵まれている人々はどんどん幸福になり、恵まれない人々はどんどん不幸になっていく。こんなことも止められないなら、弁護士なんか辞めてしまいたくなりますよ」

水脈の自殺未遂を目の当たりにして、森本が過剰に感傷的になり、自虐的な精神状態に追い込まれているのは間違いなかった。

「君は恵まれ過ぎているから、そんな風に考えるのさ。恵まれ過ぎている人間は、過剰に傲慢になる人間と、逆に自分が恵まれていることに過剰な罪の意識を感じる二つのタイプに分かれるものさ。君は、明らかに後者だ」

「私が恵まれ過ぎている?」

森本は不満そうに、芝山の言葉を反復した。

「何だ、自覚していないのか」

芝山は呆れたように言ったあと、さらに言葉を繋いだ。

「君のように、高学歴で、実家は金持ち、それに見た目もいい人間は、そうそういないさ」

馬鹿な。森本は心の中で、またもやつぶやいていた。高学歴については、世間的に有名な国立大学を出ている以上、認めざるを得なかったが、父親は国土交通省のキャリア官僚ではあっても、特に金持ちではない。「見た目もいい」については、セクハラと言ってやりたかった。だいいち、見た目がいいかどうか誰が決めるのだ。

だが、疲れ切っていて、反論の気力も湧いてこない。ただ、その芝山の「見た目もいい」発言からの連想で、水脈が眼鏡を外して、芝山から渡されたハンカチで涙を拭う光景が浮かんだ。いささか深刻すぎる状況から逃れるためのコミック・リリーフとして、森本は力のない笑みを浮かべて、訊いてみた。

「芝山先生、川島さんにハンカチを渡したのは、眼鏡を外させるための作戦だったんですか?」

「ああ、眼鏡を外すとキレイだという坂井さんの発言のことか。そんなつもりのはずがないじゃないか。あれは紳士のたしなみだよ」

芝山はニヤリと笑って答えた。どこまで本気で言っているのか、分からなかった。ただ、ようやく、緊張感が若干溶け、安堵の空気が暗い室内に浸潤したように思えた。

「で、どうだったんです。坂井さんの言うことは本当だったんですか?」

「ああ、キレイだったね。というか、俺の好みだったと言うべきか。いずれにせよ、彼女はあらゆることについて、決定的に不幸だったわけではないということさ。もっとも、彼女が自分の容姿も含めて、そのことに気づいているかどうかは別だけどね」

森本は、その点については芝山の言う通りだと思った。セクハラっぽくもある発言だったが、この場合は許されるだろう。家庭的には恵まれていたとは言えない水脈が、自分の優れた知力や容姿に気づいて欲しいと森本は心から願っていたのだ。

その日は、弁護団の解散式を兼ねた食事会が、千葉市内の中華料理店で予定されていた。由起が釈放された以上、弁護団が存続する意味はなかった。

解散式と言っても、ただの慰労会で、二時間くらい個室で飲食をしながら歓談するだけだった。とはいえ、けっして楽しいとは言いがたい事件の話題になることは間違いなく、秘密の保持上、個室の予約が必須だった。

確かに、マスコミの騒乱は尋常ではなかった。由起は再び、時の人になった。ただ、最初だけ、芝山ら一部の弁護士に付き添われて記者会見に臨んだものの、あとはしつこく付きまとうマスコミを避けて雲隠れしていた。森本自身は、この記者会見に参加していない。

芝山が「事件解決の立役者は何と言っても君なんだから、君も一緒に記者会見に出たらどうだ」と勧めてきたが、森本は断った。逮捕された水脈のことを思うと、とてもそんな気にはなれなかったのだ。結局、この記者会見に出席した弁護士は、芝山と勝呂と小野田だった。

森本はテレビの報道で、釈放直後に開かれた記者会見を見ただけである。由起は多くの報道陣を前にして、若干緊張した表情に例の曖昧な笑みを交えながら、それでもしっかりとした口調で、「自分の無実の主張が認められて、とても嬉しいです。弁護士の先生方や、私の無実を信じて応援してくださった方々に心からお礼を申し上げます」と挨拶した。

ただ、芝山らのアドバイスを入れて、事件に関する個別の質問は、一切、受け付けなかった。まだまだ謎の部分も多く、逮捕された水脈以外にも関与した者がいるのではないかという憶測も乱れ飛んでいたから、不用意な発言が思わぬほど重大な事態を招く可能性があった。

従って、集まってきたマスコミの質問も、事件とは直接関係のない、幾分、間の抜けたものにならざるを得なかった。その中で、由起の答えが一番受けたのは、「今、もっともしたいことは何ですか?」という質問に対して、「早くスマホに触りたいです」と答えたときだった。

どっと沸いた笑い声を聞きながら、森本は思わず苦笑した。最初に由起に接見したときも、由起から「スマホの差し入れはダメですか?」という質問を受けたことを思い出したのだ。

由起のこういう姿をマスコミが面白おかしく伝え、何も考えていない、天然ぶりが強調されることになるのだろうと森本は思った。由起の特異で意表を衝く言語体系と、巧妙としか言いようのない心理的な誘導術を知る者は、森本と、その話を森本から聞いている弁護団のメンバーしかいないはずだ。

その誘導術の最大の犠牲者こそが、森本の追及に自白を余儀なくされた水脈ではなかったのか。由起の記者会見の模様を見つめる森本は、いかにも複雑な表情だったに違いない。

解散式には、弁護団の全員が参加していた。最初に芝山が音頭を取ってビールで乾杯した。

芝山はこのとき「今回の好ましい結果」という言葉しか使わなかった。芝山自身が、とても祝勝会の気分ではなかったのだろう。それぞれの弁護士が、由起が無罪放免とされたことについて、そして、水脈が新たに逮捕されたことについて、それぞれ複雑な感情を抱いているのは確かだった。

ただ、唯一の気持ちのよりどころとして、法が正しく執行されたという意識だけは、しっかりと共有されていたはずである。

最初のうちはとりとめのない四方山話《よもやま》をしていた弁護士たちが、アルコールが若干入ると、やはり事件そのものの、解明されていない部分に踏み込んだ話を始めるのは必然的な成り行きだった。最初に事件のことを話しだしたのは、勝呂だった。

「まあ、浦野の事件に関しては、結局、僕は法的には交通事故と見なすしかないと思っているんです。もちろん、実質的には殺人だという意見は理解できますよ。しかし、森本さんの調査で分かった通り、由起が土倉真希絵のふりをしているように装って、川島水脈が浦野に会っていたことが事実として認定されたとしても、トラックが浦野を轢いたとき、川島が現場にいたということが証明されない限り、やはり殺人罪を問うのは難しいですよ」

「しかし、三通目の遺言書があることが分かったんだから、殺害の動機はあるだろ。『銚子クレイドル』は銀行からの融資も断られる寸前で、遺産金が入らなければ、破産もあり得るような財政状態だったらしいぜ」

芝山がビールのジョッキを大きく傾けたあと、口を挟んだ。勝呂も納得したようにうなずきながら、話し続けた。

「そうですよね。三通目の遺言書には、これまでの二通の遺言書とは打って変わって、遺産はすべて妻の坂井さんに渡すと、書いてあったわけですから、これが公になって、遺言書の法的な正当性が認められれば、『銚子クレイドル』には一銭も行かなくなり、破産が確実になるわけですからね」

森本は水脈が言ったことを思い出し、水脈の潔癖さを、改めて思い知らされたような気持ちになっていた。水脈はやはり、その点については嘘を吐いてはいなかったのだ。ただ、あのとき、三通目の遺言書の内容を教えることを拒否したのは、「銚子クレイドル」のことを考えたからだろう。

　この三通目の遺言書が浦野の手に入った経緯については、警察から事情聴取を受けた浦野の母親の証言によって、かなり明確になっていた。浦野が運んでいた二億円の入ったトランクの隙間に挟まるように、遺言書の封筒が入っていたというのだ。

　ただ、二億円の紛失事件については、浦野の母親は水脈とはまったく異なる説明をしていた。息子がこっそりと取ったのは、三通目の遺言書だけであって、トランクの中身はいつも通り、野島が後に回収したというのだ。

　野島が水脈にそう語ったのが本当だとしても、認知症の症状が現れていた野島は、その頃、他の人間に対しても窃盗を言い立てることがあり、実際に浦野が二億円を盗んだのか否かは不明という他なかった。実際、その後も二億円はどこからも発見されていない。

　それと同じように、何故野島がそんなところに遺言書のように重要なものを入れたかも分からなかった。だが、認知症の症状があったとしたら、あり得ないことではない。

　それを言うなら、そもそも最晩年の野島が由起とは決定的に不仲になっていたにも拘わらず、そんな内容の遺言書を新たに書き直すこと自体が、解せないのだ。しかも日付は、平成三十年四月三十日になっているから、たった二週間足らずで二通目の遺言書の内容を変更したとも解釈できる。

　由起自身も、三通目の遺言書のことなどまったく知らず、この時期、野島との関係が劇的に好転したこともないと証言していた。従って、この変更も野島の著しく低下した認知能力のせいで行われたものであり、それを書いた時点では、由起との関係は良好という妄想が湧き起こっていたのかも知れない。そして、その後の野島の言動を考えると、そんな遺言書を書いたことさえ忘れていたのではないかという疑いも禁じ得なかった。

しかし、法的文書というのは恐ろしいもので、形式が整っている限り、自ずと法的効力を持つものなのだ。現に、三船弁護士はそれを正当なものと見なし、それに基づいた遺産分配を実行しようとし、野島の遺族は依然として反対しているという。

「浦野が消された理由がそれだとしたら、その理由は、西岡加奈子の場合にも当てはまるわけだろ。彼女が三通目の遺言書の内容を知っていたかどうかは断言できないが、ともかくその遺言書を貸金庫に保管していたんだから、『銚子クレイドル』のことを最優先に考える水脈から見たら、きわめて危険な存在に見えただろうな。水脈は森本君が坂井さんの示唆に従って、『銚子クレイドル』を調べていたのは知っていたわけだから、一層、その想いが強かったんじゃないか。それにしても解せないのは、野島の殺害に関してはほぼ全面自供し、浦野の死亡に関しても、ある程度のことを話している川島が、西岡の件に関しては、実質的に黙秘状態だってことなんだ。やはり、誰かを庇っているのか？」

芝山の発言を受けて、勝呂が再び話し始める。

「ええ、そうだとすれば、当然、住谷でしょうね。西岡が犬吠埼灯台から落下して死んだ日、住谷が錦糸町で、墨田区主催の講演会に参加していたというのも気になりますね。アリバイ的にはギリギリ成立している気もしますが」

この講演会については、警察も芝山法律事務所も追加的な調査をしており、住谷は一時間の講演のあと、十分程度の質疑応答を行っており、乗ってきた車で会場を離れたのは午後二時半頃らしいことが分かっていた。そうだとしたら、やはり午後四時半頃、犬吠埼灯台の受付に姿を現すのは難しいだろう。

「ええ、私も最初は住谷さんを疑っていました」

ここで森本が再び口を開いた。

「それに、西岡さんが『銚子クレイドル』の情報を浦野に漏らしたことより、浦野から何を聞いたのかを、住谷さんがしきりに西岡さんに尋ねていたという話を聞くと、やはり、住谷さんが気にしていたのは川島さんのことだったと思うんです。川島さんが『銚子クレイドル』のために、野島さんを独断で殺害し、そのことで浦野から脅されているのではないかと危惧していたとか。だから、ここは微妙ですが、逆に住谷さんが川島さんを庇っていたと言えないこともない気がするんです」

森本の言葉にそれぞれの弁護士たちはうなずきながら、それでもすぐに発言する者はいなかった。この点が一番難しいところだった。水脈と住谷が互いに庇い合っているのは間違いないだろう。

加奈子の殺害も水脈の手によって行われたとしたら、水脈が錦糸町での住谷の講演日程をあらかじめ知っていて、そのことを住谷に話さず、一人で犯行に及んだとも考えられる。

「森本さんは犬吠埼灯台の現場まで行ったんでしょ。そもそもどうなの？　女の人同士だと想定して、一方がもう一方を突き落とすなんて、可能なのかしら？」

吉川美智が訊いた。どちらがどちらを庇っていたかをこれ以上議論しても、堂々巡りになるだけだと判断して、もっと現実的な視点から考え直そうとしている質問のように思われた。

「不可能とも言い切れません。柵の高さは成人男性の胸元くらいあります。西岡さんは、女性としては大きいほうで身長は一六五センチですが、柵の手すりは胸元よりはもう少し高かったかも知れません。でも、手すりから身を乗り出すようにしているところを、突き落とすというより、下から足を掬い上げるようにして持ち上げれば――」

「そりゃ、いくら何でも不自然過ぎるだろ」

芝山の発言に、森本は微妙に首をひねった。

「難しいとは思います。でも、すっかり油断していて、体の力を抜いていたとしたら、絶対に無理とも言い切れないんじゃないでしょうか。西岡さんは、身長はあるので大柄に見えますが、痩せていて、体重はそれほどじゃありません」

「そうか。まあ、それも想像の域を出ないから何とも言えないな。とにかく、川島は、西岡とは住谷と一緒にいるときにたまたま会い、話したことがあると認めているものの、それ以上のことはいっさいしゃべらないらしいよ。これは捜査本部情報だから間違いない」

芝山が諦め気味の口調で言った。ただ、森本は芝山の発言で、銚子署に設置された新しい捜査本部と「芝山法律事務所」の関係が、以前の対立関係とはまったく違うものになったことを改めて思い知らされていた。県警本部は芝山の所に捜査一課長を派遣して、捜査への協力を求めてきたのだ。

芝山法律事務所の協力なしに立件はほぼ不可能だということを、県警幹部は分かっているのだろう。そして、由起に続いて、水脈を検察に送致して、検察が起訴できなければ、県警幹部の進退にも関わることになりかねないので、県警側が背水の陣を敷いているのは容易に想像が付いた。

その結果、双方でかなり踏み込んだ情報交換が行われており、その窓口が芝山なのだから、正確な捜査本部情報が入ってくるのは確かだった。

「まあ、その点については、捜査と取り調べの進展を待つしかないんじゃないですかね」

勝呂が矛を収めるように言った。いずれにせよ、この事件はもう「芝山法律事務所」の手を離れるのだから、今後は客観的に傍観者として事件を見つめるしかないというのが、ここにいるほとんどの弁護士の共通認識なのだ。

三人の死亡が絡む複雑な事件であるため、捜査本部は慎重に捜査を進め、再逮捕と取り調べを繰り返しながら、一つ一つを丁寧に立証していく姿勢を取っており、まだ起訴にも至っていない。

水脈には国選弁護人がついているが、目立った動きはなく、その動勢はほとんど伝わってこなかった。

その後、事件から離れて、飲食しながらの、弁護士間のとりとめのない雑談が続いた。みんな事件にのめり込み過ぎて、これまでさんざん議論をしてきた分、もはやこの段階で話すことはそれほどないようにも思えた。不明なことも多かったが、それは議論で何とかなるものではなく、水脈の供述と具体的な証拠でしか解明できないこともみんな分かっているのだ。

途中、芝山の携帯に電話が入り、部屋の外に出て行った。およそ十分後、戻って来た芝山が、突然、立ったまま話し出した。

「銚子署の山下刑事から連絡がありました」

雑談でざわめいていた室内が静まりかえる。森本は嫌な予感に襲われていた。水脈の顔が思い浮かぶ。

水脈が自殺未遂していることから、県警が水脈の留置について、厳重な監視態勢を取っているのは知っていた。これだけの大事件で、被疑者の水脈に死なれでもしたら、事件の真相は永遠の闇に消え、県警本部長の首が飛ぶくらいでは済まなくなるだろう。

それでも、場所こそ違え、芝山が加奈子の死を告げたときと状況は同じだったことが、森本の不吉な予感を増幅していた。そして、今回の場合、山下も捜査本部要員になっていることを森本は知っていたので、何かしらの異変が起こったのは間違いないように思われた。

森本は目を閉じた。心臓が激しい鼓動を刻んでいる。悪い情報でないことを必死で願った。

「本日の午後、住谷が銚子署に自首してきたそうです。野島耕三に覚醒剤入りのカプセルを渡すよう川島水脈に指示したのは自分だと認めているそうです」

森本は安堵すると同時に、唖然ともしていた。あの住谷が罪を認めたというのか。ありそうな展開でありながら、潔癖の塊に見える住谷が犯罪者としての自分の姿を世間に晒すことなどあり得ないようにも思われたのだ。
室内に異様などよめきが起こった。森本はそれを半ば呆然と聞いていた。

11

水脈は住谷が自首したと知らされた翌日、加奈子を犬吠埼灯台の展望台から落下させて、殺害したことを全面自供した。加奈子の事件についてだけは、それまでほとんど黙秘状態だったため、これは劇的な変化だった。

やはり、加奈子が三通目の遺言書を保管していたことが決定的な理由だったと、水脈は自白していた。「銚子クレイドル」の財政的厳しさは住谷から聞いて知っており、その遺言書が本物だと認められれば、野島の遺産はまったく「銚子クレイドル」へは行かず、破産は間違いないという危機意識があったらしい。実際、水脈が加奈子から手に入れ、自宅アパートの畳の下に隠していたその遺言書が、二回目の家宅捜索で発見されている。

水脈は、そういう遺言書があるのであれば、きちんと警察か弁護士に提出したほうがいいと加奈子を説得し、水脈がその役割を引き受けると約束していた。加奈子にしてみれば、潔癖そのものに見える水脈がまさか一連の殺人に関係しているとは考えておらず、その公明正大さを信じて、水脈にその遺言書を託したのだろう。だがもちろん、水脈はその約束を果たさず、自宅アパートにそれを隠し持っていたのだ。

水脈がそれを燃やすなりして処分しなかったのは、その用心深い性格のせいだった。信用できない浦野が持っていたことを考え、偽物の可能性も視野に入れていたという。その真偽を見極めるまでは処分すべきではないと考えていたのだ。

加奈子と住谷がうまくいっていた頃、水脈と加奈子は住谷を介して、二、三度会っていた。ただ、住谷が水脈を普通の知人として紹介したため、加奈子は水脈がかつて「銚子クレイドル」で世話になった中学生であるという事実は知らなかった。

住谷も水脈もほぼ同じ供述をしているので、捜査本部はこの部分は事実だろうと判断した。森本との会話の中で、加奈子が水脈についてまったく言及しなかったのは、その時点では水脈のことなどほとんど頭になかったからだろう。

ただ、水脈は加奈子にあえて近づいたと供述していた。住谷が加奈子と和解したがっており、その仲介を頼まれたという口実を使った。落ち込んでいた加奈子にとって、水脈のような癒やし系の女性は、救いを求めたくなる対象であったのかも知れない。

水脈の供述によれば、犬吠埼灯台に行くことになったのは、加奈子が銚子を離れる決意をしており、加奈子が犬吠埼灯台の展望台から見える教会の美しさに触れたからだという。その教会の建物の一部を、かつて『銚子クレイドル』が借りており、その光景をもう一度だけ展望台の上から見たいと加奈子が話し、水脈が「私も行きたいです」と言ったのがきっかけだった。

小雨の降る中、水脈と加奈子は横並びになって、霧と靄に煙《けむ》る海と空、さらには銚子市内の風景を見ていた。二人以外に人はいない。暗い陰影に包まれた風景は、快晴のときとはまた異なり、独特の郷愁のような感情を喚起した。

「ほら、あそこの尖塔、昔、クレイドルが入っていた教会ですよ。懐かしいなあ」

水脈が指呼《しこ》した方向に、加奈子は視線を向け、さらに手すりに摑まって、身を乗り出すような前傾姿勢を取った。実は、水脈が一週間泊まった頃の「銚子クレイドル」も現在の位置にはなく、その教会の中にあったのだ。加奈子が勤め始めてから二年間も、やはりその教会に「銚子クレイドル」のオフィスが入っていた。

「どこっ？　私、視力が下がったのかしら。よく見えないよ。私、あの頃はあんたなんかよりずっと、クレイドルのファンだったんだから、お別れにしっかり見ておかなきゃ。住谷さんもあの頃はもっとまともだったな」

加奈子はなおも、水脈の指先を追うように右上半身を捻るようにして、一層体を前のめりにさせた。

加奈子のそういう危うい姿勢を見たとき、不意に殺意が湧いた。いや、その姿勢だけではない。あんたなんかに、クレイドルの何が分かるの。ファンという言葉も現在の住谷批判に繋がる言葉も許せなかった。それに、このまま加奈子が銚子を離れれば、殺害のチャンスは永遠に巡ってこないように思われた。

水脈は咄嗟に身をかがめ、両手で両足を掬い上げるようにして、加奈子の体を抱え上げた。雨で足元も手すりも滑りやすくなっている。短い悲鳴のあと、音もなく、加奈子の体は水脈の視界から消えた。自分でも驚くほど自然な動作だった。

捜査本部の中には、この水脈の供述に対して首を捻る者もなくはなかったが、現場を見た大半の捜査員は、その手順であれば不可能ではないと判断した。

ただ、どの取調官も水脈の取り調べについて共通にこぼしているのは、一言で言えば、「やりにくい」ということだった。海千山千の犯罪ズレした被疑者を恫喝して自白させることには慣れている取調官も、責め立てればすぐに壊れてしまいそうな雰囲気が滲み出る水脈に対して、気づかぬうちに過剰な配慮をしてしまうというのだ。一時的に女性警察官にも取り調べを任せてみたが、同じような感想を述べているらしい。

もちろん、自殺未遂をしたという先入観も大きく影響しているのだろうが、森本にも芝山を通して伝わってくる取調官たちの感想は、実感として極めてよく理解できるものだった。

一方、住谷は野島の殺害については関与を認め、浦野については交通事故と主張し、加奈子については自殺だと明言していた。だが水脈は、住谷が自首したあとでも、加奈子の殺害も含めて、すべては自分一人の犯行であり住谷は無関係だと、依然として言い張っているらしい。

千葉県警は、水脈と住谷の供述を客観的に見極めながら、慎重に立件の準備を進めていた。

〈エピローグ〉

　森本は犬吠埼灯台近くの駐車場から、草むらを挟んだ岩壁に激しく打ち付ける太平洋の白波を眺めていた。遠くの水平線の曖昧な色域が、淡い冬の日差しの中で鈍く光り、底の知れぬ虚無の深淵を映し出しているように見える。

　午後二時過ぎ。森本の視界を捉えているものは、前方の岸の上に屹立する、名前の分からない白亜のホテル以外は、ときおり白波の砕け散る海と白い雲を浮かべる空の碧《あお》だけだった。

　快晴にも拘わらず、その風景はどことなく心寂《うらさび》しく、森本の心に微妙な負の陰影を刻んでいた。森本が再び犬吠埼灯台を訪れたのは、水脈と加奈子が辿ったかも知れない足跡《そくせき》を検証しようという意図があったわけではない。森本は無性《むしょう》に海と空が見たくなったのだ。

　今回は鉄道を使わず千葉市内でレンタカーを借りて、高速道路とバイパスを二時間ほど走って到着した。平日だったが、森本は休暇を取った。仕事とみなしてもおかしくはないと思ったが、森本自身は、この行為を仕事とは考えたくなかった。

　もはや「銚子のドン・ファン殺害事件」からは離れたいと思う気持ちのほうが強かった。芝山が森本のことを特に喧伝したわけでもないのに、今度の由起の釈放に関して森本が果たした役割がやはりマスコミにも何となく伝わったようで、由起や水脈や住谷だけでなく、森本もそれなりの注目を浴びていた。

　森本の場合、由起のように雲隠れするわけにはいかず、由起の弁護団の一員としてマスコミの取材にある程度応じざるを得なかったことが、少なからず森本のストレスになっていたことは確かである。

森本は今年いっぱいで、「芝山法律事務所」を辞めることを芝山に申し出ていた。すでに四谷にある弁護士事務所への移籍が決まっている。芝山も「そうだな。この七ヶ月で十年近く働いた気分だろうからな。そのほうがいいかも知れないよ」と快く了承してくれた。結局、いろいろな確執があったものの、総じて言えば、芝山は決して悪い上司ではなかった。

だが、その日、犬吠埼灯台にやってきたのは、事件の検証とは別に、依然として自分が加奈子の事件にこだわっていることの証左であるのは、森本も否定できなかった。

森本が駐車場から離れて灯台のほうに少し歩いたところで、着ていた薄ピンクのコートのサイドポケットに入れてあったスマホが鳴った。

「はい、森本です」

一拍置くような微妙な間が流れたあと、聞き覚えのある女の声が聞こえた。

「先生、私です。今、どこにいるんですか？」

私って、誰なの。早速、突っ込みを入れたくなった。由起には、釈放直後にスマホの番号を教えてあったが、三週間ほど何の連絡もなかった。

「ああ、坂井さんね。今、犬吠埼灯台に来ているの。お元気ですか？」

「ええ、元気だけど、それどころじゃないし」

「それどころじゃないって？」

「先生、水脈ちゃん、死刑になるんですか？」

死刑という言葉が、森本の胸を激しくえぐった。当然、考えてもいいことなのに、森本はそれを考える心の準備が未だにできておらず、それを由起に先取りされて言われたという印象だった。

「それは、まだ分からないけど」

「でも、週刊誌に書いてありました。三人殺しているのだから、死刑は確実だって」

森本は聞きながら、三人の殺害を検察側が立証するのは、法律論から見ても、実質的に不可能だろうと考えていた。おそらく、浦野の件は事件化されず、交通事故と判断されるだろう。しかし、そうであっても、森本の不安はまったく軽減されることはなかった。二人の殺害でも、死刑判決は十分にあり得るのだ。森本の心臓が小刻みな鼓動を刻み始めた。

「先生、お願いだから、水脈ちゃんを助けてあげてください。お金ならいくらでもあります」

森本は苦笑した。弁護士費用でも出してくれるというのか。

お金ならいくらでもあります。由起の言葉を心の中で反芻した。それはそうだろう。三通目の遺言書が出てきたことによって、水脈の経済的立場はますます有利になったのだから。

野島の親族たちは遺言書を巡る民事裁判で控訴し、三通の遺言書はすべて無効であることを訴えていた。しかし、遺言書が有効であろうが無効であろうが、由起に億単位の遺産が入ることには変わりがないのだ。世間は非難するかも知れないが、森本自身は、それを理不尽だとは思わなかった。

「どうして、川島さんを助けて欲しいの？」

「水脈ちゃん、いい人だし。社長や加奈子って人はそんなに悪い人じゃないと思うけど、浦野なんて、ろくなやつじゃないんだから。殺されたって仕方がないんです」

そうではない。死刑判決という視点で言えば、浦野のことは起訴されない可能性が高いから問題ではないのだ。野島の殺害も法律論的には微妙だし、情状酌量の余地も十分にあるだろう。だが、一番危険なのは、加奈子の殺害が認定されたときなのである。

死刑判決が、殺害された被害者の数に左右されるのは当然であり、特に加奈子の場合、殺されるのはあまりにも理不尽であり、裁判員の同情が集まる可能性は高い。

だが、森本はこんなことを由起に話すつもりはなかった。

「それで、私にどうしろと言うんですか？」

森本は平静を装って訊いた。

「水脈ちゃんの主任弁護人になってください。私も死刑回避の嘆願書の署名を集めようと思っているし」

森本は、再び、苦笑した。主任弁護人か。由起がこの言葉を学習したのは、明らかだった。しかし、弁護団もできておらず、国選弁護人しか付いていない現状では、主任弁護人になれるかどうかは、森本の決められることではなかった。

「レベチでなくてもいいの？」

森本は、はぐらかすように訊いた。これは森本が水脈から学習した言葉だった。

「先生、冗談を言っている場合じゃありません。私、本気でお願いしてるんです」

「分かりました。考えてみます」

「考えてみますじゃなくて、先生、約束してください」

「約束はできません。しかし、真剣に考えてみます」

森本は強い口調で言い放った。その声には怒気さえ含まれていたかも知れない。しかし、由起の押しつけがましい態度を不快に思ったわけではない。

ここまで水脈の行く末にこだわる由起の心情が、ぼんやりとではあるが理解できた。由起は、その正反対の人生観にも拘わらず、心のどこかの部分で、水脈との同類性を感じ取っている気がしたのだ。

「先生、じゃあよろしくお願いします」

由起の言葉に、森本はふっと我に返った。それから、幾分、笑いの籠もった声で言った。

「それと坂井さん、せっかく無罪放免になったのだから、このあとは慎重に生きてくださいね」

「分かっています。もうパパ活なんてしませんよ。私、お金に困ることはないから、する必要がないんです」

妙に明るい声が返ってきた。水脈のことを頼んでいたときとは、まったく声色が違う。この変わり身の早さも、由起の特徴であることを、森本は思い出していた。

「じゃあ、私、今から行くところがあるので、電話切るから。また、連絡してください」

森本はそのあと、気が変わったように、灯台のほうには向かわず、再び、駐車場の海側に引き返した。水平線に視線を注いだ。海面の照り返しが強くなり、碧よりも白さが際立っている。

またもや由起の誘導に乗って、とんだ安請け合いをしたのか。いや、そうではない。森本自身が、水脈を救いたがっているのは確かなのだ。だが、水脈の弁護が容易ではないのは分かっていた。

森本には、水脈が死刑という公的制度を利用して、自殺を遂げようとしているとしか思えなかった。はっと閃いた。水脈が加奈子の殺害まで明瞭に自白したのは、案外、住谷を庇うということとは無関係で、自らの死を一層確実なものにするためではないのか。そうであれば、まずは水脈の説得から始めなければならないのだ。森本は焦燥を感じた。

待って、川島さん。お願いだから、死なないで。今、助けに行くから。仮にあなたが望んでいなくても。

森本は、すぐにここを引き返し、水脈の国選弁護人に会いに行くことを考えていた。今更、もう一度灯台の展望台に登ることなど、意味があるとは思えなかった。

森本は両手を大きく広げて深呼吸し、碧い海と空の雄大な景観を惜しむように見渡した。それから、すぐに踵を返し、白いレンタカーに向かって、小走りに駆け出していた。

＊この作品は二〇一八年五月二十四日に和歌山県田辺《たなべ》市で発生した「紀州のドン・ファン事件」にヒントを得たもので、事実関係については、かなりの細部において実際の事件と一致している箇所が多数あります。しかし、ここで描かれているストーリーや登場人物や団体・組織はあくまでも架空のものであり、実在するものと何の関係もないことを明確に書き記しておきます。従って、この作品は、現実の「紀州のドン・ファン事件」の裁判結果に左右されるものではなく、また、裁判の結果をあらかじめ予想して書いたものでもないことは、言うまでもありません。

ただ、作品全体のトーンとして、実際の事件に対する筆者の基本的な考えが反映されているというご指摘があるとすれば、それをあえて否定するものではありません。

また、この作品を書くに当たって、あらゆる新聞・雑誌の記事、あるいはネット情報の他に、特に次の二作品を参照させていただいたことを明記させていただきます。

吉田隆『紀州のドン・ファン殺害「真犯人」の正体　ゴーストライターが見た全真相』（講談社＋α文庫　二〇一八年）
木下純代『家政婦は見た！　紀州のドン・ファンと妻と7人のパパ活女子』（双葉社　二〇二一年）

吉田氏の作品は、優れたノンフィクション・ライター特有の、臨場感に満ちた精緻な事件記録という意味で、事実関係の把握とプロット形成に大いに役立ち、また、木下氏の作品は、登場人物のキャラクター形成という意味で、やはり大変参考になったと考えております。両氏に対して、ここに改めてお礼と感謝を申し上げたいと思います。

この作品の中で、最終的に真犯人と想定されている人物は、もちろん、完全に架空の人物であり、実際の事件の誰に該当するのかを推理することなど、まったく意味がありません。しかし、この犯人のようにあまりにも厳しい生活環境に置かれている人間は、この世の中に多数存在することは事実として、否定できません。筆者が、実際の事件で亡くなられた方に対する厳粛なる哀悼の気持ちを込めてこの作品を書いたことは言うまでもありません。同時に、そういう不幸な環境に置かれた方々のための鎮魂という気持ちを抱きつつ、これを書いたことも、僭越ながら最後に申し添えさせていただきます。

二〇二四年十二月十二日　前川裕

本作は書下ろしです。

前川 裕

1951年東京都生まれ。一橋大学法学部卒。東京大学大学院人文科学研究科修了。専門は比較文学、アメリカ文学。法政大学国際文化学部教授を長年務め、現在は名誉教授。2012年『クリーピー』で第15回日本ミステリー文学大賞新人賞を受賞し、作家として本格デビュー。「クリーピー」シリーズのほか、『ハーシュ』『魔物を抱く女—生活安全課刑事・法然隆三—』『号泣』『感情麻痺学院』『ギニー・ファウル』『完黙の女』『逸脱刑事』など著書多数。

嗤《わら》う被告人《ひこくにん》

発　行　2025年1月30日

著　者　前川《まえかわ》 裕《ゆたか》

発行者　佐藤隆信
発行所　株式会社新潮社
〒162-8711　東京都新宿区矢来町71
電話　編集部　03-3266-5411
読者係　03-3266-5111
https://www.shinchosha.co.jp

装　幀　新潮社装幀室
印刷所　株式会社光邦
製本所　大口製本印刷株式会社

ISBN 978-4-10-335196-2 C0093

藍を継ぐ海　伊与原新

数百年先に帰ってくるかもしれない。懐かしい、この浜辺に――。人間の生をはるかに超える時の流れを見据えた、科学だけが気づかせてくれる大切な未来。きらめく全五篇。

愛と忘却の日々　燃え殻

「この世界ってさ、ロマンチックなことが少なすぎるんだよ」深夜の帰り道、彼女はそう嘆いた。いまと過去を行き来し、思い起こすあの人、あのひと言。大人気エッセイ集。

私の馬　川村元気

造船所で働く事務員、瀬戸口優子は一頭の元競走馬と運命の出会いを果たす。持てる全てを「彼」に注ぎ込んだ彼女が行きついた奈落とは？サスペンスフルな感動作。

ウミガメを砕く　久栖博季

響き合うアイヌの血脈。癒やし難い生の痛み。地面から滲む歴史の声。〈内なる北海道〉と向き合い、恩寵の一瞬を幻視する大型新人デビュー！　三島由紀夫賞候補作。

大使とその妻（上・下）　水村美苗

大使夫妻はなぜ軽井沢から姿を消したのか。隣人のアメリカ人翻訳者によって、古風で典雅な夫人の半生が明かされてゆく。「失われた日本」への思慕が溢れる新作長篇。

哀しいカフェのバラード　カーソン・マッカラーズ　村上春樹訳　山本容子銅版画

田舎町で店を営むアミーリアのもとに背の曲がった男が現われた。彼女はなぜかこの小男に惚れこむのだが……。すれ違う愛の残酷さを描いた名作が新訳でよみがえる。

最近　小山田浩子

海外でも翻訳多数の気鋭作家が、コロナ禍で誰もが経験した、思いがけない日常の「キワ」を細密画のように描く。超絶ミクロ描写にハマること必至の連作長篇。

ボートと鏡　内村薫風

これは個人と世界、そして生にまつわる意志決定の物語。安楽死、虎の脱走、ベラスケスの絵画 etc. 結びついてはほどけるエピソード群が未知なる読書を提供する！

地図なき山　日高山脈49日漂泊行　角幡唯介

地図を持たない――それだけで日高の山は「極夜」を超える「魔境」と化した。百戦錬磨の探検家を震撼させ打ちのめした、前代未聞の冒険登山ノンフィクション。

ミスター・チームリーダー　石田夏穂

チームが締まれば己の肉体も仕上がる⁉　ストイックに理想を追求してやまない中間管理職の奮闘に切り込む、シニカルなボディ・メイキング文学の誕生。

この星のソウル　黒川創

歴史の奔流に抗うには人一人の命はあまりに儚い。それが国王夫妻であれ、詩人であれ、在日の留学生であれ。ソウルという〈都〉に刻まれた150年を辿る「歴史小説」。

4 3 2 1　ポール・オースター　柴田元幸訳

1947年に生まれたファーガソン少年の仕掛けに満ちた成長物語。50～70年代のアメリカに生きる若者の姿を四重奏で描いた、作家人生の総決算となる大長篇。